巫師 III

幸運之星

Knock Three Times

克瑞希達・科威爾
Cressida Cowell

這本書伴隨著滿滿的愛，一同獻給可愛的梅西

「**如何進入這本書**。用門環敲敲門……如果你夠安靜，就會聽到很細很小的聲音說……『把鑰匙拿下來。』……把鑰匙插進不大不小剛剛好的鑰匙孔，開啟門鎖，就能**走進門**。」

——約瑟·雅各《英格蘭童話故事》，一八九〇年

男孩——札爾——來自巫師部族，他心存善意，
手上卻有個意圖控制他的巫妖印記。

這則故事有兩個小英雄。

女孩——希望——來自戰士部族……

但她的眼罩下藏著法力強大的魔眼。

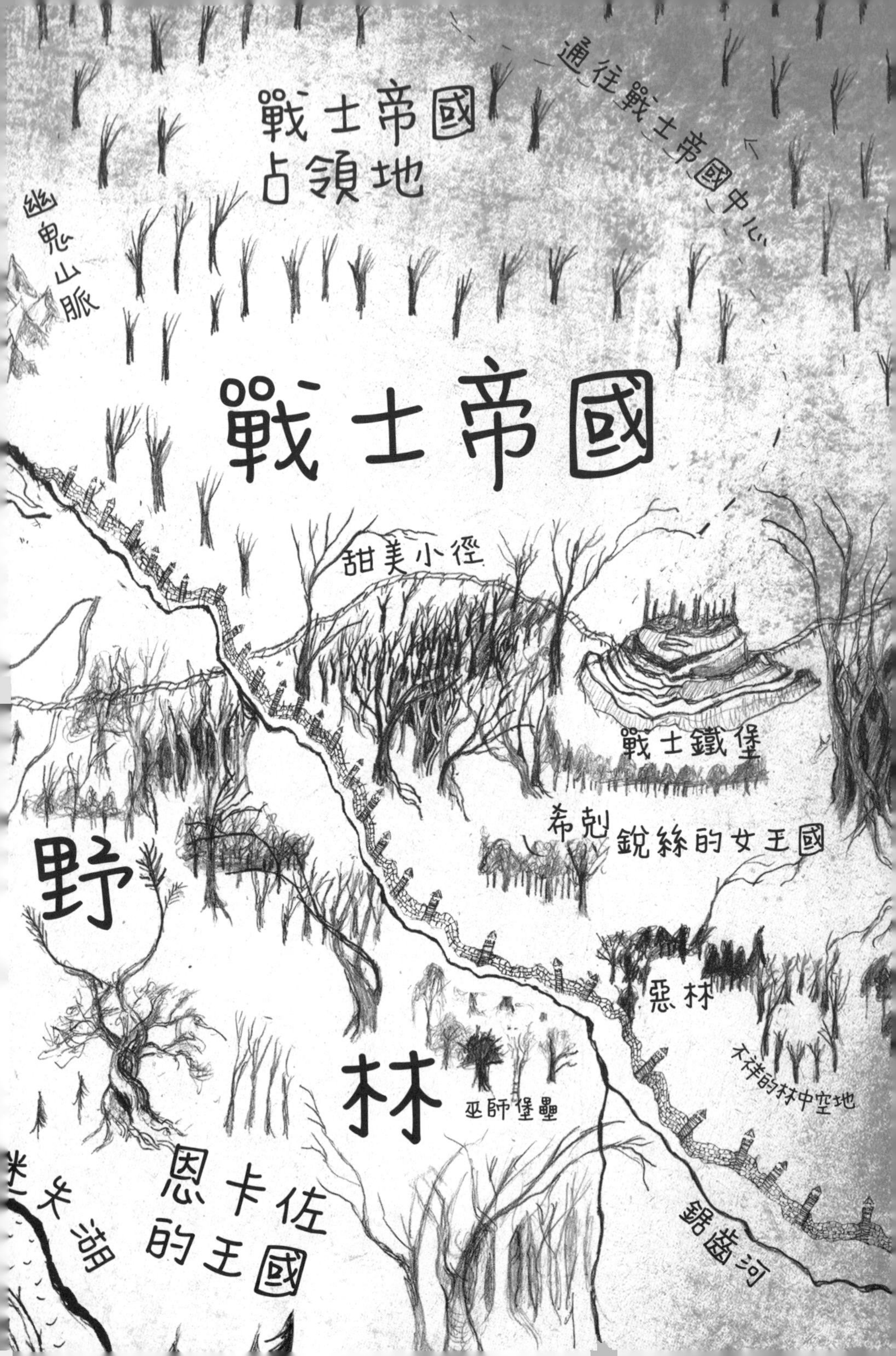

戰士帝國
占領地
通往戰士帝國中心
幽鬼山脈
戰士帝國
甜美小徑
戰士鐵堡
希剋
銳絲的女王國
野
惡林
不祥的林中空地
林
巫師堡壘
迷失湖
恩卡佐
的王國
鋸齒河

通往巨人的足印的海路
巨人的足印
海路
北
東
南
西
不朽之崖
巨人國
巫妖山脈
甜美小徑
怪鼻領土
（沼澤地）
土人堡
小心，土人出沒
巫師
撲克丘
馬魔島

唔……
好有趣喔……

克瑞希達·科威爾
——失落語言專家——的前言

很久以前，有個小女孩在不列顛群島某處的山洞裡探險，意外在一顆大石頭後面，發現一些被稱為「巫師文書」的紙張。紙上文字是很久很久以前寫的，前人使用一種前所未見的語言和文字，所以一直沒有人看得懂巫師文書。

我花了愉快的好幾年，將維京人小嗝嗝的文字從古諾斯語翻譯成英文，現在也非常樂意接下更艱鉅的挑戰，解讀某人在某個久遠、黑暗年代寫下的巫師文書，翻譯這個多年來完全失傳的語言。

研究多年後，我終於成功解碼失落的語言，並在過程中有了驚天動地的發現。

再怎麼不可置信的事，你也必須相信。

你讀過的每一篇小妖精故事，都奠基於某種事實。

過去那個遙遠、黑暗的年代，世上不只有龍族……龍族還只是冰山的一角。

那，是個屬於魔法的年代。

從前從前，
世上存在
野林。

楔子

從前從前，世上存在野林。

巫師從很久以前就居住在野林中，那之前的時代太過久遠，已經沒有人記得了。巫師本打算和其他魔法生物一起永遠住在野林裡……

……直到有一天，戰士來了。來自海洋彼岸的戰士入侵野林，他們雖然沒有魔法，卻帶來一種全新的武器：「鐵」……**而鐵是唯一不受魔法影響的物質**。

從那一刻起，巫師與戰士便在野林裡鬥得你死我活。

直到某一天……

一位名為「希剋銳絲」的年輕戰士女

王，愛上了名為「恩卡佐」的年輕巫師國王。但是巫師與戰士永遠不該墜入愛河，因此希剋銳絲使用「屏棄愛情法術」，扼殺了自己的愛情，她心中的愛就這麼死了……後來便依循傳統，和男戰士結了婚。

而恩卡佐也遵循傳統，和女巫師結了婚。

如此一來，他們就沒有引發詛咒的危險了。

然而……

十三年前，希剋銳絲生了個女兒，取名「希望」。

希望有個不可告人的祕密：巫師之王恩卡佐給希剋銳絲女王的真愛之吻，並沒有完全消失，結果希剋銳絲的女兒天生擁有魔法。人類史上，首次出現擁有「操控鐵的魔法」的人，那就是希望。

同樣在十三年前，恩卡佐生了個兒子，取名「札爾」。

札爾也有個不可告人的祕密：他偷了巫妖的魔法，現在漸漸被巫妖魔法留下的印記所控制。

這，是札爾與希望相遇的故事，是兩個從小接受仇恨教育、把對方視若毒物的孩子，成為朋友的故事。

希望與札爾逃離父母，為了施展消滅巫妖的法術，他們踏上收集法術材料的冒險之旅。他們現在是人人追緝的亡命之徒，追趕他們的除了巫師與戰士之外，還有比雙方都恐怖百倍的東西。

巫妖。

他們絕不能讓巫妖得到操控鐵的魔法。

但是……

希望與札爾已經兩度逃出巫妖的魔爪，兩度死裡逃生。

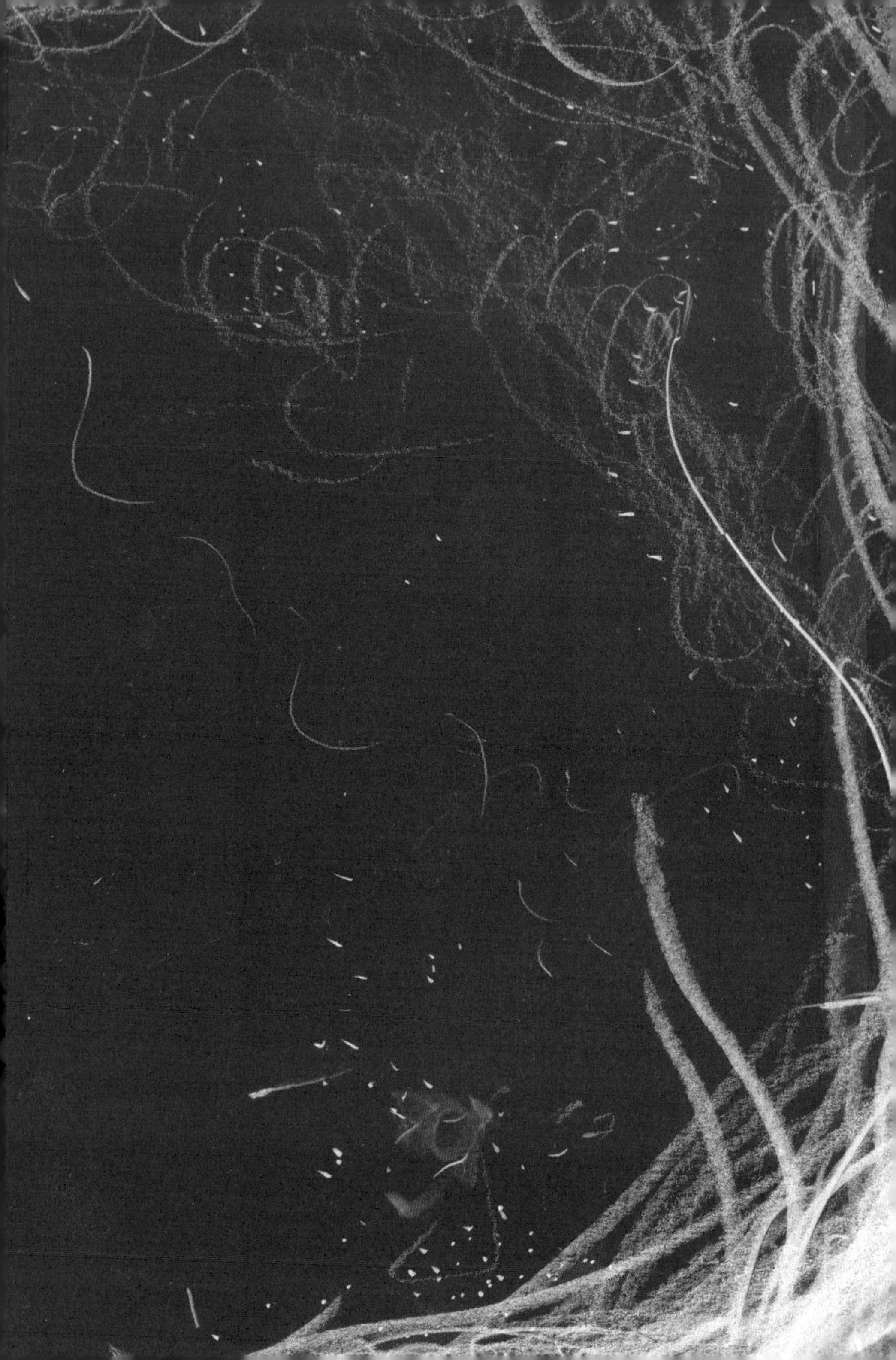

第三回的冒險……
他們還會像
之前一樣幸運嗎？

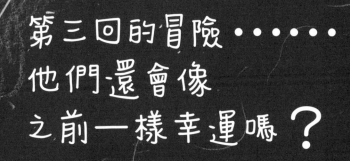

我是這則故事中某個角色……
我能看見一切、知悉一切，
但我不會跟你說我是誰。
你猜到我是誰了嗎？

Part One
Forest on Fire
第一部 森林大火

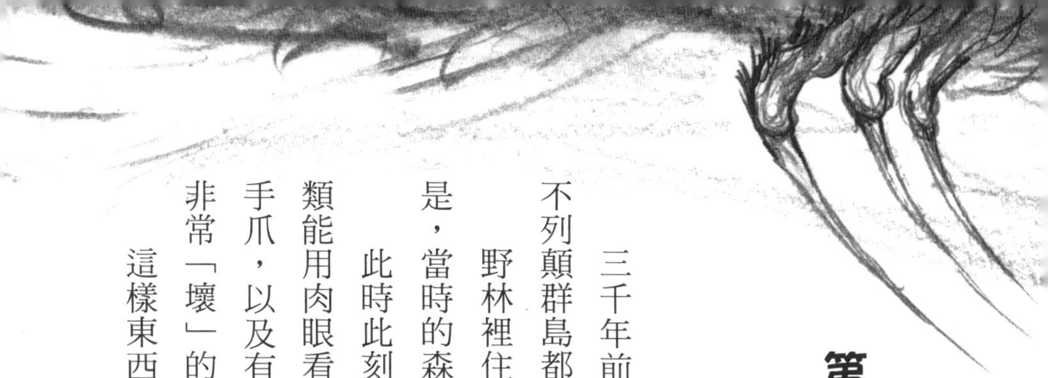

第一章　背叛

三千年前，在後來稱為「青銅器時代」的時代尾聲，全不列顛群島都是茂密蓊鬱的野林。

野林裡住著善良的動物、魔法生物與人類，他們都各自過各自的生活。但是，當時的森林裡也住著邪惡的生物，有些更是邪惡到了極點。

此時此刻，森林上空飛著兩隻邪惡生物，他們目前是隱形狀態，但如果人類能用肉眼看見他們，就會發現他們擁有烏鴉般柔韌的黑翅膀、猛禽腳爪般的手爪，以及有點像鳥喙的鼻子。他們是「巫妖」，而且不是好巫妖，是非常、非常「壞」的巫妖。他們緊貼著雲層飛在高空，邊飛邊盯著下方的東西。

這樣東西是一扇門，不過這扇門沒有乖乖待在門該待的地方，沒有直立在

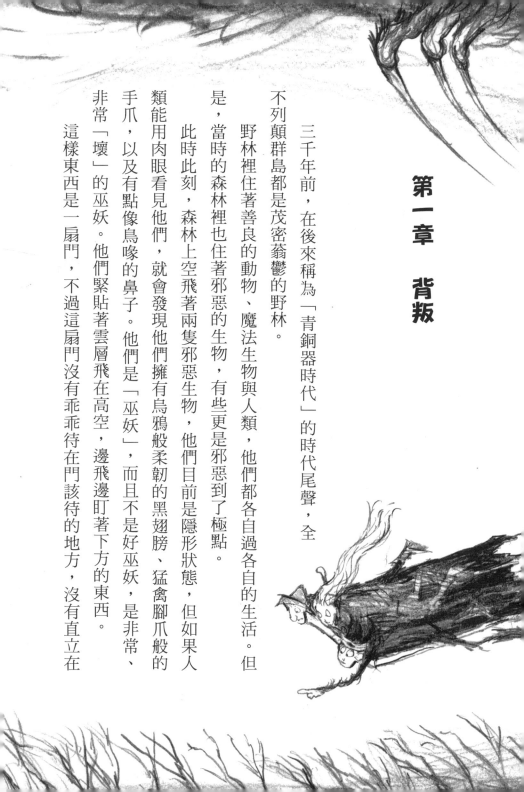

不同的房間之間，沒有安安穩穩、規規矩矩地站在地上開開闔闔，而是像地毯似地平躺著，在樹梢飛行。

巫妖原本悠哉地拍著翅膀，在樹林高空強勁的氣流中翱翔，準備飛回他們在悲愴山脈的巢穴，卻注意到下方那個在空中移動的小點——那扇飛行門。但是，此時令巫妖目不轉睛的東西，並不是飛行門本身。

飛行門上，趴著三個小孩。

隱形的兩隻巫妖，俯視著那三個小孩。

孩子們則從飛行門邊緣往下望，在森林中尋找著什麼。

巫妖看得飢腸轆轆，餓到黑色口水都從唇角滴出來了，他們已經好幾個星期——不對，也許是好幾年——沒看到像這三個小孩一樣美味的獵物了（由此可見，青銅器時代的人和其他時代的人不怎麼喜歡巫妖，可是有原因的）。

巫妖只想俯衝下去，用利爪緊緊抓住那三隻美味可口、毫無防備的小點心，卻因為某種原因遲疑了。

「麼什做頭外在們他？」斷頸嘀咕，鳥喙般的鼻子左搖右晃。「們他護保在人有沒麼怎？阱陷是會不會這？」（巫妖和我們人類用的是同樣的語言，只不過他們說的話前後顛倒。她的意思是：「他們在外頭做什麼？怎麼沒有人在保護他們？這會不會是陷阱？」）

撕鬧也停下動作，可是人類孩童血液的氣味一陣陣飄上來（對巫妖來說，那就和在烤箱裡烘烤的蛋糕一樣香），害他像狗一樣不停流口水。他恨不得直接衝下去，在斷頸面前把三隻鮮美的小點心抓走，帶回他的巢窩自己享用。

但撕鬧也很謹慎。在巫妖重返野林之前，空中到處是會飛的生物，有鳥類、小妖精與雞蛇，還有龍、小綠仙及形形色色令人驚嘆的魔法生物。然而現在是凌晨，離夜晚的巫妖狩獵時間還不遠，森林中一片死寂，戰士都把嬰兒安安穩穩地鎖在城堡裡，巫師也將小嬰兒安安全全地放在樹屋堡壘。那問題來了——這三個人類嬰兒怎麼會怡然自得地趴在魔法飛行門上，在離人類聚落好幾英里的地方飛行？也許斷頸說得對，這真的是陷阱也說不定。

三個孩子正在交談，其中一個假作勇敢，用顫抖的聲音唱道：「**勇敢無畏！**這是戰士的進行曲！**勇敢無畏！**我們邊唱邊進取！」

撕鬧巨大的耳朵邊緣捲起，不停轉動和調整姿勢，試圖聽清歌聲，他額頭中間的眼睛也睡眼惺忪地睜了開來。兩隻隱形的巫妖越飛越低，豎起耳朵偷聽小孩的對話。

第一個孩子是名叫札爾的巫師男孩（札爾的英文拼法是「Xar」，唸法卻是「Zar」——別問我為什麼，英文就是這麼奇怪）。兩隻巫妖有所不知，札爾是巫師之王恩卡佐之子，他還有個極為危險的祕密：他偷了一隻巫妖的部分魔法，現在在控制魔法這方面遇到一些障礙。儘管巫妖魔法藏在他右手手套下的傷口之中，兩隻巫妖還是聞到了，同類的氣味令他們百思不解。

第二個孩子是戰士女王希剋銳絲之女，一位名叫希望的戰士公主，她也有個極為危險的祕密：她的眼罩下藏著一隻魔眼。重點是，戰士根本就不該擁有魔法。

第三個孩子，是戰士男孩刺錐。他是希望的助理保鑣，但他覺得這份工作十分艱難，因為他不怎麼喜歡打架，也不幸常在身處險境時睡著。而且，希望似乎完全不理解「規則」的概念，刺錐根本就不可能控制這個不受控的小公主。此時毫無說服力地唱著歌的人，就是刺錐。

三個孩子是在兩週前逃離希望與札爾的家長，而現在，他們看起來哀傷了些、衣衫襤褸了些。這趟旅程的最初，和其他許多次旅程一樣，三人開開心心地出發，在當時的他們看來，離家出走是新奇刺激的冒險。但是現在，他們又

累又餓又怕，因為他們知道自己被戰士、巫師與巫妖追殺，也知道絕不能被追上。假如被「戰士」抓到，希剋銳絲會把希望關進戰士鐵堡，再也不讓巫妖接近她。假如被「巫師」抓到，恩卡佐會把札爾關進戈閔克拉監獄，治療他的巫妖印記。假如被「巫妖」抓到……這個想法實在太恐怖，我們的小英雄們都非常努力不去思考這件事。

因此，過去兩天他們都在尋找卡利伯——札爾會說話的渡鴉——姊妹的家，滿心希望能在那裡暫避風頭。

「我姊妹一定就住在這附近。」這句話卡利伯不知道重複了多少遍。「她是前陣子搬過來的，那時候我還是人類……」

卡利伯其實是個活過好幾輩子的巫師，他上輩子的確是人類，而且還不是尋常人類，是偉大的大巫師潘塔利昂，這次降世卻不幸以鳥類的姿態回到野林

卡利伯，札爾會說話的渡鴉

（卡利伯不僅是鳥，還是隻亂糟糟的鳥，因為他必須阻止札爾惹麻煩，這項不可能的任務害他十分焦慮）。

「我姊妹手上有移除巫妖的法術所需的材料之一——德魯伊的眼淚——我們或許能說服她把材料送給我們。」卡利伯說。「她還能讓我們借宿一晚，請我們吃一頓豐盛的大餐，暫時保護我們……」

大家都沒什麼精神，比起獲得法術材料，他們更想在床上好好睡一晚，還有飽餐一頓。想到這裡，刺錐不禁熱淚盈眶。

「卡利伯，你姊妹家長什麼樣子？」刺錐問。

卡利伯支支吾吾地說：「喔，那個，就跟其他人類的家差不多啊。我已經好幾年沒去找她了，等等看到就知道了。」

「你姊妹家很大嗎？」希望猶豫地說。「我們人這麼多，她真的有空間讓我們借住嗎？」

卡利伯一派輕鬆地揮揮翅膀。「這個啊，當然有啦！我姊妹家空間很寬敞，當然能讓我們所有人借住……」

「那我們有點，呃……**奇怪**，也沒關係囉？」希望傷感地說。「卡利伯，大家都討厭看到巫師和戰士合作，你姊妹真的不會介意我們嗎？而且，有些人可能會覺得我們有點……有點像是被『詛咒』了。」

希望是長得有點奇怪沒錯，她是個瘦瘦小小的女孩，充滿魔力的頭髮不停震動，她每次移動，頭髮就會因為靜電而飄起來。她蒼白的小臉蛋，看上去像是被海潮刷洗了一番，把所有稜角都沖刷掉了，臉上的表情則和善卻又堅定。

她堅定的心正在接受考驗。

她的盔甲坑坑疤疤的，她已經三天沒吃飯了，而且他們上週被蛇龍群（一種青銅器時代很常見的龍族）突襲，她臉上、手上與腿上深深的爪痕還沒癒

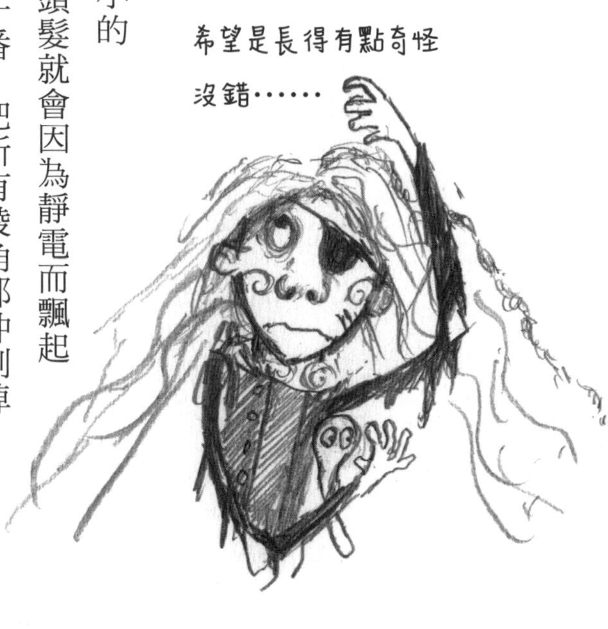

合。

希望全心全意想相信卡利伯真的有姊妹，這位姊妹也真的願意幫助一群違反了野林律法的亡命之徒……但她內心深處有點空蕩蕩，只覺得這份願望不可能成真。

「卡利伯，我們面對現實吧。」希望努力實際一些，努力不讓自己太難過。「我們不管去哪裡都跟別人格格不入，沒有人會要我們的。」

「我姊妹不像其他人，她不會歧視別人。」卡利伯說。「這世界上也是有好人的，他們只是比較難找而已。」

「你確定你姊妹沒有死掉又轉生成渡鴉嗎？我們一直找不到她的家，說不定是因為她現在住在

『鳥巢』裡了？」刺錐懷疑地問。

「不會的，不會的。」卡利伯說。接著，他有點沒自信地說：「應該不會吧……」

刺錐不想傷到卡利伯，但他們已經找卡利伯姊妹的家找了很久很久，卻一直沒找到蛛絲馬跡。「卡利伯，你確定沒記錯嗎？」刺錐說。「你不是不久前才剛想到你有這個姊妹嗎？」

「活過好幾輩子，真的很不容易。」卡利伯慌亂地說。「你得花一點時間，才能回想起前幾輩子發生的事，不過現在我想起來了，我知道我有個姊妹，她就在這片森林的某處……」

「我覺得還是別找她了，我們直接衝進迷失湖的德魯伊大本營，把他們的淚水搶走。」沒耐心的札爾說。

「你不懂！」卡利伯說。「德魯伊天性執著又不近人情，還是全野林最強大的巫師，他們真的很不喜歡別人搶他們的眼淚！要是被他們逮到，我們就死定

了……還是請我姊妹直接把淚水『送』給我們，比較簡單。」

這時，希望瞥見了什麼東西，但那不是卡利伯姊妹家溫暖的火光，而是更可怕、更陰邪的東西。

「下面的森林裡，有人在跟蹤我們。」希望悄聲說。她稍微將眼罩往上推，因為她的魔眼視力比較好。果不其然，下方糾結的蓊鬱森林裡，遙遠的某處有許許多多支火把的小閃光正在林間移動，朝他們的方向前來。

「卡利伯，那會不會是你的姊妹？」札爾滿懷希望地低聲問，肚子發出震耳欲聾的咕嚕聲。那些很顯然是狩獵隊不懷好意的火把，只有札爾會把狩獵隊當成卡利伯姊妹迎接他們的隊伍——札爾就是這麼樂觀，時時刻刻都希望能遇到最好的情況。

他右側太陽穴有很深的抓傷，是前幾天差點被蛇龍抓瞎時留下的傷痕，他一條腿還被幻形怪咬傷，纏著一片舊上衣的布料，儘管傷口感

染了，他也不以為意。札爾是個隨遇而安的男孩，他的雙眼神采奕奕，彷彿身上有感染的幻形怪咬傷與蛇龍抓傷都不重要，他就是要盡情享受人生。

札爾是個很有魅力的男孩，所以有很多追隨者，此時就有六隻追隨他的小妖精與三隻毛妖精，隨飛行門飛在空中。這些小生物長得像昆蟲，皮膚薄到你能看見他們的心臟，他們的心臟現在都驚恐地狂跳，心跳激烈到藍色火花不時從他們耳朵飛出來。

「小心……」他們嘶聲說。「小心小心小心小心……」

「那絕對不是我姊妹。」卡利伯用一隻翅膀擋住清晨陽光，瞇起眼睛往下望，想看得更清楚。「他們在敲戰鼓，而我姊妹不可能對我們敲戰鼓……除非她這二十年來性情大變了。」

「小妖精們，別擔心，」札爾安慰道。他雖然經常帶同伴惹麻煩，還是非常認真看待自己身為領袖的責任。「我會保護你們……」

「逆當然會了，主人！」最嬌小、最興奮的毛妖精之一——吱吱啾——尖聲說。「逆是全世界有史以來最聰明的領袖，逆不可能害窩們遇到危險！」

「可是我不懂……」希望困惑地說。「沒有人知道我們往哪個方向去了啊——小妖精都讓身體暗下來了，我們又飛在離樹冠層很近的高度，下面的人不可能看到我們。他們怎麼可能跟蹤我們？」

「他們可能是聞到粉碎者和雪貓的氣味了。」刺錐提出。

札爾還有一些同伴在森林地表行動，分別是巨人粉碎者、三隻美麗的雪貓、幾匹狼、一隻熊，還有一隻名叫孤狼的狼人。

「怎麼可能！」札爾小聲回應。「我是逃跑專家，我的同伴也都很擅長逃跑！根本不可能

逆不可能害窩們遇到危險……

有人追蹤我們……」

札爾是有一點點自大，但他確實很擅長逃跑。他是全巫師王國最叛逆的男孩，總是到處惡作劇惹麻煩，例如：

他叫小妖精對他哥哥——劫客——的法杖施法，劫客每次想使用法杖，就會被它們打屁股……他還在大廳的魔鏡上畫斑點，害每個人看到鏡子都以為自己得了傳染病、皮膚長疹子了……他甚至把活動魔藥倒進他最討厭的老師——嚷特——的褲子，每次嚷特想穿褲子，它就會跳到搆不到的地方。

也因為他老是惡作劇，札爾從出生到現在這短短幾年，一直在逃離憤怒的父親、師長與其他巫師，成了逃跑專家。

「也許有人背叛了我們。」風暴提芬——札爾手下一隻較大的小妖精——嘶聲說，眼睛狐疑地眯了起來。「搞不好是那個狼人。孩子們，聽好了，絕對不能信任你在監獄裡認識的狼人，這是我的金玉良言。」

「妳不准因為人家是狼人，就把他當壞人！」札爾氣呼呼地說。

希望贊同札爾的看法。

「沒有人背叛我們。」希望溫和地說。「風暴提芬，我們現在都在同一陣營，大家都是通緝犯了，妳忘了嗎？

「問題是，森林裡那些追趕我們的人，到底是誰？」希望擔憂地問。

卡利伯列出他們的各路敵人：「可能是德魯伊部族……也可能是札爾的父親……或是希望的母親……還有那個痛恨你們的巫妖嗅獵人……對了，還有戰士皇帝，他應該想不擇手段消滅能操控鐵的魔法……」

吱吱啾咧嘴露出滿口小牙齒，尖聲說：「主人，『窩』來幫逆對付他們！窩會從他們的鋼鐵屁股咬下大塊大塊的肉！窩會讓他們一整個星期都在流鼻水，還會把他們的三明治打結！窩會讓他們的襪子破洞，害他們的大拇指一直從破洞跑出來，『很煩很煩』！窩會在他們的褲褲裡放癢癢粉，在他們肚臍裡放小棉絮球，他們『永遠』都猜不到小棉絮球是哪裡來的！」

吱吱啾的體型沒比榛睡鼠大多少，在肚臍眼放小棉絮球也沒什麼威嚇力，他的威脅對德魯伊或全副武裝的鐵戰士而言，應該都不足掛心。儘管如此，札爾還是一本正經地感謝他，對他說：「吱吱啾，你當然可以對付他們，等我下命令，你就去。」

卡利伯沒提到的敵人，是巫妖。說來諷刺，此時此刻，上方就有兩隻大巫妖在跟蹤他們。大家都沒注意到巫妖接近的徵兆：札爾腰帶上掛著兩根巫妖羽毛，巫妖接近時，羽毛會散發不自然的鮮豔綠光。它們現在就在散發綠光，天啊，真的好綠，比綠寶石還綠、比星光還亮，可是札爾、希望與刺錐都專心盯著下方的森林，沒注意到巫妖羽毛的變化。

唯一注意到羽毛發亮的，是寶寶。寶寶是最小最小的毛妖精，他看到羽毛發光，焦急得快發狂了。

問題是，寶寶還住在他的蛋裡，而且他只會說一個字：「咕！」

而且，即使小嬰兒有很重要的話要說，也不會有人聽他們說話。

所以，儘管寶寶急躁地在蛋裡滾來滾去，一直撞到別人，用小嬰兒的聲音大喊：「咕！咕！咕！」其他小妖精都沒有聽他的話，札爾也只是把他拍開，對他說：「寶寶，不行，現在不可以玩。」

兩隻巫妖飛在飛行門上方大約十英尺的位置，邊把爪子磨利，邊相視一笑——巫妖的幽默感實在很糟糕，所以他們露出的笑容也很可怕。真是太好笑了！那三個小孩忙著注意地上的危險，完全忽視了天上更嚴重的威脅。

原來他們離家出走了啊！難怪他們會在凌晨外出，離部族與家人那麼遠……原來這根本就不是陷阱……

巫妖準備俯衝。

但這時，兩隻巫妖全身一僵，只見某樣東西從希望的背心後面探出頭，一面嗅嗅聞聞一面轉頭，然後跳到希望頭頂，和其他人一起往下望。

那樣東西是一根湯匙，而且是活的湯匙。

魔法湯匙出來後，一把鑰匙、一支叉子與好幾根魔法大頭針都跑了出來。

在巫妖看來，這都不奇怪，他們以前也見過不少魔法物品。

重點是，這些魔法物品一點也不正常，他們真的很奇怪……

這些魔法物品……

……**是鐵做的**。

兩隻巫妖的眼睛燃起紅光，在那驚恐的瞬間，他們的紅眼睛現出原形。

「是——她……」巫妖們嘶聲說。

「是——**她**……」巫妖發出像狗的低吼。「有魔眼又有**操控鐵的魔法**的女孩……」

說巧不巧，正從飛行門邊緣往下望的希望，和巫妖同

時悄聲說：「是**她**……」

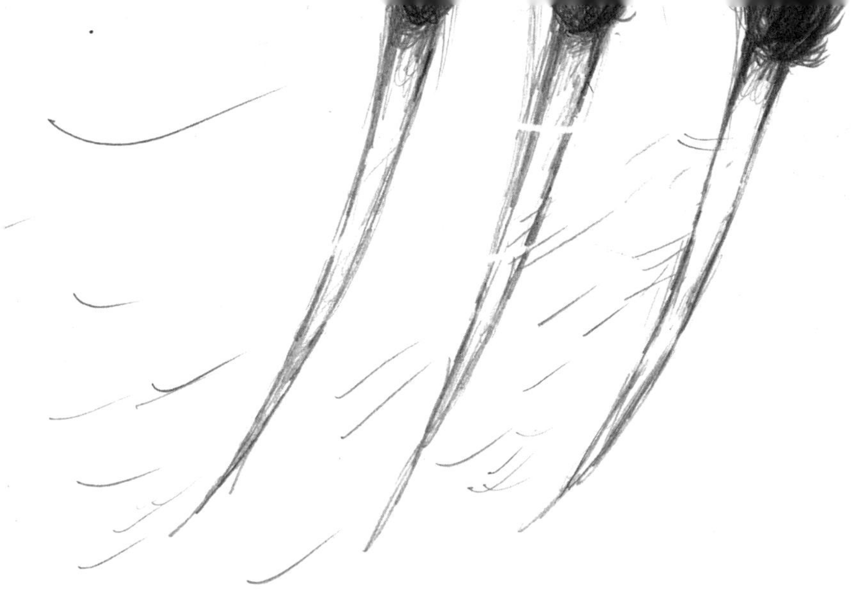

「是她……是她……是**她**……！」

「是我母親！」希望高呼。「是她在跟蹤我們！好喔，大家不要驚慌……保持鎮定……鑰匙！可以請你跳進鑰匙孔嗎？」

希望想全速駕駛飛行門時，必須請鑰匙插進鑰匙孔，她才能迅速操控門的前進方向。

「當然囉。」鑰匙用尖尖細細的聲音，得意地說。「湯匙，你看吧？叉子只能把食物送到嘴巴，他只能弱弱地用在馬鈴薯上……可是『我』不一樣，我扮演的角色非常重要。」

鑰匙和叉子都愛上了魔法湯匙，所以鑰匙一有機會就非要大肆炫耀不可。

叉子氣呼呼地對鑰匙抖動叉尖，鑰匙則挺起小小的鐵胸膛，得意洋洋地跳進鑰匙孔。

「我們很安靜、很安靜地溜走……」希望說。「大家小聲點……盡量不要發出聲音……」

但就在希望調整鑰匙，讓飛行門安靜又快速掠過樹冠層時，她發現吱吱啾的模樣很奇怪。

他剛才興奮過了頭，不停在空中翻筋斗，惡狠狠地威脅要在別人的襪子上戳洞還要保護札爾，還不小心咬到自己的尾巴；當他看見希望的母親時，似乎完全發狂了。蜜蜂般的小身體爆出小火花，有斑點的眼睛亮起鮮綠色光芒，他尖聲高呼：

「**啾吱吱來救人囉！衝啊啊啊！**」

小毛妖精瘋狂俯衝下去，打算以一己毛妖精之力，

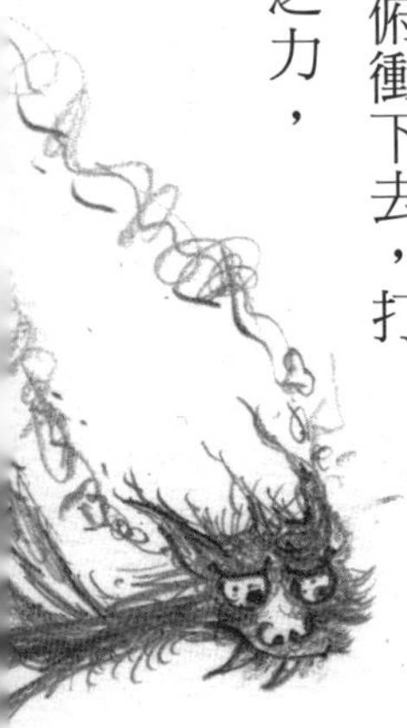

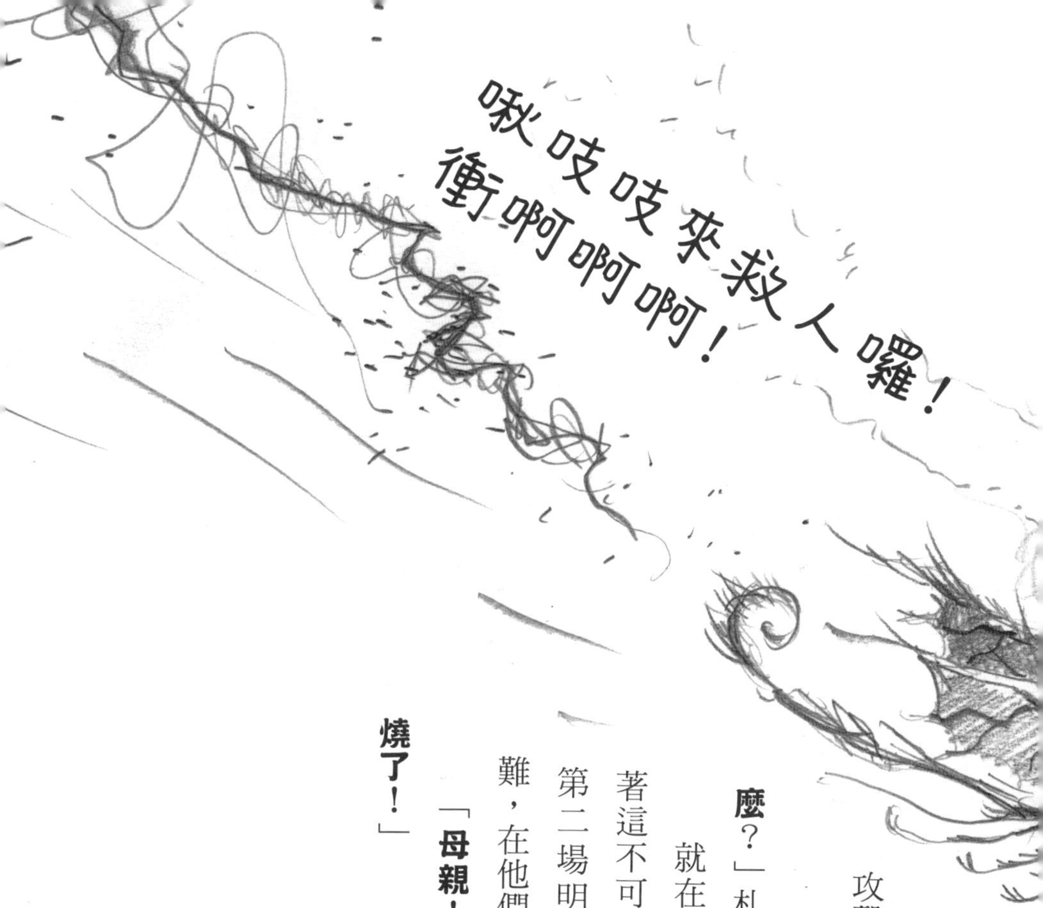

攻擊希剋銳絲女王的大軍。

「他……在……做……**什麼**？」札爾驚呼。

就在門上三個小孩目瞪口呆地看著這不可思議的第一場災難展開時，第二場明亮、猛烈、熊熊燃燒的災難，在他們眼前爆發了。

「**母親！**」希望驚叫。「**她要把森林燒了！**」

札爾的小妖精

亞列爾
嗡嗡咻
吱吱啾
寶寶
鬼燈籠

第二章　樹木在尖叫

與此同時，地面上，巨人粉碎者和札爾的雪貓——貓王、夜眸與森心——狼人孤狼、狼與熊，都寂靜無聲卻又迅速地在野林裡奔馳。狼和巨人都很常見，但我真希望你能親眼看看這三隻美麗的雪貓，他們比獅子還大，滿身毛皮宛如粉狀深雪。他們悄然跑在古老的森林中，觸鬚不住抽動。他們和飛行門上三個小孩一樣，看上去比兩週前瘦一些、餓一些，身上還沾滿泥汙。蛇龍爪子在雪貓臉上留下了深深的傷痕，熊的耳朵被扯破了，孤狼也跛了腳。

不可能有人知道他們往這個方向前進，因為札爾說得對，他們來

去無蹤，沒有人能追蹤他們。就連巨人也知道怎麼輕巧地走在地面，粉碎者雖然幾乎和附近最高的樹一樣高大，走在林中空道上時卻沒在矮樹叢留下足印，而是輕輕把巨大手杖撐在地面，邊走邊愉快地低聲哼歌。粉碎者是長步高行巨人，這種巨人體型龐大，思想通常也很宏觀，走路時，他們巨大的頭腦會開始運轉，所以粉碎者滿腦子的靈感讓他頭頂冒煙。他每輕巧地走一大步，腦子裡就在思考：

「我們能不能說樹木有頭腦呢？它們絕對有學習能力……它們雖然是用樹根學習，但我們能憑這一點，說它們不像我們巨人或人類，說它們沒有頭腦嗎？」

然後，他突然停下腳步，耳朵湊到最近的一棵樹旁。

他皺紋滿布、宛如古老地圖的臉龐，平時都是對世界感興趣的溫和表情，但此時，他露出非常擔憂、非常嚴肅的神情。

他緩緩彎腰，看著動物同伴們。

「親愛的樹木，別擔心……」粉碎者說。

「**各位林中生物，不要驚慌，**」粉碎者說。「**但請注意，樹木在尖叫。**」

有些人認為樹木沒有嘴，就不能說話，可是他們錯了——這種人通常也認為，別人如果沒和自己一模一樣，就根本不算是人。其實樹木就像你我，它們也會對話，只是我們的耳朵聽不見而已。它們會用巨人耳朵聽得見的聲波傳遞訊息，還會散發巨人鼻子聞得到的化學物質，我們小小的人類耳朵和鼻子沒辦法聽到或聞到這些，並不代表樹木的訊息不存在。

如粉碎者所說，樹木在尖叫。

它們用劈啪作響的樹根、用它們能擠出的每一份電力與化學訊息尖叫的是：「**火！火！火！火！**」

這些樹願意用尖叫傳遞這份訊息，實在是太大方了，因為它們的樹木同伴就算聽見了，也無法做出反應。樹木的生活步調很慢，它們能讓樹葉朝陽光的方向移動、讓樹根朝水的方向生長，但這一切的速度都非常慢，而面對近在眼

前、能瞬間摧毀萬物的「火焰」，它們無法從自己生長的土地拔起滿是泥土的根，全速逃命。

但動物就有辦法逃命了。也許樹木比我們有智慧，知道自己和同類不可能在沒有其他生物的森林裡存活。

雪貓豎起耳朵，狼人的鼻子開始嗅、嗅、嗅，早在木頭燃燒的氣味與遠方驚恐的狐狸叫聲傳來前，聞到並聽到樹木尖叫的訊息。

他們慌了。

動物與魔法生物怕得發狂，開始喘氣、號叫、全速奔跑，不顧自己是否被荊棘扯到或被樹枝戳到。他們加入其他成群逃竄的動物，刺蝟、狼、熊、鹿、鳥、蟲、小妖、矮妖，所有生物在林中狂奔，急著逃離最古老的敵人：火焰。

有翅膀的小妖精、鳥類等生物最幸運。

粉碎者只能慢慢跟上去，因為巨人和樹木一樣動作不快。他走在森林裡，淚水從他滿是皺紋的臉龐淌落，邊走邊同情地觸摸每一棵珍貴的神木。

火焰在樹與樹之間躍動，速度比妖精還快、比巫妖還快，生長數百年——甚至數千年——的樹木熊熊燒起，瞬間被摧毀。風帶著明亮的烈火一路破壞下去，烈焰隆隆作響，燒得更快、更急、更高、更旺、更亮、更猛，比思想還快，比任何人想像的都要恐怖。

樹林上空，飛行門上的孩子立刻做出反應。

希望握住魔法鑰匙，往「下」指。

「我們必須救吱吱啾、粉碎者和其他動物！」札爾大喊。飛行門在尖響中朝熊熊燃燒的森林俯衝下去，小妖精們的本能都叫他們趕快飛走，他們卻勇敢地緊隨在後，留下一道道瘋狂尖響與震動的小妖精粉。

飛行門、小妖精與渡鴉選擇在那一剎那俯衝，實在是太幸運了。

因為，在他們開始俯衝的同一時間，巫妖進攻了。

吱吱吱嘰嘰嘰嘰咿咿咿！

尖銳的撕扯聲響起，空氣彷彿被硬生生撕開。

不知道你有沒有被巫妖俯衝攻擊的經驗，我來描述一下那種感覺好了。巫妖隱身時無法攻擊人，他們的手會像幽靈一樣，直接穿過你的身體，所以斷頸與撕鬧尖叫著往下衝時，邊飛邊讓身體現形。最先出現的是兩顆大聲尖叫的頭，頭顱輪廓是點點火星與噁心氣體形成的，接著，兩隻巫妖像無比邪惡的遊隼，風風火火地直衝向飛行門上的希望、札爾與刺錐。

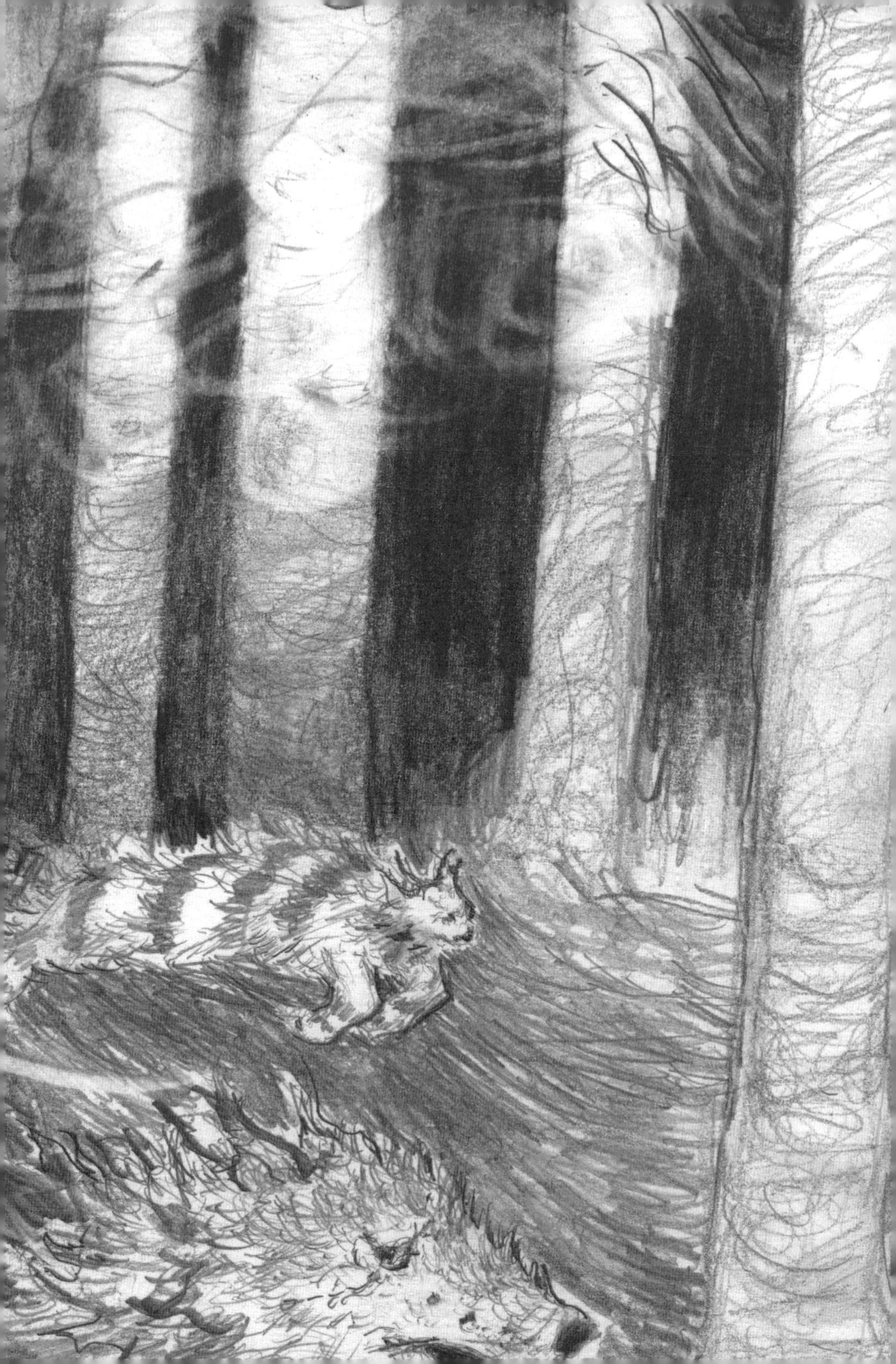

巫妖進攻時，會同時攻擊你的五感：他們臭得令人難以忍受，是超乎想像的臭蛋與屍臭味，以毒霧的形式釋放出來。他們的尖叫聲宛如五百隻狐狸臨死的痛苦呻吟，它會深深埋入你的腦海，在你腦中不停迴響，直到你被逼瘋。

撕鬧有兩顆魚眼般的眼睛，眼珠子深埋在斧頭般尖銳的鼻子兩側，深到你無法看清它們無情的深淵——你當然也不會想仔細觀察他的眼睛。他的嘴巴有銳利的尖牙，不停滴下噁心的黑口水。他的身體像人類與黑豹的

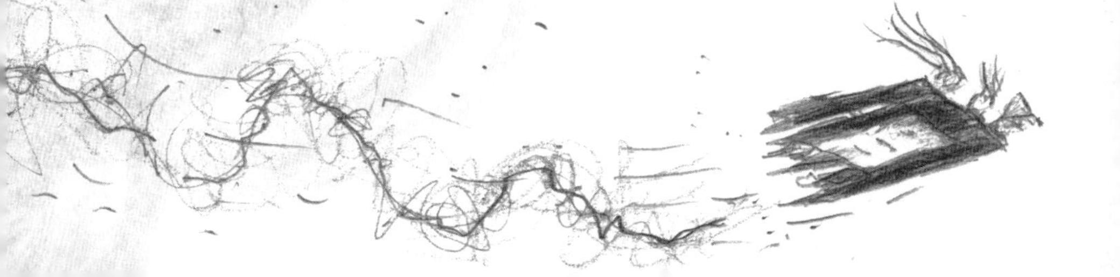

融合體，爪子和劍一樣長，還有一雙長滿羽毛的黑翅膀。

斷頸長得沒有比較漂亮。

兩隻巫妖衝了下去，卻慢了一點——在那一秒，門上的孩子們為了幫助朋友而向著森林俯衝過去，巫妖的爪子只抓到空蕩蕩的空氣。他們發出懊惱又失望的尖叫聲。

小妖精、小孩與渡鴉卡利伯這才終於回頭，發現他們被攻擊了。緊接著是一片大混亂，「拯救吱吱啾、粉碎者與其他動物任務」，瞬間變成「拚命逃離進攻的巫妖任務」。

「**啊咿咿咿咿咿咿咿咿！**」巫妖尖叫。

「咕！」寶寶哭喊。這句小嬰兒語的意思是：「我從剛剛就一直想告訴你們，可是都沒有人要聽小嬰兒說話，**真是的……**」

「**飛啊啊啊啊啊！**」札爾大喊。他不停朝巫妖

射箭，希望焦急地前後轉動鑰匙，做出狂亂的旋轉動作，讓飛行門瘋狂迴轉閃避後方那兩隻可怕到令人思想凍結的巫妖，同時跟著吱吱啾衝鋒陷陣的小光點前進。吱吱啾仍在高聲吶喊：「**啾吱吱來救人囉！衝啊啊啊啊啊！**」

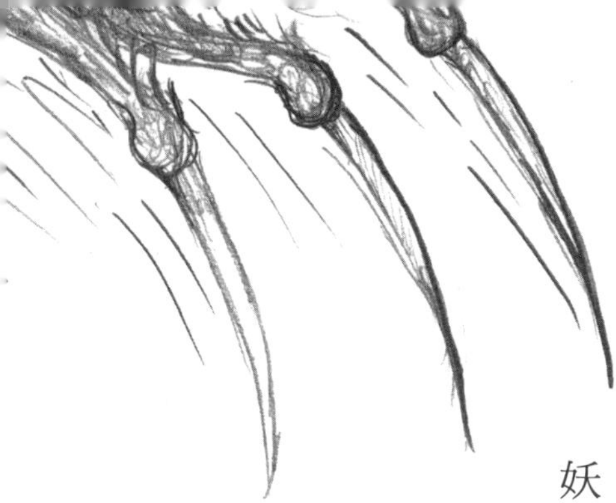

「公主，別擔心！」刺錐說，邊試著拔出希望的魔法劍（這是把非常特別的魔法劍，能殺死巫妖），卻無法把劍從劍鞘裡拔出來，他只好拿出弓箭。「我會拯救妳的！」

可惜刺錐身為保鑣，有一個大弱點：他患了一種病，在遇到極

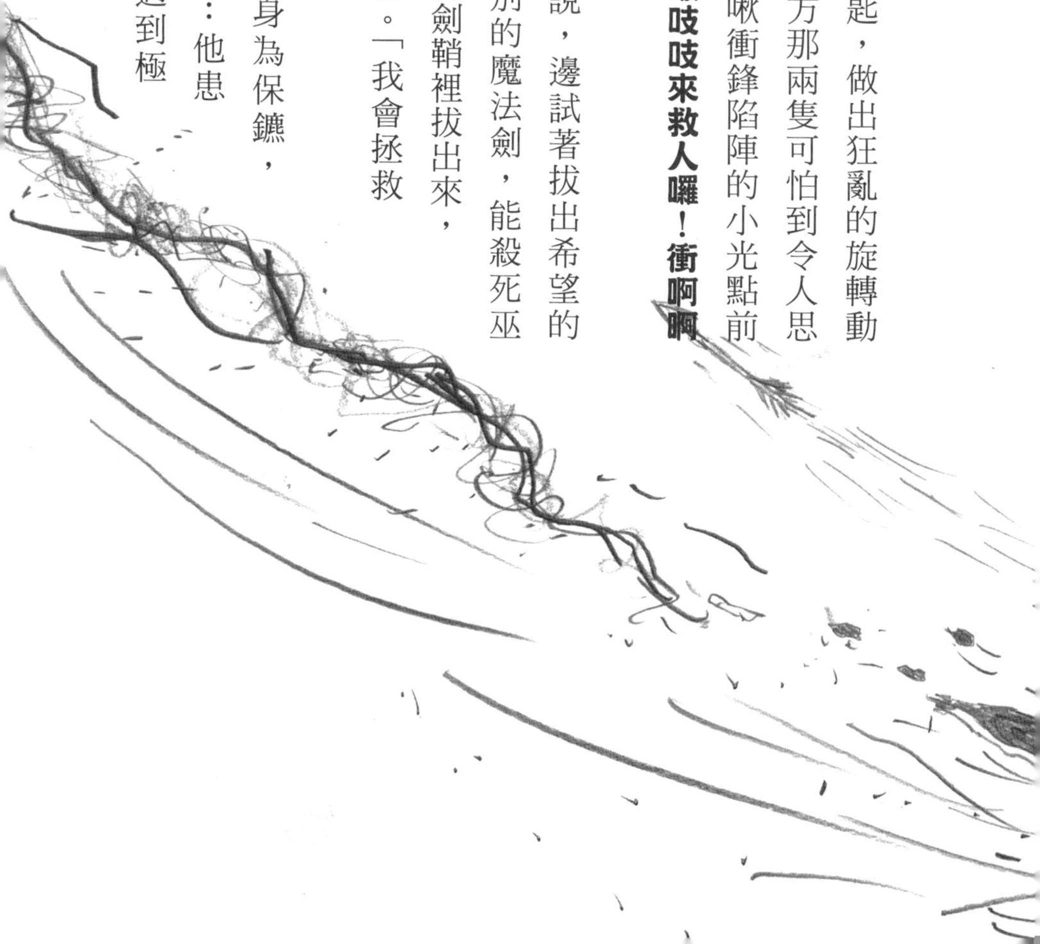

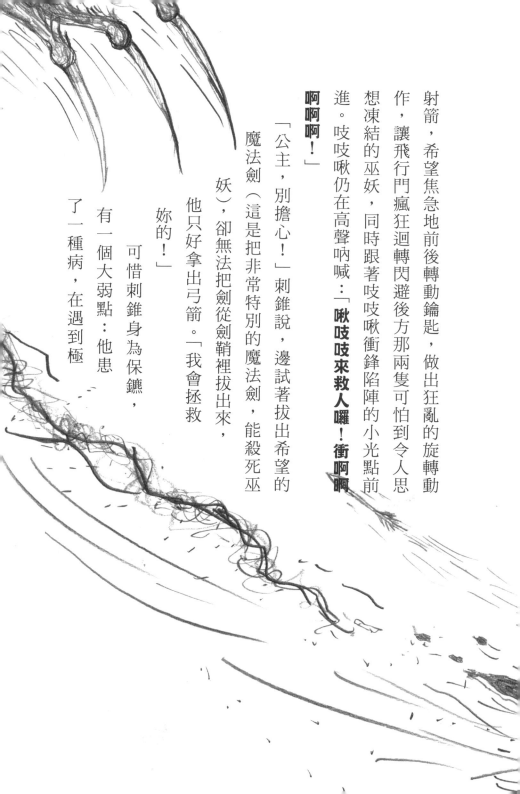

端危險的情境時，身體會不由自主地睡著。

英勇的話才剛說出口，他就癱倒在門上大聲打呼，還快要從門上滑下去了。

呼，呼。

「刺錐！快醒醒！」希望大喊。札爾不得不放棄對巫妖射箭，和希望一起抓住刺錐的兩條手臂，以免他完全滑下飛行門。

刺錐突然驚醒，口齒不清地問：「誰？什麼？哪裡？」

「德魯伊領地的森林……」小公主氣喘吁吁地說。「被巫妖追殺……吱吱啾自己去攻擊我母親的軍隊了……」

「喔！對！」刺錐邊說邊手忙腳亂地爬回飛行門上。「**我們可以的！**比起札爾的骨箭，我的鐵箭對巫妖效果更好！」刺錐放下魔法劍，把一支鐵箭搭在弦上，小心瞄準——然後又睡著了。他的箭射中自己的腳，身體重重倒在希望身上，害她的手滑了一下，控制飛行門的鑰匙從鑰匙孔飛出來，力道大到門迅速倒飛起來，速度快得差點飛進巫妖大張的血盆大口。

從各方面看來，這三個年輕的亡命之徒，實在欠缺團隊合作……

鑰匙被希望的頭髮纏住了，於是叉子跳出來幫忙，它跳進鑰匙孔，用叉尖替代鑰匙。希望握住叉子，又控制住飛行門，險險閃過巫妖揮來的尖爪。

頭下腳上的叉子得意洋洋地看著鑰匙，彷彿在說：「**湯匙，你看我，你看看我啊！**……我們叉子也是很重要的！」

「叉子不過是『送食物的工具』，沒資格操作鑰匙孔！」鑰匙尖聲說。「你現在給我出來，不然這趟旅程會以災難收場！」

「**吱吱啾！快回來！**」札爾大吼。

呼呼呼咻咻咻咻！飛行門在樹梢俯衝、迴旋與閃躲，刮下不少樹葉，還差點害三個拚命掛在門上的人類飛出去。刺錐再次醒轉，這回他根本不打算射箭了，把腳上的箭甩掉之後，他只專心確保自己不從門上摔下去。

希望正努力追著吱吱啾前進，而吱吱啾全速掠過燃燒的樹海，朝步步進逼的戰士與他們的火把前進。我也不曉得這隻小小的毛妖精打算怎麼憑一己之力攻擊一整支戰士軍隊，但他似乎已經打定主意。

下方的森林地表，希剋銳絲女王與鐵戰士騎著馬，全速飛奔在樹林中。

希剋銳絲女王長得和希望一點也不像。

希剋銳絲女王竟然會有個和自己這麼不像的女兒，實在不像她的作風，但即使是偉大的女王，也無法完全控制自己生出來的小孩長什麼模樣。

希剋銳絲女王穿著行軍打仗的裝束，包括鐵胸甲、鐵頭盔，還有很多很多武器，以致她看上去像是某個外星戰神的雕像。此外，她還穿戴了滿身的珠寶、毛皮及鐵器時代早期最細緻的布料，因為在她看來，既然非得在蠻荒森林裡追捕那個不聽話的女兒，那我的槲寄生啊，她想打扮得多時髦是她的自由。

她的心情不怎麼好。

「巫妖。」希剋銳絲女王騎著飛速奔馳的馬，抬頭望向天空，悄聲說。「我就知道！我**就**知道他們會去追她！**把巫妖射下來！**」

咻！咻！咻！

箭矢從森林地面向上射，差點射中飛行門與巫妖。

「妳母親在朝我們射箭！」刺錐驚奇地說。「我們的問題還不夠多嗎……」

「她不是在對著**我們**射箭，她是在射巫妖。」希望說。她一本正經、堅定無比地操控飛行門——考慮到她是用插在鑰匙孔裡的叉子控制門，她的飛行技術其實滿好的，可惜沒人有時間或心情欣賞她進步神速的飛行技——飛行門以驚人的高速飛在混亂的森林與大火、煙霧上方。

箭雨向上射來，每一支都險險擦過目標。

「唉，真是的！」希剋銳絲女王對戰士們罵道。「距離這麼近，你們就射不到兩隻龐大的巫妖嗎？」

她嘆一口氣。

「真是的，什麼事都得自己來……」希剋銳絲女王拉住韁繩，取出弓箭，小心瞄準。

咻咻咻！

希望又讓門在濃煙中急轉彎，但這次慢了半拍，撕鬧的一隻爪子抓住了門，讓飛行門轉了好幾圈、射向斷頸的爪子。斷頸緊緊抓住旋轉的飛行門，將它抓穩，然後撕鬧露出邪惡的笑容，準備飛衝過去。

這下，沒得逃了。

但下方突然發出「咻！」的最後一聲，撕鬧得意洋洋、勝券在握的笑容，轉變成震驚的神情。

接著，撕鬧從空中摔落，希剋銳絲女王的箭插在他的心臟，他還沒落地就已經死透了。

砰！他摔在森林地上，戰士們四散逃離巫妖撞出來的凹坑及到處逸散的綠煙。

斷頸驚恐地哀鳴一聲，放開飛行門，在黑羽扇動的聲響中逃之夭夭。

希剋銳絲的箭矢，還阻止了正要衝鋒的吱吱啾。

在飛向撕鬧的途中，箭矢很近很近地擦過吱吱啾，毛妖精的觸角尖端被射掉了，他嚇得在空中停下動作。他眨眨眼睛，有著斑點的小眼中，綠光漸漸消散，他像是剛睡醒的刺錐……

「窩在哪裡？」吱吱啾尖聲說。看見希剋銳絲的戰士大軍聚集在下方，那可怕的人山人海讓他猛地全身發抖。

「救窩啊啊啊啊啊！」他慌亂地轉身，全速扇動小小的翅膀，朝他認為是希望、札爾、刺錐與飛行門的方向飛去，躲進希望的頭髮，和湯匙與鑰匙縮在一起。

「希剋銳絲女王，射得好！」刺錐鬆一口氣說。他從門的邊緣往下望，試圖在巫妖摔落時散開的煙霧中，看清希望的母親。「對，妳說得沒錯，她是在朝巫妖射箭。幸好她箭術如神……」

札爾痛恨希剋銳絲女王，但就連他也欽佩不已。「她說不定沒有我想像中那麼壞——等一下！她在做什麼？」

希剋銳絲又上了馬。「現在，把門射下來。」她對副手下令。「那麼大的東西，你應該射得中了吧？」

「但是，女王陛下！」副手語無倫次地說。「您的女兒也在那扇門上啊！」

「我的女兒，」希剋銳絲女王咬緊漂亮的牙齒，氣鼓鼓地說。「有不只一條命

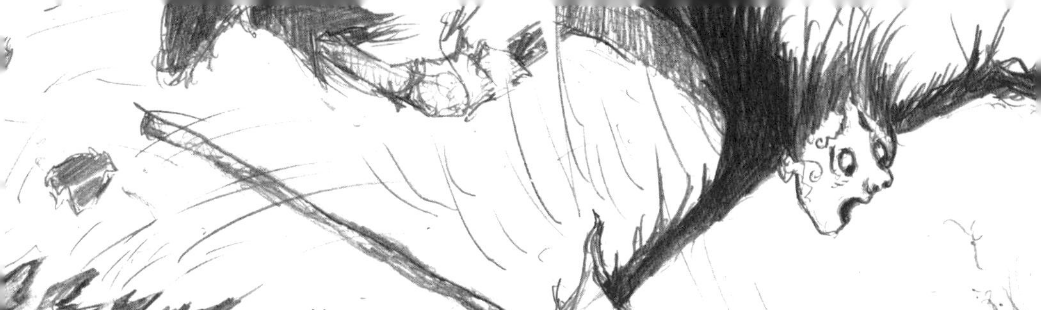

（這說來話長，真的很長）。她如果不希望自己的門被射下來，當初就不該帶著不正常又奇怪的『操控鐵的魔法』出生。**把門射下來！**」

箭雨又再次往上射來。

「快讓門倒退！」札爾大喊。「我錯了，她真的和我想像中一樣壞！」

「可是希剋銳絲女王到底在做什麼？她為什麼要對我們射箭？」刺錐莫名其妙地說。「她難道瘋了嗎？」

「這個嘛，其實她從以前就不是那種會給人『抱抱』的母親。」希望說。「但我相信她一定是有某種非常合理的理由……」

他們很快就會聽到那個理由了。**砰！**

一支瞄得很準的長矛直接命中飛行門，刺穿了將門板碎片黏在一起的脆弱魔法。

「希望，別讓它散架！」卡利伯呼喊。「想像它是一扇完整的門！」

然而，在突然遇襲的情況下，希望還不能完全控制自己的魔力。飛行門碎成一千塊碎片，三個孩子墜向遠在下方的地面。

第三章　希剋銳絲女王不是會給人抱抱的母親

他們運氣非常好，飛行門被射中時，剛好在粉碎者與忙著逃跑的動物上方。

「**小心上面！**」粉碎者高呼。門板碎片撒下來時，他猛然停下腳步，動物們雖然極為害怕緊追在後的大火，怕到發了狂，還是顫抖著一起停步，因為他們深愛他們的人類。動物們跑回來，看看有沒有辦法幫忙。

札爾與刺錐摔進一棵樹的枝枒間，希望則被六隻小妖精緊抓著衣服救了下來，最後落入粉碎者雙手，被他捧起來。

小吱吱啾差點死於非命，他從希望的頭髮中掉出來，來不及閃過飛行門飛射而出的碎片，被暫時敲暈。若不是樹上的札爾捨命把手遠遠伸出來接住他，吱吱啾想必會摔入熊熊燃燒的矮樹叢。

粉碎者輕輕把札爾和刺錐從樹上救下來，將他們和希望放在地上，叫他們爬上雪貓。雪貓能載著人類奔跑，比巨人奔跑的速度快得多。

「**快跑**。」巨人說。

刺錐、希望與札爾跳上雪貓的背。「**飛奔吧！**」札爾高呼。貓王、夜眸與森心柔軟的毛皮都沾了灰燼，全身毛髮直豎，他們害怕地大步跑跳，和狼與熊一起在鐵鏽色的黑雨與輕柔灰燼中飛奔。**轟隆隆！**熾熱大火吼嘯著追來，還混入戰士狩獵隊的嘈雜聲響：獵犬的咆哮、戰士號角的尖響，以及鐵蹄在森林大火中奔馳的隆隆聲。

戰士狩獵隊，帶來新鐵器時代的聲響。

森林將被焚盡，如此一來，戰士便能建造他們的堡壘、開墾農田，興建全新的現代世界。戰士們認為，現代人的做法，才是正確的做法。時間又不能倒流，是不是？那太荒唐了，戰士可不相信荒唐的事。森林必須焚毀，戰士才能領導人類朝更文明、更有前瞻性的方向前進。巨人必須離開，因為他們占據太多空間。小妖精必須死亡，因為戰士需要用他們的棲息地，製造戰士所需的各種東西。這一切是很不幸沒錯，但事情就是如此，這都是為了進步。

於是，野林各地發生一次次狩獵，瘋狂的狗吠聲與尖銳的號角聲此起彼落，乘馬的戰士們獵殺巨人、閃亮的妖精、長髮的山怪，與居無定所的幻形怪。

這回當然和之前的狩獵不太一樣，因為希剋銳絲女王獵捕的對象，是自己的女兒。

她騎馬率領戰士大軍衝鋒——無論在何時何地，希剋銳絲女王總是衝得最快。她直挺挺地坐在獵馬背上，高聲發號施令，完全不顧後方的呼呼火聲。

他們最先追上粉碎者。

粉碎者雖然每一步都跨得很遠，移動速度卻比雪貓慢，因為他會時不時停

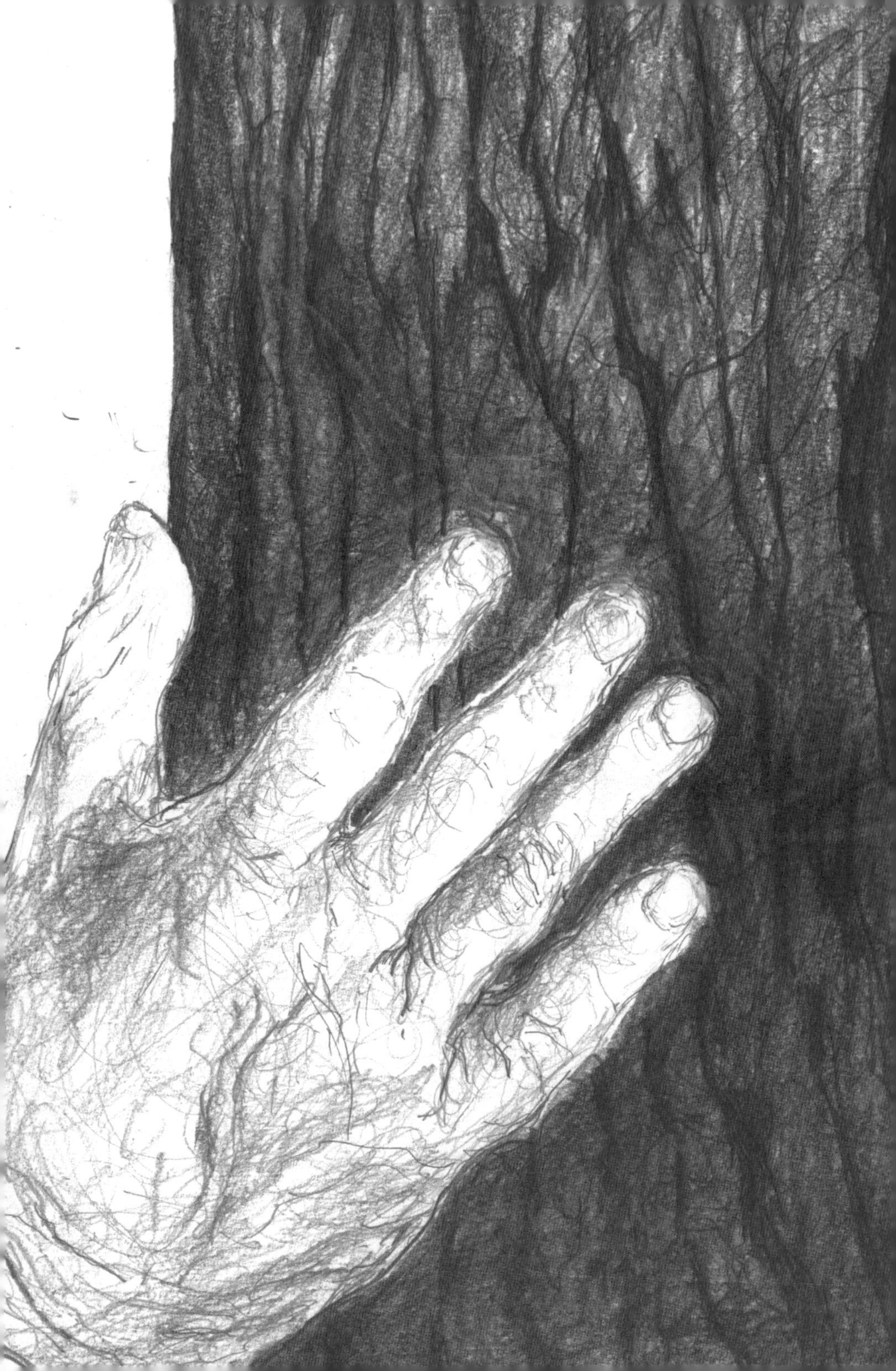

下來安慰林中樹木。在混亂的森林大火中，他保持鎮定，巨手搭著橡樹、榆樹、白蠟樹、赤楊樹、黑刺李、山毛櫸、山楂樹、榛樹、冬青樹、萊姆樹、楓樹、紫杉、白楊樹與柳樹，對每一棵即將成為火把的樹木親切地說：「**親愛的樹木，不要害怕，我保證森林會重新萌芽，我會珍愛你們的後代……今日的災難會過去的……**」

轟隆隆！戰士狩獵隊追上來了。

希剋銳絲女王率先擲出長矛。粉碎者一臉困惑地低頭，像被惱人的荊棘或針刺到似的，從腿上拔出長矛。戰士團團包圍住巨人，用嘈雜的號角聲令粉碎者暈頭轉向。巨人對聲音非常敏感，號角的音量與音調讓他耳裡一片混亂，他甚至無法維持平衡，像被一道雷劈中的大橡樹般突然倒地。

他摔倒時，戰士紛紛四散開來，又在倒地不起的巨人身旁圍成一圈，用武器纏住他的頭髮與衣角，再把武器插入地面。粉碎者睜開眼睛，眨了眨眼，發現自己被密密麻麻的長矛、戰斧與箭矢釘在了地上。

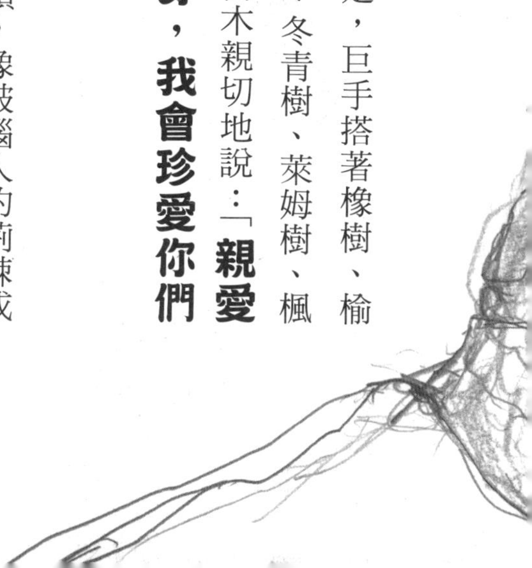

其中一名戰士直接縱馬騎上巨人胸口，她的馬用後腳站起來，戰士則得意地高舉長矛，大聲歡呼：「**女王陛下，我們抓到他了！**」

「非常好！」希剋銳絲高呼。「正義不留情！復仇！頑強！堅定！戲劇！無情！」

這六個名字，分別屬於希望的六位繼姊，她們每個人都是高大、漂亮、滿頭金髮的青少女，每個人都有粗壯的二頭肌，脖子上戴著金絲項圈，佩帶了長矛、戰斧與形形色色的武器。「把妳們妹妹和另外兩個人抓回來！」希剋銳絲女王下令。她又補充道：「對了，小心別傷到她……」

希望的六個繼姊點點頭，高呼著踢她們騎的豹斑馬側腹，全速衝向正在逃命的雪貓。

姊姊們是十分優秀的戰士，她們孔武有力、拋擲武器的速度快得無與倫比，而長年的訓練也早已消滅了任何一絲心軟。她們迅速捕獲雪貓，用小妖精網捕獲小妖精。姊姊們拋網的動作太過優美，騎健馬同行的老師——雷鬼頭夫人——都快哭出來了。她驕傲地歡呼，目睹學生用精妙的動作擊中希望、刺錐與札爾腰部，一擊就讓三個孩子摔下雪貓，還用鐵網纏住三人。

「快命令你們野蠻的動物退開！」正義不留情惡狠狠地說。「不然我會**殺死**你們噁心的小妖精！」

「她是說真的。」熟悉大姊性格的希望說。正義不留情完全有能力狠心殺死小妖精，希望一看到大姊，身體就自動蜷縮成刺蝟般的一球，努力保護自己。

希望的魔法大頭針、湯匙、叉子與鑰匙都在攻擊六位繼姊，大頭針努力戳刺姊姊們身上的皮肉，但希望大聲命令：「魔法物品！雪貓！狼！熊！不要靠近……」

鐵製魔法物品心不甘情不願地退開，札爾的動物也都低吼著退離六姊妹，但正義不留情眼明手快地抓住了魔法湯匙。

札爾正想詛咒六位姊姊，可是正義不留情輕輕用鎚矛敲他一下，把他瞬間打昏。接著，「和善親切」的戰士少女們用網子拖著三個小孩，回到希剋銳絲女王、戰士大軍與巨人所在的地方。一路上，凱旋而歸的繼姊們用鎚矛與矛桿打了希望好幾下，當作害她們踏上這趟來到荒郊野外之行的處罰。

希剋銳絲女王的戰士有點躁動不安，不時焦慮地回頭望向咆哮聲越來越響的熊熊烈火，唉唉我的槲寄生啊，只希望希望母女之間的談話不會持續太久。希剋銳絲女王本人挺直身體坐在馬背上，顯然沒注意到逐漸逼近的威脅。

她的六個繼女把三張網子拖到她面前。

「我們把奇怪的小老鼠抓回來了。」正義不留情說。「她真是隻討厭又骯髒的小野獸，今天長得比平時還要奇怪、比平時還要虛弱呢。母親，您要我們替您多踢她幾下嗎？」

「現在先不用，正義。」希剋銳絲女王說。她下馬，用權杖尾端打開纏著希望的網子。

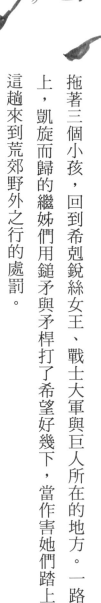

希望直起身體，站了起來。

希剋銳絲女王摘下頭盔，頭盔下的臉比頭盔還要冰冷嚴峻。我之前也說了，希剋銳絲女王心情不太好。

「妳違反了諾言。」希剋銳絲女王嚴肅地說，金色甜糖般的語音透出令人難過的失望。「妳答應要隨我回戰士鐵堡，結果卻逃走了。」

「母親，我對您說過了，我和札爾、刺錐在尋找法術材料，我們要施法消滅巫妖。」臉色蒼白的希望說。「還有，您怎麼可以放火燒森林呢？我覺得您應該冷靜一下，不要反應過激。」

「冷靜？」希剋銳絲女王氣沖沖地說。「反應過激？」

「希望，妳聽好了！」希剋銳絲說著，邊扣住希望的肩膀讓她轉身，然後指向死巫妖落地後升到樹林上空的蘑菇雲，那朵煙雲至少有一百英尺寬，顏色是噁心的硫磺綠，還帶有不停脈動的劇毒——相較之下，屏棄愛情法術簡直像無害的檸檬汁。

妳又讓妳的
戰士部族蒙羞了！

「再過二十年，死巫妖撞出來的坑洞還會在那裡，巫妖毒也不會消盡。」希剋銳絲說。「他們不是調皮搗蛋的小妖精，而是『巫妖』。世界上不存在能打敗他們的法術，那不過是妳想像出來的東西，是妳自我滿足的幻想。跟我回戰士鐵堡，回到我築的高牆內，我會保護妳……」

希剋銳絲的語氣變了，變得親切地勸誘希望。

「……妳親愛的老師雷鬼頭，會教妳怎麼當合乎體統的戰士，妳說是不是啊，雷鬼頭？妳就把這些愚蠢的魔法給忘了吧……」

雷鬼頭夫人像隻很有意見的海象，騎馬立在希望的大姊身旁，她恭順地鞠躬，卻無比厭惡地看了希望一眼。希望是她這輩子教過最糟糕的學生，那孩子根本不曉得直角三角形的角度加起來是「x」還是「y」，而且不管雷鬼頭夫人對她罵得多大聲，希望就是不

會拼字寫字（希望有「失讀症」。青銅器時代的人當然沒把這個現象稱作失讀症，但她就是有這個小毛病，而雷鬼頭夫人這種老師完全不能諒解有閱讀障礙的希望）。

「妳上週二就該交三角函數作業了。」雷鬼頭夫人自動說教起來。「還有，快把我那扇懲罰壁櫥的門還回來，如果不是全新的狀態（孩子們搭乘的飛行門，原本是雷鬼頭夫人懲罰壁櫥的門，現在要它恢復全新的狀態還滿困難的），我不接受——」

「好，好，雷鬼頭，這件事情晚點再說。」希剋銳絲女王匆匆說。「相信在目前的情況下，妳可以稍微通融……」

可是希望對雷鬼頭夫人還有母親的戰士鐵堡再熟悉不過，她倒退遠離母親。

「不要。」希望大膽反抗。「我跟札爾要為你們所有人示範，巫師和戰士可以合作，一起對抗巫妖！」

「**哈！哈！哈！**」希望的繼姊們笑得前仰後合，差點摔下馬。

希剋銳絲女王的眼神變得和石頭一樣冷硬。

「這下子，她完蛋了。」希望的六姊——戲劇——幸災樂禍地說。

「妳想當領袖？」希剋銳絲女王用毒蛇出擊般的聲音罵道。「就連得了『流感』的蚯蚓，也比妳適合當領袖！連『水母』也比妳更有領導潛能！妳那些邪惡又愚蠢的同伴，不是被妳捲進各種危險和麻煩了嗎？你們全身是傷，比平常還要虛弱，好幾天沒吃飯了，**沒有朋友**，連個藏身處也沒有……要不是我拯救你們，你們早就被巫妖抓走了！這也是『領袖』該有的表現嗎？」

希望全身一縮，母親毒箭般的每一句話都命中了要害，這些都是希望原本就沒自信的部分。然而，希剋銳絲女王還沒罵完。

「妳竟然和巫師、狼人還有其他低下的生物同謀！還騎在野獸背上！施魔法！我真不敢相信**本女王的女兒**和我的六個養女比起來，這麼沒用、這麼沒價值！」希剋銳絲女王說。

六位姊姊洋洋自得地偷笑。

「希望，妳，」最後，希剋銳絲女王以高高在上的嫌惡語氣收尾。「是丟人現眼的叛徒，還讓妳的部族蒙羞！」

若在六個月前聽到這番話，希望一定會精神崩潰。但六個月前，她還沒認識札爾，現在有了札爾給她的勇氣，她發現自己不再害怕放火燒森林、用長矛囚困她親愛的素食巨人、用種種不堪入耳的字眼謾罵她的母親。

「我不是丟人現眼的叛徒，也沒有讓部族蒙羞。」希望冷冰冰地說。「放開我的巨人，放開我朋友札爾和刺錐，放開我的小妖精、我的動物，還有我的魔法物品，還有撲滅大火！」

希剋銳絲女王震驚地盯著女兒，可是很快又恢復如常。

「『放』火比滅火容易多了。」她說。

她抓住希望雙手手臂，不讓女兒把眼罩往上推。

「無論妳願不願意，就是要跟我回家去！」希剋銳絲女王冷峻地說。「這個消滅巫妖的法術並不是真正的法術，妳還是永遠關在安全的地方才能活下去。妳必須面對現實，是時候長大了！

「**為了幫助妳看清現實，等我們回到家，我會把妳那些邪惡的強盜朋友關進最深、最黑的地牢，把妳那根莫名其妙的魔法湯匙熔了，拿去做髮夾！**」

這多半不是希剋銳絲女王的真心話——她只是脾氣失控而已——但隨著怨憤的話語脫口而出，母女之間的談判就這麼破局了。

「天啊天啊天啊……」卡利伯呻吟道。希望的手臂被希剋銳絲女王緊緊抓住，她根本無法反抗——她沒辦法推開眼罩，使用魔眼的力量……

札爾昏迷不醒，粉碎者動彈不得，小妖精與刺錐都被鐵網纏住了，正義不留情樂呵呵地看著魔法湯匙，滿心希望自己能「親手」把他熔了；雪貓、狼與熊都太害怕希望或小妖精受傷，不敢輕舉妄動。森林大火延燒到空地邊緣，站在最後排的戰士們屁股被烘得火辣辣的，若不是接受過嚴酷的戰士訓練，他們已經大叫著「呀啊啊啊啊」跳下馬鞍了……

沒錯，這是貨真價實的「緊急時刻」。唉，我的槲寄生啊，我們才說到「第三章」結尾呢。

目前已經發生不少事情，孩子們被巫妖攻擊、被戰士捕捉，真是忙碌的半個小時。我們真該同情可憐的卡利伯，他是此時林中空地年紀最大的生物，種種事件對他這隻老鳥的心臟造成不小的衝擊。

「現在怎麼辦？」卡利伯焦急地說。「我只是一隻鳥而已，雖然可以啄人，但應該沒有太大幫助……」

第四章　被熊拯救，逃出生天

吼吼吼吼吼吼吼！

此時此刻，除了森林大火之外，希剋銳絲女王似乎完全掌控了情勢。正如女王所說，縱火比滅火容易得多，一旦火燒起來了，就很難控制。而就在此時此刻……一頭大棕熊跳了出來。

這隻熊體型大得不可思議，是正常棕熊的三倍大小，而且牠全身毛髮不知因憤怒還是恐懼豎了起來，讓牠顯得更龐大了。

牠撲進林中空地，用後腿站立起來，巨大的兩隻前掌大力敲自己寬大的胸膛。熊一出現，戰士們就嚇得四散。緊隨巨熊到場的，還有迷你地震般、有如雷鳴的震顫，好幾雙巨大的腳砰、砰、砰地跑來，一、二、三、四、五個雷谷巨人風風火火地衝進林中空地，緊接著是一隻棕色翅膀上有斑點的小貓頭鷹。

無論是卡利伯或在場其他人，都沒料到會發生這種事。

希剋銳絲女王驚訝得鬆開緊抓希望手臂的手。

希望從希剋銳絲女王身邊跳開，用不停顫抖的手掀起眼罩邊緣。擁有魔眼有非常多好處，舉例來說，你可以在極短的時間內發動魔法。希望之前從卡利伯那裡學到用目光讓鐵製物品移動的方法。

於是，她先是望向粉碎者，然後又看向刺錐、札爾與小妖精們，然後……

叮！叮！叮！叮！叮！把粉碎者頭髮與衣角釘在地上的長矛、匕首、戰斧與鎚矛，全都飛往空中，放了粉碎者。纏住小妖精、刺錐與札爾的鐵網也直接打開。

接著，希望看向緊抓著魔法湯匙的正義不留情，然後……湯匙以驚人的力量往前飛射，飛往希望。不知為何，正義不留情的手像被磁鐵吸住，或是被超自然膠水黏住一樣，緊緊黏在湯匙身上。她仍然抓著湯匙，整個人被湯匙拖下馬，以不可思議的高速飛撲到泥濘遍布的森林地面。彈！彈！彈！魔法湯匙跳向他心愛的希望，真是感人的畫面。彈！彈！彈！正義不留情被拖著前進，鼻子、肚子與全身正面隨每一次彈跳摔在泥地上。其他魔法物品要她快快放手，叉子一直戳她屁股，鑰匙則不停敲她的指節，儘管這一幕再丟臉不過，我卻一點也不同情她。

吼吼吼吼吼吼吼吼！熊繼續用後腿站著，大聲吼叫。

札爾被吼聲吵醒，猛然坐起身來。刺錐已經手忙腳亂地爬出鐵網，站起來了。

吼吼吼吼吼吼吼吼！熊又大吼一聲，前腳重重落地。

「快爬到我背上。」熊對希望說。牠直接趴倒在森林地面，讓孩子們爬到牠身上。

「快點，快點！」熊厲聲催促。「我們時間不多了！」

「怎麼可能有會說話的熊。」希望呆呆地說。這是她想到的第一件事。

「我其實不是熊。」熊告訴她。

「說得也是。」希望說。「我真傻。」

「但我是你們的同伴。」熊又說。

即使在如此糟糕、如此危急的情況下，我也不建議你隨便爬到「陌生」的熊背上。

不過這時，卡利伯俯衝下來，尖叫：「這隻熊是我的姊妹！她一定是我姊妹！我絕對不可能認錯！」

如果在六個月前，希望聽到這句話一定會覺得莫名其妙。

然而，在魔法世界生活好一段時間後，卡利伯有個熊姊妹這件事忽然顯得再稀鬆平常不過。

於是，緊張得直發抖的希望奮力爬上熊背，拉著熊長長的棕色毛髮，爬上她小丘般的身體。熊還真是大方，就算毛髮被拉得有點痛，她也幾乎沒皺眉。札爾與刺錐緊跟著爬了上去。

「抓緊了。」熊站起來說。

「別忘了帶飛行門！」卡利伯提醒希望。

「喔！對！是啊——總不能把門丟下不管吧！」希望說。她轉過身，把眼罩往上推一點點，專心看著碎成好幾千塊、散在空地各處的飛行門。門的碎片在嗡嗡聲中浮到空中，它們很慶幸自己沒被遺忘。現在沒時間把碎片拼回正確的位置，它們直接隨便拼在一起，形成奇形怪狀的一扇門。

接著，熊筆直衝向森林大火燒得最旺的地方。

「熊在做什麼啊？我們都要燒死了！」刺錐驚恐地大叫。

「小妖精們，跟著熊走！」卡利伯說。他降落在刺錐肩頭，爪子緊緊抓住肩膀，刺錐被抓得痛呼一聲。小妖精們落在熊身上，熊從火焰當中直奔出去，卻沒有被燒到。「是假象……」貓頭鷹蹲在熊背上，對坐在身後的希望說。「有一部分的火焰是魔法造成的幻象。」雪貓、狼群與札爾那頭正常體型的熊跑在後頭，雷谷巨人們也跟了上來，邊跑邊拔起兩旁熊熊燃燒的樹木丟到後方，火舌高高竄起，不讓戰士軍隊跟過來。

希剋銳絲女王只能目瞪口呆地站在原地，無法阻止希望一行人離開。前一秒，孩子們都在她的掌控下，下一秒，他們就這麼消失了。

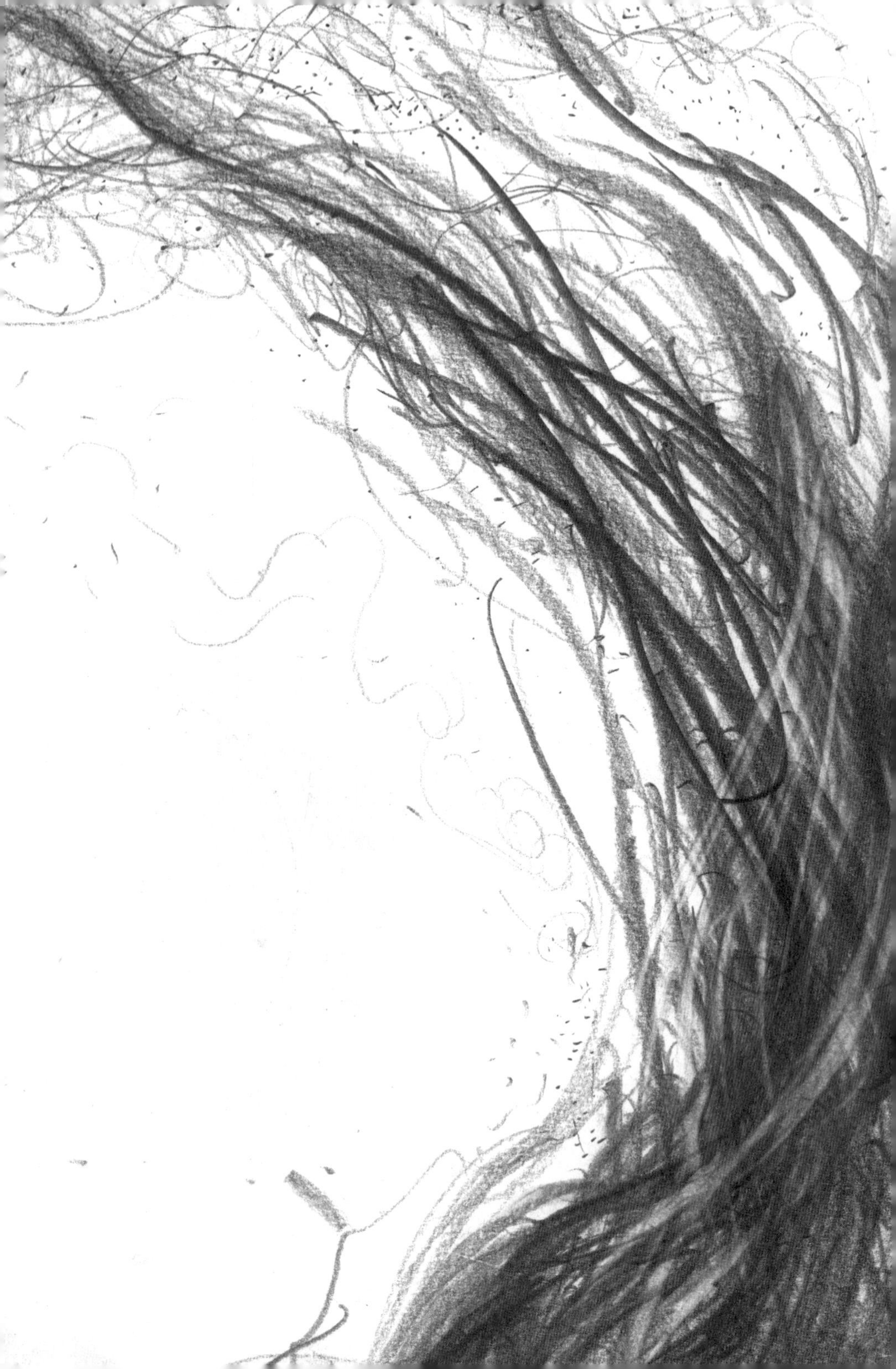

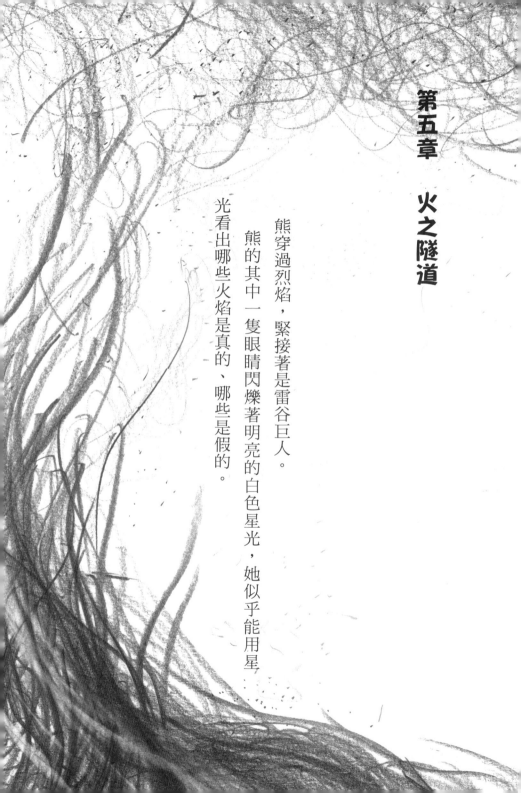

第五章　火之隧道

熊穿過烈焰，緊接著是雷谷巨人。

熊的其中一隻眼睛閃爍著明亮的白色星光，她似乎能用星光看出哪些火焰是真的、哪些是假的。

希望的心臟跳得好用力，彷彿隨時會從胸口跳出來。**我們怎麼能相信這隻陌生的熊？她要帶我們去什麼地方？**但不知為何，希望知道自己可以相信這頭熊，熊是他們的同伴，因此她使盡全力抓住熊蓬亂的長毛。儘管棕色毛髮閃著有些陰森的超自然藍光，希望身下的熊還是十分堅實、充滿了力量，那具身軀真實得令人心安，奔馳在森林中。

在那可怕的幾分鐘，他們在大火中狂奔。熊知道該往何處走。火焰太過炎熱，刺錐的頭盔頂端漸漸融化。四周都是火海。

然後，他們出了火海，進入寧靜的森林。

至少我們逃離火焰了……希望有些歇斯底里地想。她不擅長騎術，現在只能努力坐在熊背上，努力不摔下來。

熊繼續奔跑，雷谷巨人、粉碎者與重新升空的飛行門跟在後方，狼群瘋狂跑在四周，雪貓則驚恐得毛髮直豎。

「就是這裡了。」熊停下腳步說。雷谷巨人跟著停下來，用力把附近的樹木連根拔起，接著轉身小心翼翼地將樹放在有點遠的位置，邊放邊小聲道謝。

「啊！那些樹好可憐喔！」希望說。「他們在做什麼？」

「他們在做防火線。」卡利伯說。「如果樹林裡有缺口，火就無法延燒過來了。」

又有更多雷谷巨人加入他們的行列，還有更多更多巨人來幫忙，他們合力拔起更多樹木，在森林中形成大火無法跨越的缺口。

與此同時，粉碎者跪在被拔起的樹旁，邊摸邊安慰它們，讓它們知道自己的犧牲非常有價值。

「**人為的大火很糟糕，**」粉碎者說。「**但親愛的樹朋友，相信我，森林會復甦的……**」

「前提是那個討厭的希剋銳絲不在這裡開墾種田。」熊不以為然地說。

「長得像鮮藍色樹枝的小妖精，可以幫個忙嗎？」熊對亞列爾說。

「我的名字是亞列爾。」亞列爾嘶聲說。

「真是個好名字。」熊說。「名為亞列爾的小妖精，可以幫我把一點火焰帶走嗎？」

「那當然。」亞列爾說。他飛往地上一根燃燒著的樹枝，把一點火焰收進腰間的火盒（戰士會隨身攜帶火絨盒，巫師與小妖精則攜帶火盒，他們將點燃的蠟燭般的小火焰放在盒子裡，用魔法讓火在小盒子裡持續燃燒）。

「我是火焰收集者。」熊回頭看著希望，解釋道。希望心想：**火不是都一樣嗎？有什麼好收集的？**但她點了點頭，彷彿收集火焰和收藏書本、珠寶、錢財或不同顏色的法術袋一樣，是再尋常不過的嗜好。

熊抬頭望向天空，星光眼裡閃過雷電。只聽雷聲隆隆，閃電在空中鋸齒狀交叉，雲層破開，滂沱大雨澆在森林大火上。著火的飛行門飛在後頭，瞬間被雨水澆熄，抗議似地發出潮溼的嘶嘶聲。

「天氣魔法耶……」札爾欽佩地說。控制天氣是上乘魔法，就連他父親——偉大的巫師之王恩卡佐——也不一定能成功。

「有了大雨和防火線，火焰就不會再蔓延了。」熊說。

他們留雷谷巨人做防火線，確保火舌不會竄到線的另一邊。熊、動物們與粉碎者繼續奔跑，遠離大火，雨水流進希望的眼睛，她幾乎什麼都看不清了。最終，動物們來到森林一隅，古老的紫杉樹在過去三千年來生了許多節瘤，簡直像是一張張臉，樹根也扭曲成腿腳的模樣。小妖精們拿出魔杖，因為在古老魔法存在的境地，你會覺得……有那麼一點……**不自在**。

霧氣降下，夜晚充滿種種聲響，鬼火無中生有，陰惻惻地柔聲呼喚：「**往這邊走……**」連五歲小孩都知道，無論鬼火呼喚得多麼殷切，你都不可以跟過去（鬼火不會傷害你，不過你如果跟他們走，可能被帶到非常危險的地方），但他們的呼聲還是讓人不太舒服。

「天啊，我們可能迷路了！」熊說。她聽上去沒有不開心的意思，反而相當愉快。剛才在林中奔跑時，熊的毛皮閃爍著奇怪的藍光，讓她感覺像來自異世界的生物，但現在藍光暗了下去，她眼裡的白色星光也漸漸消失，看上去就是頭全身淋溼的普通（可是大得離譜）棕熊。「有人認得路嗎？」

「是『妳』該帶路吧！」刺錐指出。「卡利伯說妳家在這附近。」

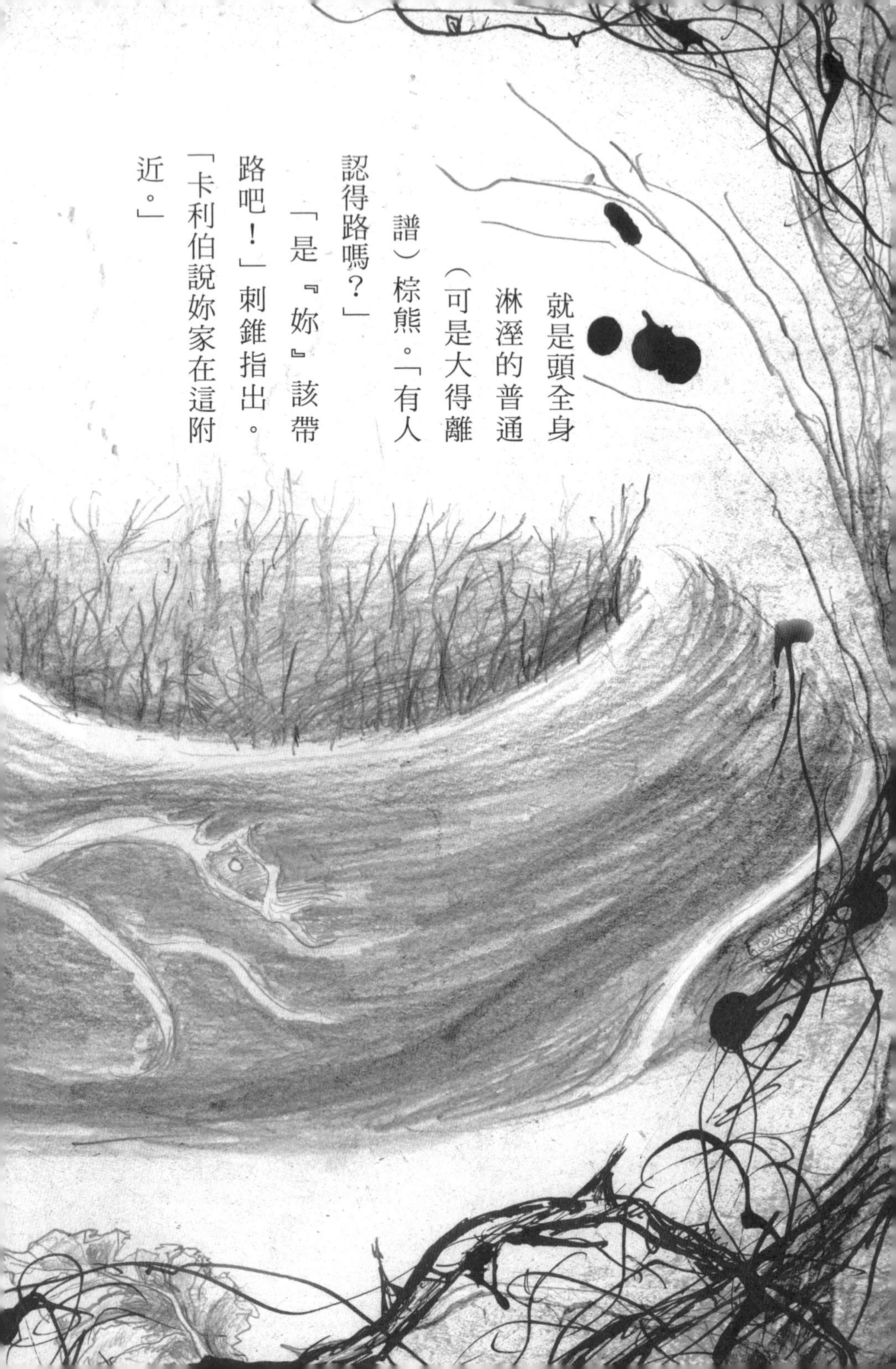

「我們絕對在迷失湖附近。」卡利伯顫抖著說。

「喔，那太好了。」熊說。

「我剛好在找一個大土丘，它就位在迷失湖附近。土丘外側用粉筆畫了匹巨大的馬……至少，那應該是馬，但也可能是龍，反正我不太確定土丘上畫的是什麼。大家幫我注意一下，看到我說的土丘就說一聲。」

眾人繼續前進搜索，周遭的樹木越來越古老，直到最後，他們來到熊描述的大土丘……也可

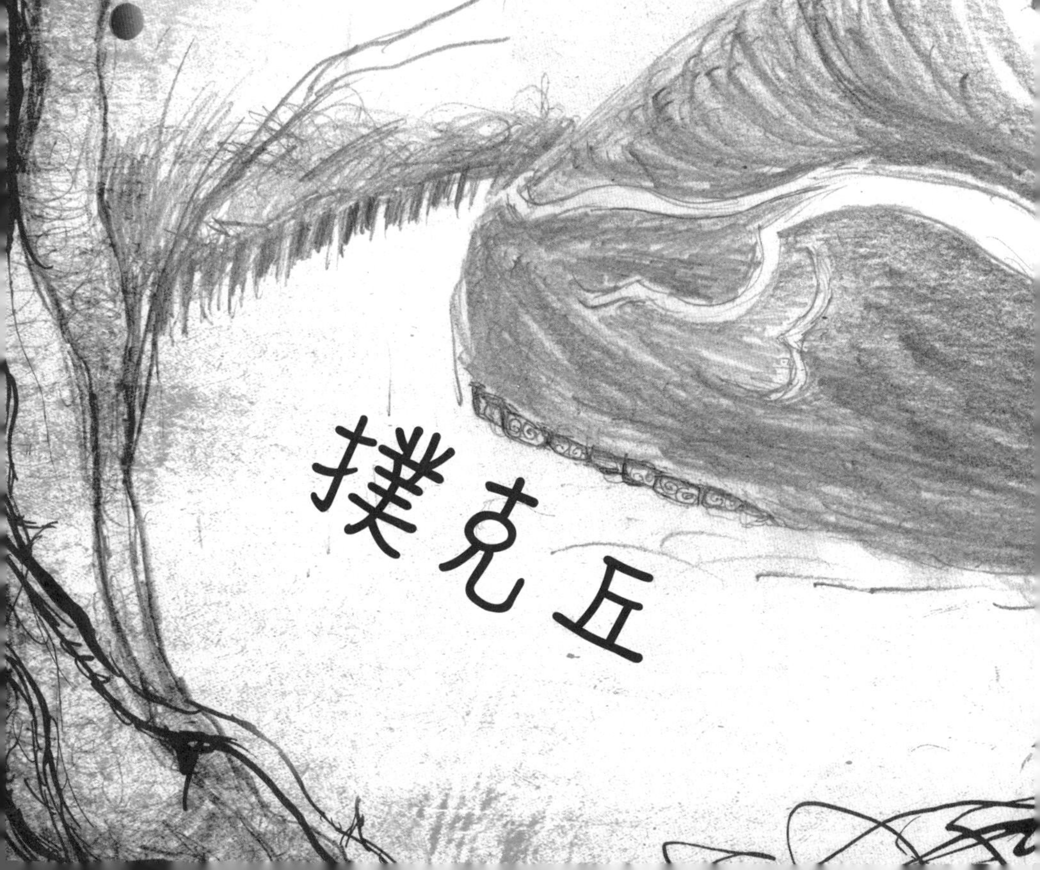

能是土丘找到了他們，只見大土丘突然從霧中冒出來，彷彿悄悄逼近的巨獸。

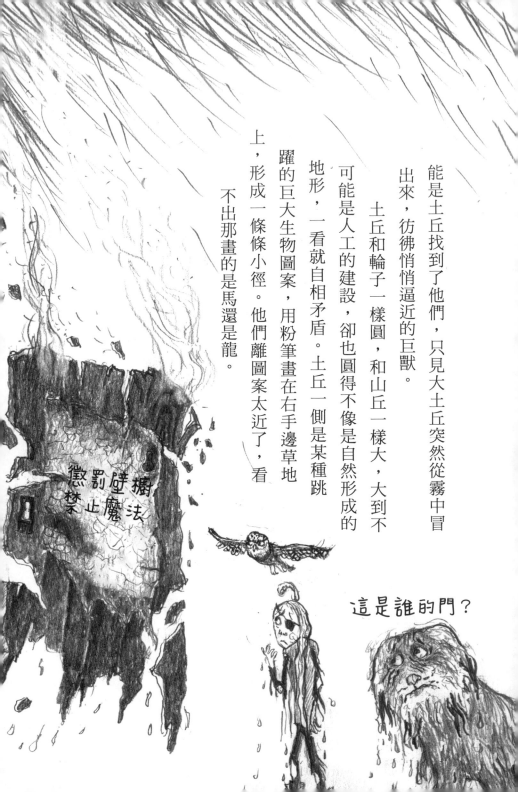

土丘和輪子一樣圓，和山丘一樣大，大到不可能是人工的建設，卻也圓得不像是自然形成的地形，一看就自相矛盾。土丘一側是某種跳躍的巨大生物圖案，用粉筆畫在右手邊草地上，形成一條條小徑。他們離圖案太近了，看不出那畫的是馬還是龍。

此時，所有人都像在海裡游完泳一樣，全身溼答答的。希望淋成了落湯雞，冷得發起抖，恨不得趕快去到能遮風避雨的溫暖地方，吃一點東西。

「這是什麼地方？這裡又不能擋雨，它就只是座光禿禿的山丘啊！」札爾抗議道。

「所以我們才要進到土丘裡面啊。」熊說。「主要的出入口在另一側，但這邊也進得去，只要我想起通關密語，我們就能進去了……」

問題是，熊不幸忘了進入土丘的通關密語。她試了各種字詞：「魔法……星期二……北極……橘子……香瓜……」她試了很多很多漂亮的詞語，但這些似乎都不是正確的通關密語。

「他們幹麼一直改密語啦！」熊氣呼呼地說。

「通關密語不就是『妳』設定的嗎？」小貓頭鷹提醒她。

「那我幹麼一直改密語！」熊說。「哎呀，我太傻了，我們可以直接從門進去……等等，這是誰的門？」

他們都忘了飛行門還跟在後頭，現在才轉過來，仔細看看這扇魔法門。

飛行門看上去十分悽慘，它完全燒焦了，現在還不停冒煙，偶爾竄出火舌，門板的各個部位也拼錯位置了。

「是我的。」希望承認。

「妳這個門主人不怎麼體貼呢。」小貓頭鷹嚴厲地說。「這扇門需要愛與關懷。總之……先用這扇門放我們進去吧。」

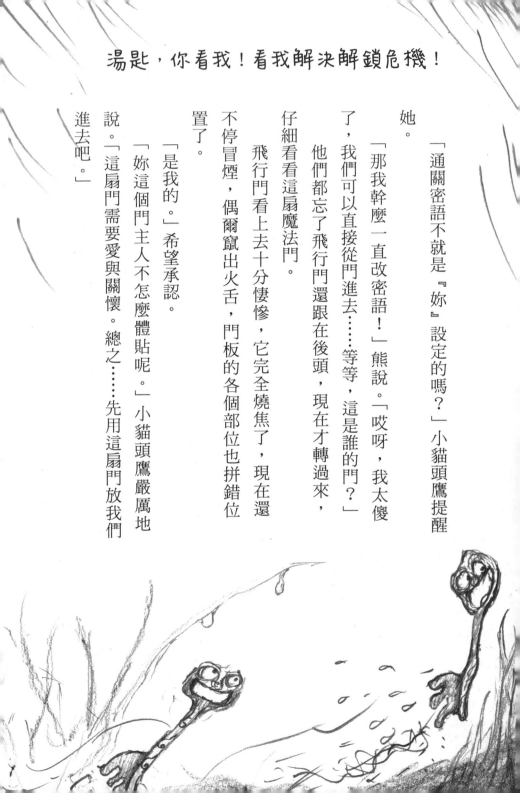

「可是我不知道要怎麼做。」希望說。

「那妳為什麼要帶著一扇門到處跑？」貓頭鷹問，一隻銳利的眼睛緊盯著希望。

「我們都坐在門上飛行。」希望說。她自己聽了這句話，也覺得有點荒唐。

貓頭鷹嘖嘖幾聲。

「地毯可以用來飛，毯子可以用來飛，門是用來開開關關的……」貓頭鷹罵道。「負責教育這孩子的人是誰？」

「是我。」卡利伯承認。「可是我才剛開始教她沒多久，而且——」

「這個啊，我認為，」熊若有所思地說。「飛行門是

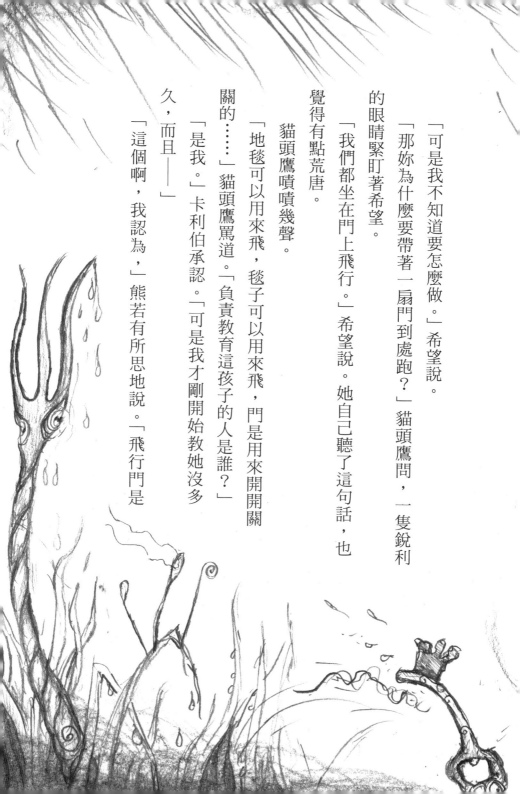

非常有創意的想法。好孩子，妳叫什麼名字？」
希望此時溼答答地坐在熊背上，感覺一點也不「好」，但她還是害羞地回答：「希望。」
「好名字，配得上妳這個好孩子。」熊鼓勵她。「希望，妳現在該把門想像到土丘側面，全心全意想像這件事情成真……」
「妳也可以把眼罩往上推一點點。」卡利伯在她耳邊小聲說。
希望稍微將眼罩往上推，想像飛行門嵌入土丘側面，門就這麼乖乖挪到土丘旁，難過地、溼答答地聳了聳木板，嵌入土丘。
「太棒了！」熊欣賞地說。
「哪有很棒，明明就是最基本的念力而已。」脾氣暴躁的小貓頭鷹不屑地說。「妳應該有鑰匙吧？」
「她有！她有！」鑰匙歡呼著跳出希望的頭髮，直接跳到地上，插進鑰匙孔。

「讓鑰匙解鎖一次、兩次……然後呢，希望，妳走過去……敲三下。」熊告訴她。

「叉子，你在緊急時刻操縱飛行門，做得還可以，但結果就和我說的一樣慘不忍睹。」希望的魔法鑰匙嘰嘰喳喳地說，聲音又尖又細，邊說邊大搖大擺地在鑰匙孔裡轉動，對叉子炫耀。「可是你看，只有貨真價實的『鑰匙』能開鎖……」

然後，希望踏上前，在門上敲三下。

叩！

叩！

叩！

破破爛爛、可憐兮兮的飛行門很慢、很慢地打開了——

吱——呀！

——門後不可思議的景象呈現在眾人眼前，那是座寬敞開闊的大廳，也可

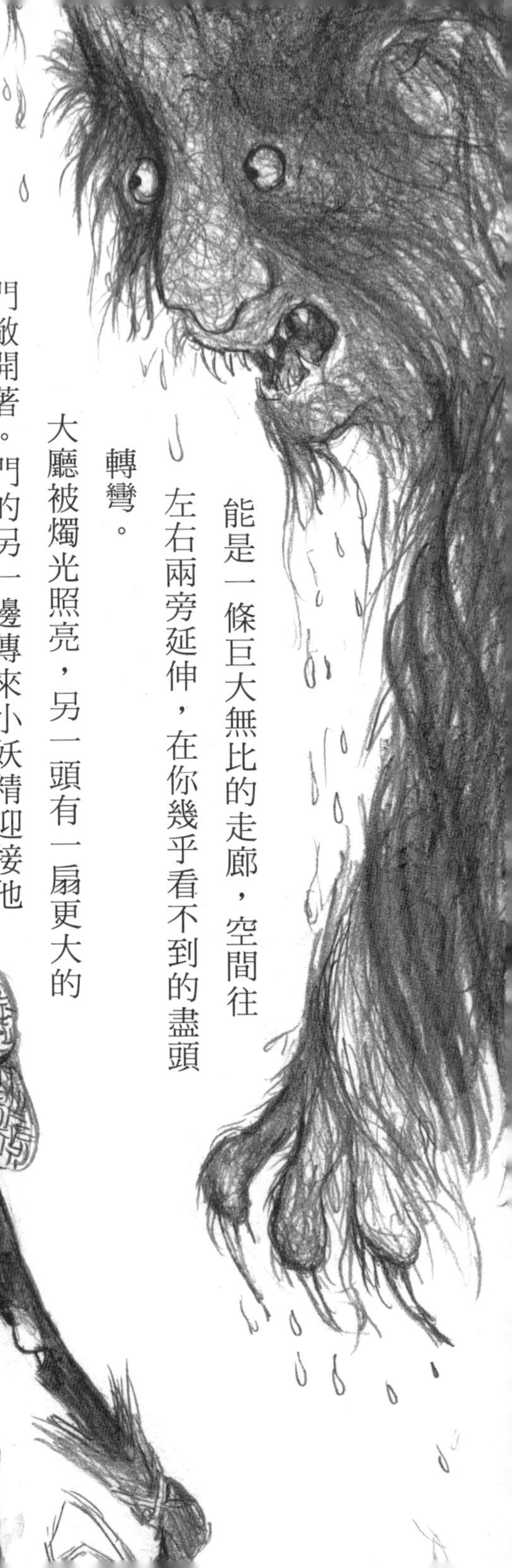

能是一條巨大無比的走廊，空間往左右兩旁延伸，在你幾乎看不到的盡頭轉彎。

大廳被燭光照亮，另一頭有一扇更大的門敞開著。門的另一邊傳來小妖精迎接他們的細語聲，遠方還有七嘴八舌的談話聲、狼號聲，以及巨人靴子踩在地上的厚重聲響，感覺再溫暖、再溫馨、再親切不過。

「怎麼可能！」

懲罰壁櫥
禁止魔法

歡迎光臨資優巫師學院

刺錐瞠目結舌地悄聲說。「這是一座山丘耶……它明明是實心的土丘！飛行門打開以後，怎麼可能突然出現大廳？」

門彷彿打從一開始就設在土丘上，一側是滂沱大雨與森林，但你只要跨過門檻，就能進入溫暖的廳堂。

「我不懂。」刺錐說。「這是一棟房子嗎？還是土丘？我們到底在哪裡？」

「哼。」小貓頭鷹說。「孩子，你這輩子都沒見識過魔法嗎？」

大廳似乎是由一塊塊巨石砌成的，每一塊都完美地拼在一起，即使有縫隙也被焦土填滿了，所以完全防水。希望印象中類似的建築物，就只有祭祀場所與石隧墓，但沒有任何一座教堂或石隧墓規模如此宏大。很多岩石上都刻著深深的紋路，有菱形與螺旋，最有趣的是，還有人用各種不同的方式刻了太陽及弦月、滿月、眉月、殘月。石塊上有像河流的波浪狀長條紋，希望知道那其實是日曆，是記錄時間的一種形式。希望興奮得心臟一跳，這裡一定是非常重要的地方。

眾人都跨過門檻，進入大廳（我說的「眾人」當然是指三個小孩、卡利伯、小妖精、孤狼、狼與雪貓——熊與粉碎者體型都太大了，沒辦法擠進門）。

「把門變大一點，讓我們所有人進去。」小貓頭鷹對希望下令。

「這我就真的做不到了。」希望說。「我學過念力，可是我沒練過把東西變大的魔法。」

「嘖嘖！」貓頭鷹說。「這孩子真的得練習正向思考。妳只是沒做過一件事而已，不代表這是不可能的任務。妳只要——」

但貓頭鷹不必解釋了。

門的另一側，熊終於想起通關密語。

「喔！沒關係！我想起通關密語了！」熊說。「是我母親的舊姓！**阿爾登**！」

熊說出**阿爾登**三個字的瞬間，傳來一聲震耳欲聾的——

轟隆隆隆！

土丘的整個側面都炸了開來，露出巨大的空隙，讓粉碎者與熊進去。

粉碎者與熊邊咳嗽邊跟著孩子們走進大廳，他們兩人全身沾滿粉筆灰，簡直像是外頭突然下了場暴風雪。

「你們看！」熊滿意地開口，一邊抖了抖全身，結果所有人都淋了滿身灰。「我就知道一定想得到通關密語！啊，但是我們不能分心……我們得在被小綠仙發現之前，盡快去到書房！」

「小綠仙？」小妖精們驚恐地嘶聲說。「這棟屋子裡有『小綠仙』？我們**最討厭**小綠仙了。」他們一起抽出武器，憤怒地嘶嘶叫。沒錯，小妖精最痛恨小綠仙了。兩個種族仇恨的緣由已經是年代久遠的小妖精故事，沒有人記得了，儘管如此，雙方的仇恨依舊熊熊燃燒著，彷彿最初的罪行是昨天才發生的事。

「這裡當然有小綠仙。」貓頭鷹不耐煩地說。「就算是最

好的屋子也免不了有小綠仙入住，他們是很煩，但你們這些小妖精還是快把武器收起來吧！我不准任何人在我們的屋子裡打架，誰第一個施咒，我就第一個把他踢出去淋雨。」

小妖精們碎碎念，邊收起磨利的荊棘刺與弓箭。

「別忘了，」貓頭鷹又說。「我們雖然救了你們，但**你們不可以在這裡住下來**。你們只是來留宿一晚而已，這件事還是不要聲張比較好——要是被小綠仙知道了，你們的祕密肯定會被講出去，所以大家務必要盡量保持安靜，有什麼話等去到安全的書房再說。希望，把門關上！把門帶著走！」

希望用念力關門，飛行門**吱——吱——呀**！一聲關上，眾人看不見外頭下著大雨的樹林了。門脫離土丘內牆時，那面牆上根本沒有門存在過的痕跡。

「**妳是怎麼做到的？**」刺錐問。就連札爾也佩服不已。

與此同時，熊倒著唸出通關密語：「**登爾阿！**」山丘側面的縫隙立刻**轟隆隆隆**！一聲闔上，整座土丘隨之震顫，大家又淋了滿身粉筆灰。

「**亂七八糟**。」貓頭鷹不讚許地說。

「對不起。」熊抱歉地說。她用熊掌擦了擦鼻子，結果抹了滿鼻子灰。

「來吧！來吧！」貓頭鷹說著吐出了滿嘴的粉筆灰，催促渾身溼透的一行人穿過大廳，眾人躡手躡腳走在石板地上，留下一個個水腳印。「盡量保持安靜……」

可惜已經太遲了。熊進屋時的聲響吸引了小綠仙，興奮的「嘶嘶」聲響起，眾人穿過大廳時，明亮、溫熱的小綠仙正好成群飛來，形成閃亮的光帶……

「**小綠仙！**」札爾的小妖精們驚呼。

小綠仙和小妖精長得很像，但你若是把他們搞混，那就麻煩大了，他們會覺得自己遭受到莫大的侮辱。小綠仙長得像一直沒長大的毛妖精，只不過他們比毛妖精還要毛茸茸的，每一隻都有千奇百怪的爆炸頭，小妖精認為他們留那種髮型根本是為了炫耀。在室內，他們通常呈棕色，可是一旦去到戶外，能隨意變色的小綠仙就能變成任何一種顏色。他們體型非常小，多半會騎黃蜂，還喜歡把黃蜂當寵物養。

「哈囉！哈囉！哈囉！歡迎、歡迎、歡迎！」小綠仙們喜孜孜地繞著訪客，嗡嗡嗡飛了好幾圈。「你們是誰？新來的？」

「小綠仙，這裡沒什麼熱鬧好瞧！」小貓頭鷹說。「他們都只是我們在大火中救下來的人和動物，沒有要住下來的意思！這麼多人和動物，怎麼可能久留？他們只會在這裡待**一天**，我們幫忙把門治好、給他們吃點東西之後，他們就會離開了。小綠仙，你們不准告訴任何人！**去去去！**」

「我們不說我們不說……」小綠仙群嗡嗡嗡地說。「一隻熊一個巨人三個溺水的人類三匹狼三頭雪貓八隻**沒用**的小妖精……一隻遊隼和一隻寶寶……全都**溼答答**……但我們不說我們不說……我們不會跟任何人說，你們說是不是啊，各位小綠仙？」小綠仙們回答。小妖精聽了都煩躁

地嘶嘶叫，小綠仙看到小妖精被惹怒了，樂不可支。

「**不會不會不會！**」小綠仙們唱道。與此同時，好幾隻小綠仙嗡嗡飛走，準備把祕密告訴所有人。「我們不說我們不說，**我們**會幫你們保密……」

貓頭鷹把他們趕到大廳另一頭，另一頭的門不是通往隔壁房間，而是導向一座巨大的庭園，但比起庭園，這裡更像是巨大的林中空地，裡頭長了很多、很多棵樹。空地大到看不見另一頭，而環繞空地的是綠草遍生的山丘，支撐山丘內壁的是更多塊聖石，石頭上刻著更多螺旋、菱形與波浪。

「哇。」希望讚嘆地抬頭望向天空。「這是怎麼做到的？從外面看，這就是一座普通的土丘，沒想到裡頭會是空心的。」

「魔法空間的運作方式和一般空間很不一樣。」卡利伯說。

說得一點也沒錯。

此處乍看是座一般大小的丘陵，內部空間卻遠大於外面所見的山丘。土丘裡的空地廣大無比，每棵樹都冒出柴煙，表示地底深處有非常非常多間房間，還有樹根之間挖空的大廳與起居室。希望和刺錐之前造訪札爾在惡林邊緣的巫師營地，也有看到類似的環境。遠方林木間隱約有巨人的身影、小妖精的光點，以及成群談天的巫師輪廓。

「待在陰影中！」小貓頭鷹命令。「我們快到了！別讓其他人知道我們來了……」

但集結在他們周圍的小綠仙越來越多，他們還組織了一整支飛行樂隊，吹吹唱唱地跟著眾人前進（小綠仙最喜歡音樂舞蹈了），小提琴、鼓與類似笛子的樂器自動演奏，歌詞大概是這樣的：

「外出旅行很棒……在湖泊與樹林與海浪中旅行……但更棒的是……沒錯更棒的是……回到溫暖的家！」

「沒有人『回家』好嗎！」貓頭鷹說。「他們只是訪客，**只有借宿一晚……這些人不會永久住下來！**」

「他們來了！」小提琴齊聲高唱。

「**快看過來！**」隆隆鼓聲說道。

「歡迎，歡迎，歡迎祕密來訪的客人！」類似笛子的樂器高聲歡唱……

「一頭熊一個巨人三個溺水的人類

……三匹狼三頭雪貓

……**九隻**沒用的小妖精**一隻**遊隼和一隻寶寶……

歡迎光臨！」小綠仙們引吭高歌。

「我的老天。」貓頭鷹說。

「你們**回家了**，你們**回家了**，歡迎回到**你們的家！**」所有小綠仙齊聲高唱。「歡迎來到這個充滿魔法、不可思議、超級壯觀的家……歡迎來到你們的新——家——！」

「我跟你們說過幾次了！」貓頭鷹氣急敗壞地說。「這裡**不是這些人的新家！**我們這裡才住不下這麼多人和動物，他們借住一下就會走了。」

「我就說吧，你姊妹不會想收留我們的。」希望傷心地小聲對卡利伯說。

「我就說吧……我們有點奇怪，去哪裡都跟別人格格不入……」

「不會的，不會的。」卡利伯悄聲回應。「我相信她真的想收留我們……只是她這隻貓頭鷹還不習慣和我們相處而已。」

「謝天謝地！」熊鬆一口氣說。「這裡是我的書房！也有些人把這地方叫作『熊窩』。」

又稱熊窩的書房，是棵長了無數球槲寄生的巨橡。抵達書房時，札爾的小妖精只和小綠仙扭打一次，一隻小綠仙試圖偷札爾口袋裡的東西，吱吱啾也只咬下對方的一只鞋子而已。他們的時機抓得剛剛好，因為一行人經過時引起不小的騷動，土丘中其他居民也漸漸注意到他們了。

「嗯……我好像又不記得通關密語了。」熊喃喃自語。她龐大的身軀緩緩停下腳步，不小心坐到一隻雪貓身上，雪貓號叫一聲以示抗議。「抱歉……」熊連忙站起來。

「**阿爾登**！通關密語是**阿爾登**！」小貓頭鷹尖聲說。

熊窩在這邊

貓頭鷹說話的同時，橡樹的樹根窸窣作響、動了起來，露出一塊空間。樹根考慮到各位熊與雪貓的體型，又把空間加得更寬、更寬，巨大的樹下空洞通往一道巨大的螺旋樓梯，樓梯底部則是熊窩。

「進樹裡去！」小貓頭鷹急匆匆地下令，還急促地一揮爪子，把幾隻小綠仙趕跑。除了粉碎者以外，所有人都沿著螺旋階梯下樓。「在這裡等我們。」貓頭鷹對粉碎者說。「如果有人來問，就跟他們說『不要來找我們』，還有『不關你們的事』……」

「**登爾阿！**」貓頭鷹凶巴巴地喊一聲，樹根又閉合起來，眾人進到了熊窩。

第六章 熊窩

熊窩裡頭亂得不可思議，中央燃著火焰，窩裡到處是書，亂七八糟的書架隨樹根的形狀蜿蜒。書上棲著鳥兒，訪客得小心別踩到鳥糞，還要避開散落一地的小火堆與小鍋釜。

一行人走進來的同時，一口小釜沸騰了，巨大的紫色煙霧泡泡冒了出來，落在地面的紙上，紙張立刻燒了起來。熊小跑步過去，坐在紙上滅火。嘶……

「唉呀。」熊慚愧地說。「我都忘了出門前要熄火。」

「哇！」希望邊說邊環顧書房，只見小鳥在空中盤旋，吱吱啾啾、嘰嘰喳喳地鳴囀。鳥兒飛去找毛毯，叼著毛毯四角飛回來，裹住顫抖個不停的三個小孩、狼與雪貓。「好棒的房間！謝謝你們剛剛在森林裡拯救我們，我們真的非常感激……」

「唔……」熊說。「三個小孩當中，至少有一個人懂得禮貌。好吧，孺子可教也。」

熊站起身，接著說：「我想先說一句：兄弟，能再相見，真是太好了！真是件出人意料、意外卻又美好的**樂事**！」

熊抱住渡鴉。

熊與渡鴉共舞起來，畫面十分溫馨美好。渡鴉在空中跳舞沒有問題，但是房間太過混亂、熊體型又太大，她開心地旋轉舞動時，屁股撞倒好幾疊書，鼻子撞翻好幾口鍋子。雪貓只能四散閃避，其他人還得幫忙撿起倒下的物品。

「能拜託你們跟我解釋一下現在的狀況嗎？」刺錐代表所有人發言。「這是什麼地方？你的姊妹怎麼會是熊？」

渡鴉卡利伯降落在熊的頭上。

「這頭熊不只是我的姊妹，還是我的雙胞胎姊妹。」卡利伯驕傲地說。「她叫波蒂塔。」

一陣漫長的沉默。

「好喔……」刺錐說。他看向札爾，等他提出意見。「這就怪了。」

「別看我啊。」札爾聳肩說。「我雖然是巫師，但就算在巫師的世界，也沒聽過渡鴉和熊是雙胞胎這種事。」

希望困惑地眨眼，看看熊，再看看渡鴉。「你們雖然是雙胞胎，卻長得一點也不像。」最後，她這麼說。

「我應該有說過吧，我其實不是熊。」熊解釋道。「這只是變身術而已。妳看就知道了，我可以變回去。所有巫師技能當中，我最喜歡的就是變身術。」

熊在希望面前開始變身，那真是壯觀的畫面。

前一秒，她還是隻龐大、壯麗的熊樣巨獸，下一秒，熊的輪廓開始融化、萎縮，變得越來越小、越來越小……直到她變成一個嬌小而不修邊幅的女人，看不出年紀多大，身上還穿著奇裝異服，但眼中充滿笑意。

「你們還是沒有很像啊。」刺錐看看波蒂塔與卡利伯，還是不解地搖頭。「其中一個小小的、黑黑的、全身都是羽毛，另一個是人類，我覺得看不出是家人……」

「兄弟，換『你』變回人類了。」波蒂塔抬頭看著依然坐在她頭上的卡利伯，催促道。

渡鴉垂下頭，哀傷地看著姊妹的眼睛。「不幸的是，我做不到。」卡利伯說。「就目前而言，這是一種暫時的永久性變身，我至少這輩子是變不回去了。」

「啊，太遺憾了。」波蒂塔說。

「這也不是最糟的情況。」卡利伯悶悶不樂地說。「至少我沒變成蟑螂。」

「說得真好。」波蒂塔說。「我們要樂觀向上才好……還有啊，兄弟，雖然你現在是一隻鳥，但能和你見面真是太好了！」波蒂塔舉起雙手，又開始手舞足蹈，卡利伯飛了起來，在姊妹的手臂間穿梭。

「姊妹啊，我也很高興能再見到妳！」卡利伯欣喜地說。

「但現在的問題是，」波蒂塔不再跳舞，停下動作。「和你同行的這些人類、動物與魔法生物，究竟是誰呢？」

波蒂塔(卡利伯的姊妹)

「這三個人類是札爾、刺錐和希望。」卡利伯介紹道。「小妖精分別是風暴提芬、時失、芥末念、鬼燈籠、亞列爾、嗡嗡咻、吱吱啾、曾精，還有寶寶。三隻雪貓是夜眸、貓王、森心。狼人名叫孤狼。狼、遊隼和熊他們不喜歡被人取名字，因為他們喜歡過自由自在的野生生活——」

「我完全能理解。」波蒂塔點點頭說。

「最後呢，」卡利伯總結道。「最後一位是樓上的巨人，他名叫粉碎者。」

「這邊這位小貓頭鷹是呼菈……」波蒂塔說。現在棲在波蒂塔肩頭的小貓頭鷹僵硬地微微鞠躬，對眾人抖了抖羽毛。「很高興能認識各位……只要是我兄弟的朋友，都算是我的朋友……但我的槲寄生啊，你們怎麼會來到森林中這個神聖的區域呢？那個卑劣的希剋銳絲女王顯然是腦子壞掉了，竟然會放火燒我們美麗的野林——可是你們怎麼會被她追趕

愛發脾氣的

小貓頭鷹 呼菈

呢？」

「啊，對。」卡利伯躲躲閃閃地說。「波蒂塔，其實我們遇到一些小問題，希望妳能幫個忙……還記得妳二十年前給了我德魯伊的眼淚嗎？我能不能再跟妳要幾滴……」

「什——麼——？」波蒂塔驚呼一聲後慌亂地環顧四周，這才靠上前輕聲說：「噓————！要是被小綠仙聽到了還得了？我們就在迷失湖附近，如果德魯伊發現我手上有他們的眼淚，我不但會失業，還會被他們**殺掉**！他們對眼淚這件事非常感冒。」

「嗯，我知道。」卡利伯悶悶不樂地說。「我之前還是大巫師潘塔利昂的時候，把德魯伊眼淚用來施法術，被他們發現了，所以我才會被他們變成渡鴉。」

「德魯伊發現你用了他們的眼淚？」波蒂塔驚呼。「天啊，兄弟，這麼說來，你沒被變成蟑螂，真的是運氣很好呢！」

「所以說，波蒂塔，如果妳這間書房裡還有德魯伊眼淚，」卡利伯像在哄騙姊妹般。「還是把那東西交給我們吧……讓我們幫妳把眼淚處理掉……」

「我可能還剩幾滴——我都用來施一些比較複雜的法術——但我再也不可以把德魯伊眼淚這麼危險的魔法材料交給你了。」波蒂塔嗤之以鼻說。「我已經後悔上次把眼淚交給你了……同樣的錯，我可不打算犯第二次。」

「我就知道妳會這麼說。」卡利伯哀傷地說。「那馬魔鱗片呢？妳手邊有這東西嗎？」

「**馬魔鱗片**？」波蒂塔驚呼，比剛才聽卡利伯提起德魯伊眼淚時還要驚恐。「兄弟，我沒有馬魔鱗片！你真是越來越糟糕了……馬魔鱗片是魔力極強的東西，只有『瘋子』才會參加取得馬魔鱗片的冒險！這幾乎是自殺任務啊……你們到底惹了什麼麻煩？為什麼會需要這些可怕的材料？」

「我們想施展消滅巫妖的法術。」卡利伯解釋。

「這世上**不存在**強到能消滅巫妖的法術。」波蒂塔說。

「我們好像找到這樣的法術了。」卡利伯說。「既然妳不願意把德魯伊眼淚給我們，那能不能讓我們留在這裡特訓，等我們準備好了再自己去想辦法弄到這些材料？」

「等等，」札爾狐疑地說。「你說的『特訓』是什麼意思？這裡到底是什麼地方？」

「這是撲克丘，資優巫師學院。」波蒂塔說。

「『學院』說得很好聽，其實就是『學校』嘛！」札爾驚恐地說，他慌亂地對空氣揮拳頭。「我被耍了！快放我出去！**我最討厭學校了！我們應該禁止開學校才對！把全天下的學校都廢了！**」

「別擔心，」呼菈堅定地說。「我們很樂意放你們離開撲克丘，絕不可能讓你們留下。這所學院裡，我負責招生，你們根本就不是資優巫師，完全不符合我們的招生標準。這個名為希望的女孩只會最基本的念力，稍微複雜一點的魔法她都不會，而男孩札爾看上去完全不受控。」

「是沒錯，但我們學院不只是資優巫師的學校吧，呼菈？」波蒂塔努力說服她。「那只是妳自己給它取的名字而已。」

「這樣就會有更多小孩來求學。」呼菈解釋道。「每個家長都覺得自己家小孩是資優生，但怎麼可能**所有人**的孩子都是資優生嘛。」

「所有孩子都有優秀的才能，所有人都該有機會學習！」波蒂塔熱情地說。

「但另外一個男孩是『戰士』耶！」呼菈抗議。「總不能真的來者不拒吧！」

「這孩子的祖宗是誰，不是他自己選的。」波蒂塔說。「而且他也有自己的天賦，我們的工作是找到他擅長的領域。我最喜歡有挑戰性的任務了……」

「說得太好了。」卡利伯說。他一直在思考該如何把札爾與希望驚人的才能告訴波蒂塔，好在波蒂塔替他起了頭。「這個女孩和這個男孩看上去其貌不揚，實際上卻擁有不為人知的優異才能。舉例而言，希望的眼罩下，藏著一隻魔眼……」

就連呼菈也十分欣賞這項才能，她欽佩地「呼——！」一聲。魔眼非常罕見，每一代巫師當中，只會有一、兩個人擁有魔眼。

「我不能摘下眼罩，」希望解釋道。「因為我情緒激動的時候，魔眼會失控。」

「別擔心，」波蒂塔說。「我可以看穿眼罩。」

她在希望面前跪下，希望努力直視面前這張和善的臉，看著看著，眼裡盈滿了淚水。

直視強大的巫師非常困難，波蒂塔的法力又比大多數巫師高強，所以她的臉時時刻刻在變化，輪廓一次次模糊、變動、失焦，宛如海上薄霧。她有時看起來像張老舊的地圖，臉上有許多皺紋，有時卻似乎只比希望大幾歲。

只有波蒂塔的眼睛沒有變化，於是希望專心盯著那雙眼睛，片刻後才發現那雙看著自己、閃閃發亮的眼睛，兩邊顏色不太一樣……希望繼續盯著波蒂塔左眼，那隻眼睛裡漸漸出現小光點，像是落在湖面的雨滴，眼瞳變成希望只在一個地方見過的顏色：只有在看著鏡子裡的自己，看著自己的魔眼時，她才會看到那種獨一無二的色彩……

「喔！」希望欣喜地說。「妳也有魔眼！要不是妳告訴我，我可能都不會發現……」

「那是因為我控制住它了。」波蒂塔說。

魔眼迅速變色，變回比較正常的顏色。然後，波蒂塔全身一僵，找到同伴的喜悅瞬間從她臉上消失。這是因為，魔法湯匙從希望的頭髮中跳了出來，對她打招呼。他們現在沒有急著逃命，波蒂塔終於有機會仔細看看那根湯匙，近距離一看，湯匙很明顯是鐵做的。

波蒂塔臉色發白，她站起來，在那一剎那，她以巨熊的形態站在眾人面前大吼，然後才再度變成人形——看上去非常嚴肅的人形。就連她眼中閃爍著的笑意，也消失了。

「**她有操控鐵的魔法……**」波蒂塔悄聲說。

她轉向卡利伯說：「天啊，這是什麼狀況？兄弟，你到底做了什麼好事？」

第七章　他們究竟能不能進入資優巫師學院呢？

卡利伯只好大費脣舌，解釋事情的來龍去脈：很久以前，希剋銳絲與恩卡佐曾經相愛，結果不得不用上屏棄愛情法術等等……親愛的讀者，這些你都已經知道，我就不贅述了。

波蒂塔氣壞了。「所以，你把我的德魯伊眼淚拿去施那個法術了？」

「是沒錯，可是妳聽我說，我預見了未來，知道如果不阻止他們兩人相愛，野林將面臨詛咒、災難與毀滅……」卡利伯解釋道。

「結果野林還不是面臨詛咒了！」波蒂塔氣沖沖地說。「而且災難與毀滅也不少。卡利伯，你什麼時候才會學到教訓？預知未來的時候，要非常、非常小心！事情很可能以悲劇收場，你也不可能改變未來嘛！」

「我知道，我知道。」卡利伯垂頭說。「我這次真的學到教訓了……」話雖這麼說，卡利伯還是自以為狡猾地補充一句：「……但這些孩子的祖宗家族都不是自己選的，而且妳瞧，這個女孩子的魔法物品不是很可愛嗎……」

魔法湯匙知道這是自己發光發熱的機會，他在希望頭上開心地翻筋斗，叉子與鑰匙也興奮地跳出來，緊接著是成群的大頭針。魔法物品開始表演體操特技，努力在波蒂塔面前表現得可愛一些，贏得她的青睞。小貓頭鷹呼菈用翅膀拍額頭，哀嘆一聲。

「妳看，它們是不是很活潑！」卡利伯又說。「都是些心地善良的魔法小東西……完全反映了女孩的個性……」

「**問題是，它們是鐵做的啊！**」波蒂塔抗議。「**所有人**都想得到那種魔法！戰士皇帝、希剋銳絲、德魯伊部族，我的天啊……還有**巫妖王**……」

「還有……**等一下**。」呼菈的頭轉了三百六十度，之所以做出貓頭鷹這種令人發毛的動作，是為了仔細看看札爾。「我們知道這個女孩的能力十分危險，可能帶來災厄……那這個男孩又有什麼問題？」

「不好意思，我不是很懂妳的意思。」卡利伯一臉無辜地說。

「別裝傻了。」呼菈說。「他怎麼了？你說過，他也有某種才能……」

「這個男孩不過是發生了一個**很小很小**的意外，有了巫妖印記……」卡利伯說。他再次口若懸河地解釋複雜的來龍去脈，盡量說得輕描淡寫，最後卻補充一句：「但老實說，他在控制巫妖印記這方面遇到一些困難……」

「哪有！」札爾出聲抗議。「我把它控制得很完美！」

札爾脫下手套，想讓波蒂塔看看他如何用高超的手段控制巫妖印記，結果突然有一道綠色閃電從印記射出來，瞬間把波蒂塔的椅子烤焦。札爾趕緊重新戴上手套。

現場，一陣令人驚恐的沉默。

「好吧，可能還不到完美。」札爾承認。

「可是只要施展消滅巫妖的法術，就能同時消除札爾的巫妖印記了。」希望解釋。

「前提是，那是真正的法術。」呼茲說。「那也可能是什麼人憑空想出來的……可能是希望太渴望找到解決巫妖的辦法，才杜撰了這個法術。」

「重點是，法術是用我的羽毛寫下來的。」卡利伯說。「也許那是我某一輩子的回憶，是我仍是

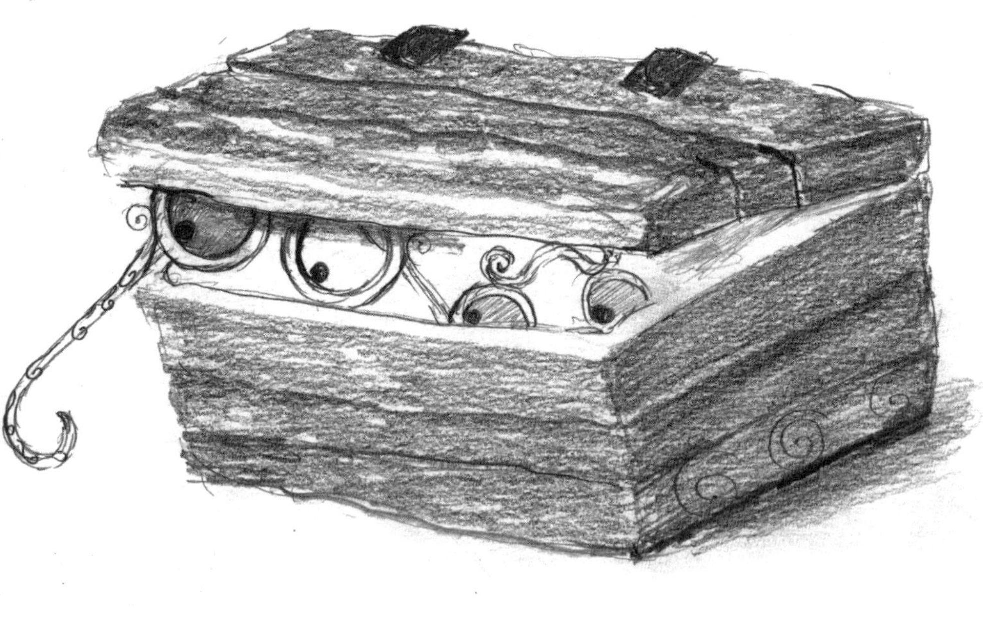

大巫師潘塔利昂時寫過的法術。」

波蒂塔聽了覺得有道理。「也是，」她說。「那這個法術就值得仔細研究一番了。」

「《法術全書》！」希望稍微把眼罩往上推，出聲命令。《法術全書》從她口袋跳出來，主動翻到消滅巫妖的法術那一頁。

剛才被波蒂塔熊屁股撞飛的書桌正歪倒在地上，桌面靠著書房的牆壁，四條腿僵硬地舉在空中。波蒂塔打了個響指，小木桌的腿變軟了，還動了動、扭了扭，整張書桌掙扎著想立起來。書桌最後用力一撐，四條桌腳落在地上站穩，接著像螃蟹似地橫著走到波蒂塔面前，停了下來。紙張、羽毛筆、書本與箱盒從四面

八方飛來，所有人不得不低頭閃過物品，物品這才亂七八糟地落在桌上。波蒂塔坐下時，一張椅子及時衝過來接住她。

波蒂塔在桌上一個盒子上敲了一下、兩下、三下，盒蓋打開，五副眼鏡在空中揮動腿腳，亂糟糟地扭打成一團。

「喔！」希望開心地說。「是活生生的眼鏡耶！」

湯匙、鑰匙、叉子與大頭針紛紛好奇地跳上前，不確定該如何和這些新的魔法物品親戚相處。

它們都沒遇過其他魔法物品，這對它們而言，是一次新鮮有趣的體驗。眼鏡被直勾勾盯著它們的鐵製魔法物品嚇壞了，它們用力蓋上盒蓋。

「它們有點害羞。」波蒂塔說。

在希望安靜的指示下，湯匙與同伴們退回希望的口袋與頭髮，以免又嚇到魔法眼鏡。

眼鏡盒很——慢——很——慢——地再次打開，眼鏡在盒子與蓋子間的縫隙東張西望，像剛睡醒的叢林生物，睜著昆蟲般的大眼睛往巢窩外望。

眨、眨。

希望憋著一口氣，努力不笑出來。

眼鏡們猶如小心翼翼的蜘蛛，緩——緩——從盒子邊緣爬出來，亦步亦趨、如履薄冰地用細長腿腳前進，很明顯還沒完全睡醒。

它們像長腳蜘蛛一樣，輕手輕腳地跨步，繞到波蒂塔面前，讓她選一副戴上。

「選那副跛腳的眼鏡好不好？」希望小聲說。她已經喜歡上一副明顯歷經風霜的眼鏡，它一邊鏡片裂了，鏡腳看上去也斷掉又修過好幾次。

「我也很愛那一副，」波蒂塔說。「但這次，我想選……玫瑰色的這一副。」

「喔不不不不……」呼菈氣憤地用翅膀遮住眼睛說。「夫人！怎麼又是**玫瑰色**那一副！妳到底什麼時候才要學到教訓？」

但另外四副眼鏡已經七手八腳地爬回盒子，顯然樂得清閒，等不及回去睡覺了。粉紅色鏡片、樹枝狀鏡腳的眼鏡順著波蒂塔不整的衣衫，爬到她臉上，在她鼻子上坐下。

「我看看喔……」波蒂塔調整眼鏡，讓它坐得更穩，翻開了《法術全書》。

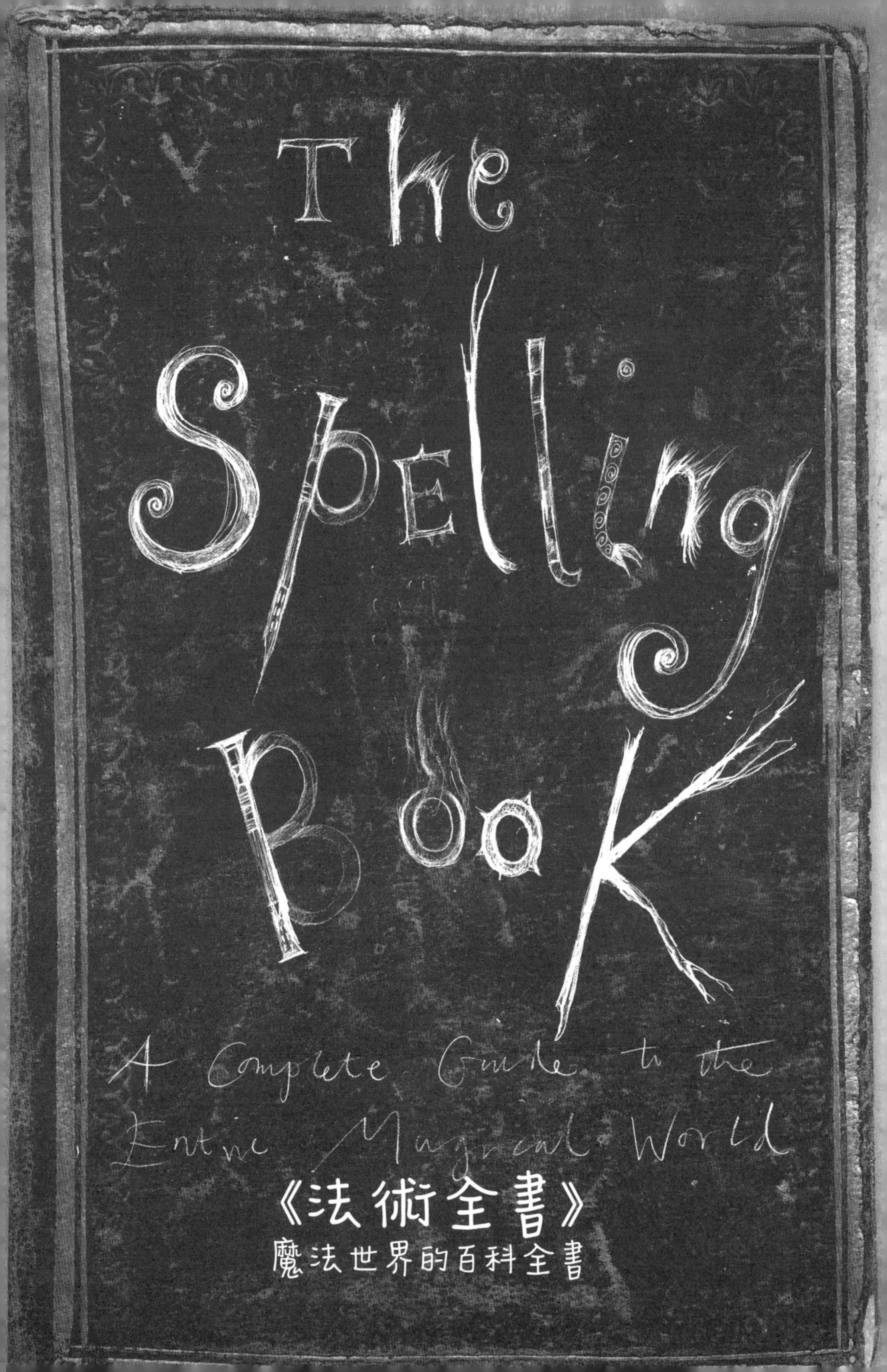

《法術全書》
魔法世界的百科全書

《法術全書》

隱形法術

使用隱形法術時，你必須謹慎小心，因為隱形狀態持續太久的話，你的心神會受到危險且難以預料的影響。上圖中，希望在用魔眼讓自己的手隱形。

第 4,310,690 頁

《法術全書》

集火

在波蒂塔看來，火焰象徵光明與智慧的源泉。她在撲克丘火爐裡的火（以及出門旅行時，裝在火盒裡的火），是從久遠年代一直燃燒至今的部分火焰，所以她絕對不能讓火熄滅。

《法術全書》

龍族

龍族很久以前就撤退到天寒地凍的北極地區了，但從上一次冰河時期結束後，他們就開始南遷，現在有很多龍族住在野林的叢林裡。

《法術全書》

絨絨靶

絨絨靶野兔

在「保護色」方面有點問題……

絨絨靶生性天真無辜，缺乏自衛手段，因此在野林裡經常遭遇危險。更要命的是，他們毛茸茸的尾巴末端，有個又大又顯眼的標靶。他們主要的天敵是狐人。

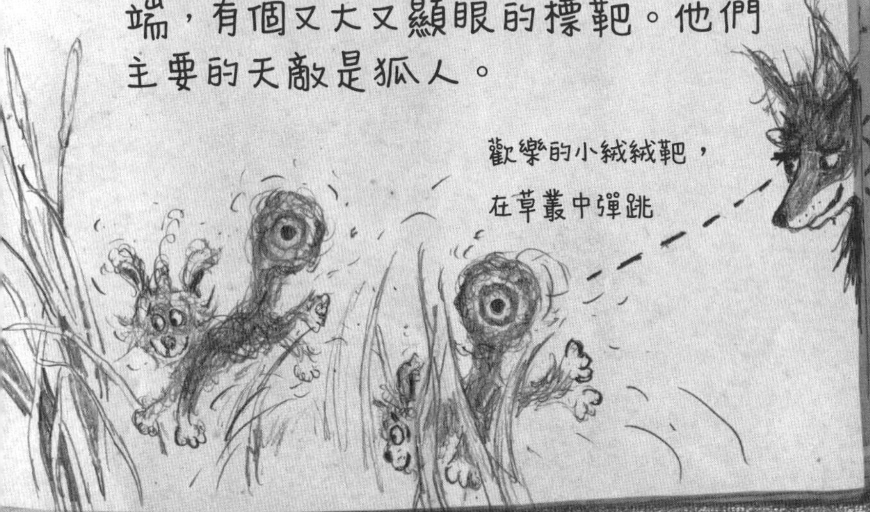

歡樂的小絨絨靶，

在草叢中彈跳

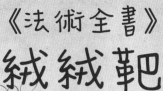

消滅巫妖的法術

材料：

1. 死亡堡巨人的最後一口氣。
2. 巫妖羽毛。
3. 冰凍女王的淚水。
4. 惡魔的鱗片。
5. 迷失湖德魯伊的淚水。

「是啊，這顯然是貨真價實的巫師法術，而且還是十分強力的愛情法術。」

「我就知道！」卡利伯樂呵呵地說。

「法術需要五種材料，」波蒂塔接著說。「『五』這個數字在巫師信仰中非常重要，因為世界上有風、火、水、土與以太五種元素，有春、夏、秋、冬與永恆五個季節，還有東、南、西、北與中五個方位。」

「愛情法術怎麼能消滅巫妖？」札爾問。

「因為巫妖是愛的反面，能對抗他們的，可能就只有愛了。」波蒂塔說。「這裡的五種材料，基本上就是維繫一段長久愛情的所有材料：巨人的最後一口氣是諒解，巫妖羽毛是渴望，冰凍女王的淚水是溫柔，馬魔的鱗片是勇氣，迷失湖德魯伊的淚水則是耐性。」

「好消息是，我們已經集齊前三種材料了……」卡利伯說。

「壞消息是，」呼菈堅持要用悲觀的角度看事情。「你們不可能取得最後兩種材料。」

「但波蒂塔，妳能幫助我們，妳最優秀了……」

卡利伯降落在她肩頭，輕咬她的耳朵提醒她。

看來，波蒂塔有個小小的弱點。

「主人，不可以，不可以啊！別中計！」呼菈央求。「別再被兄弟的花言巧語騙了！」

但波蒂塔臉上已經浮現小小的微笑，玫瑰色眼鏡後的眼睛開始閃爍笑意。「我是很優秀沒錯。」她承認。

「妳最優秀！妳最優秀！妳最棒、最傑出、最優秀！」卡利伯說。「而且

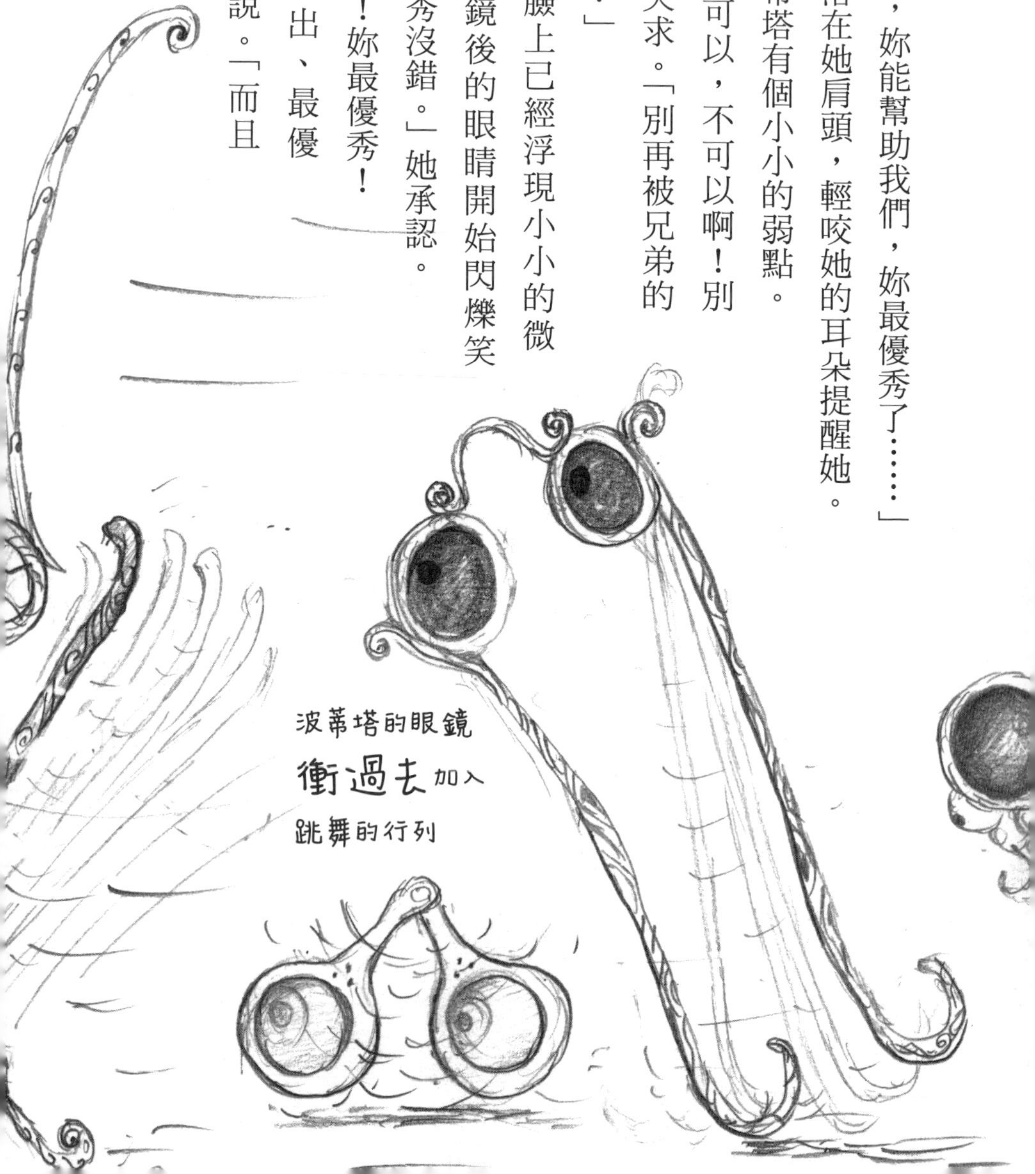

啊，妳不是最愛不可能的任務了嗎？」

人類與渡鴉開始合唱，唱出兩人從幼年時就學會的小曲子。

波蒂塔的眼鏡衝過去加入舞蹈的行列。

我們最優秀！我們最優秀！

我們最棒、最傑出、最優秀！

我們「最愛」不可能的任務……

做出會飛的奶油！會走路的木杖！

看得見、會說話、不可思議的鏡子

解除讓雨水凋萎乾涸的詛咒

喚醒死去已久、無法再萌芽的愛情

不可能的事情、莫名其妙的事情，

讓我和不可能的事物生活！

我是熊！你是鳥！真是荒唐至極的前提

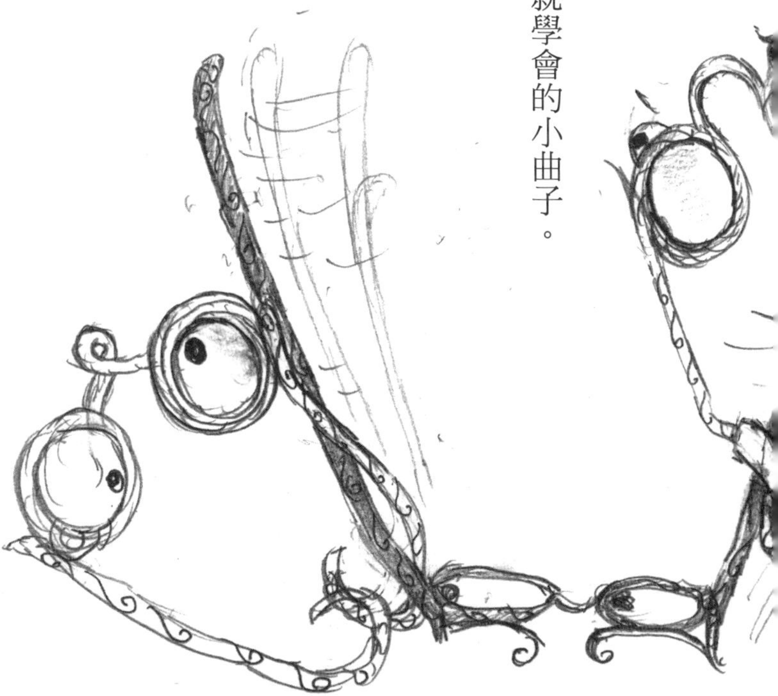

我們最優秀！我們最優秀！

但在荒謬魔法這方面，我們是專家，

因為……

我們最優秀！我們最優秀！

我們最棒、最傑出、最優秀！

而且……

我們「最愛」不可能的任務！

「喔喔我**好喜歡**這裡！」希望說。「拜託拜託**拜託**讓我入學……」

「你們可以住下來！」波蒂塔興奮地撐開雙臂說。「這是我期待已久的挑戰！」

眾人無依無靠、孤孤單單地流浪了好幾週，深知自己是受人詛咒的亡命之徒，現在終於有人希望他們留下來，這種感覺

太棒了。

「太好了！」卡利伯說。希望的心雀躍了起來，結果小貓頭鷹呼菈跳到書桌上，搖搖擺擺地走到桌子中間，翅膀扠腰站在那裡。希望的心又沉了下去。

「**等一下！**」呼菈氣呼呼地說。「別忘了，你們想留下來，還必須經過『我』的同意！要是學院裡其他孩子寫信給家長，說我們窩藏逃犯，那怎麼辦？到時候德魯伊部族會逼我們關閉學校！這也算了，你們還要我們所有人參加致命的暗影任務……」

「妳說得有道理。」波蒂塔說。「呼菈，謝謝妳的建議！我們必須幫希望的魔法物品喬裝一下。希望，把它們拿出來吧……」

魔法湯匙迅速從希望頭頂跳下來，緊接著是鑰匙、叉子與大頭針，眾魔法物品走到書桌上，在波蒂

「等一下！」

呼菈說。

塔面前站定位。波蒂塔的眼睛眨了一下、兩下、三下，小物品的顏色都從灰色變成金色，身體變化令魔法物品興奮不已，它們學人類挺起類似胸膛的部位，趾高氣昂地在桌上走來走去，炫耀自己的新造型。

「它們還是鐵做的，」波蒂塔說。「只是看上去像黃金而已。」

「那這個『戰士』怎麼處理？」呼菈指著刺錐說。

「是啊，這個問題就比較棘手了。」波蒂塔若有所思地承認。「我們可以讓他假扮成霍布小妖——他們不太擅長魔法。」

「霍布小妖是什麼？」刺錐問。還沒聽到答案，他就知道自己聽了肯定高興不起來。

波蒂塔的眼睛眨了一下、兩下、三下。

「喔……」刺錐說。他低頭看著突然覆蓋全身的棕色軟毛。「父親要是看到我現在的樣子，一定會覺得很丟臉……我還有『尾巴』！真的有必要幫我加尾巴嗎？」

「抱歉，你不能沒有尾巴。」波蒂塔說。「沒有尾巴就不是霍布小妖了。」

「太棒了，波蒂塔，太棒了！」卡利伯佩服地說。

「是很棒呢，對不對啊？」波蒂塔滿意地說。

為了掩飾札爾綠色的手臂，波蒂塔把他整個人都變成綠色，包括雪貓、小妖精、狼人孤狼與希望等同伴，也一起被變成綠色，就連曾精的遊隼與卡利伯，也被變成很鮮豔、很不自然的綠色。卡利伯覺得他們看起來蠢斃了。

「如果有人問起，就說你們是來自東方的沼澤巫師。」

最終，波蒂塔把一副壞掉的眼鏡借給希望，用來遮住眼罩。「還是不要提起妳的魔眼比較好，」她若有所思地說。「假裝魔力是從其他地方來的……」

「沒問題！」希望說。

「可是我還沒同意讓你們留下！」呼菈警告道。

「**拜託**妳同意吧。」卡利伯感覺到呼菈意志動搖，連忙趁勝追擊。「我們已經回答妳提出的所有問題了，現在的喬裝打扮也萬無一失，妳就不能給我們一

哈哈哈哈
變成霍布小妖
的刺錐。

次機會嗎？」

「他們是**家人朋友**耶。」波蒂塔說。

「大家都在追殺我們……」卡利伯說。

「我們又溼又冷又餓。」刺錐邊說，肚子邊咕嚕咕嚕叫。

希望一隻手搭著呼菈的翅膀，注視著小貓頭鷹的眼睛。

「我們好怕，而且已經無處可去了。」希望說。

那之後，是一段漫長的沉默。

呼菈看著眾人。變成霍布小妖的刺錐全身破破爛爛、有無數道劃傷，還跛了腳。名為札爾的男孩腿上有個嚴重的傷口，看上去快引發敗血症了。

面對這樣的央求，貓頭鷹呼菈不忍拒絕。

「唉，真是的。」呼菈嘆息說。「真是的，真是的，真是的，真是的，**真是的**。好啦，讓你們留下就是了，但那個手被詛咒的男孩要是再搗蛋，你們就可以滾蛋了……」

面對這樣的央求，
貓頭鷹呼菈不忍拒絕。

「我們可以留下來了！」卡利伯大喊。

而在上方高處，波蒂塔書房的門口，剛才一直豎起耳朵偷聽卻什麼都沒聽到的小綠仙們，終於聽見這聲高呼。他們欣喜若狂地大叫：「他們要留下來他們要留下來他們要**留下來**！好耶好耶好耶！」

「你們在這裡待得越久越好。」波蒂塔令人沉醉的溫暖聲音說。「這樣才有時間療傷，還有時間學習各種知識技能。能在這裡待多久，就待多久吧……」

「好吧。」札爾不高興地說。「我們留下來……但不能待太久……」

他心裡偷偷想的是：**等我偷幾滴德魯伊眼淚，我們就可以走了……**

波蒂塔點點頭，轉向亞列爾。

「名為亞列爾的小妖精，你可以把我們取走的那一片森林火焰加到我的壁爐底石，」波蒂塔說。「它在那裡應該會過得很開心……」

於是，亞列爾打開火盒，他將那一小片火焰加入波蒂塔的爐火時，原本在爐中的火焰燒得又高又旺，彷彿在歡迎新同伴。

「森林大火不是悲傷的事件嗎？妳為什麼要留下一片做紀念呢？」希望好奇地問。

「妳這麼快就開始問問題，真是太棒了！」波蒂塔說。說來有趣，希望平時都是因為問太多問題挨罵，難得有人誇她。「生命是快樂、悲傷與無關痛癢的事件拼成的，妳不能忽略悲傷的事，甚至連無關痛癢的事也不該置之不理。那一滴火焰，只會讓我自己的火燒得更旺……」

同意讓眾人加入資優巫師學院後，呼菈開始考慮實際面向。「好，那我帶你們去宿舍，」呼菈說。「各位可以先把身體擦乾、暖暖身子。雪貓和魔法生物和你們待在一起沒關係，但巨人必須去特殊的區域。這隻熊必須盡快去到冬眠山洞——現在已經是隆冬時節，他的入睡時間早過了。」睡眼惺忪的熊打了個大大的熊哈欠，同意了。

「你們來得正好，等等可以去食堂吃晚餐。」呼菈說。「我帶你們去吃點東西，然後再送這扇門和兩個男孩子去醫務室接受緊急治療。」

一行人爬上樓，小綠仙群興高采烈地和眾人打招呼。波蒂塔把粉碎者變綠之後匆匆離開，她說希望等人帶鐵器進學校，導致保護學校的魔法結界出現破洞，她得趕緊把破洞修補好，現在就先請呼菈招呼他們。

「一隻熊一個巨人兩個溼答答的人類三匹狼三隻雪貓九隻沒用的小妖精一隻遊隼還有一個寶寶**而且全部都是綠色的……還有一隻霍布小妖！歡迎你們所有人！**」眾人朝宿舍走去的同時，小綠仙群歡樂地唱歌。

「我的老天。」呼菈說。

「你們回家了，你們回家了，歡迎回到**你們的家**！」所有小綠仙齊聲高唱。

「歡迎來到這個充滿魔法、

不可思議、

超級壯觀的家……

歡迎來到你們的新——家——！」

第八章　馬魔

不得不說，希望和札爾暫時找到新住所了，今晚與接下來好幾晚都有床可以睡、有熱騰騰的食物可以填飽空空的肚子，這讓我深深鬆一口氣。謝天謝地，這下孩子們就能在資優巫師學院待上好一陣子了，除了可憐的老渡鴉卡利伯與想睡覺的熊之外，其他人和生物也需要一點時間靜養、復元。卡利伯狀況很糟，他真是隻可憐的老鳥，脖子上的羽毛都掉光了，頸部與頭頂粉紅色的皮膚露了出來。大家在大火中多多少少燙傷了，也因為多日逃亡變得很瘦，希望、札爾與刺錐骨瘦如柴，得多吃點東西才能恢復力氣。

我很想把那個隆冬之夜的美味餐點形容給你聽，也想描述大家囫圇吞棗的吃相，因為那一餐實在太好吃了。食物全是波蒂塔準備的，她可是優秀的廚師呢！嘗到添了魔法的蕁麻湯，你才知道天堂是什麼滋味。可惜的是，我不能把故事重點放在美食上。

我是這個故事的旁白，所以能看見撲克丘「以外」的地方，除了暫時收留小英雄們的溫暖土丘、粉筆馬與綠草之外，我還看見遠方的事物，而我看見的事情令我十分心慌。

我看到馬魔。

馬魔靜悄悄地住在海裡，卻是恐怖的存在。他身心中的可怕噩夢，多到連泥沼怪的頭腦都裝不下。馬魔容納了許多酸澀、不愉快的事物……落空的期望、夢境的結尾，以及充滿太多邪惡力量、不能交到女人或男人手裡的法杖。沒事的話，不要隨便去找馬魔這隻怪獸。其實啊，只有展開暗影冒險的人才會接近馬魔，因為暗影鬥士已經不在乎自己的死活，所以才被稱為「暗影」。

就我所知，目前還沒有人成功取得馬魔鱗片還活著歸來。

所以說，馬魔在遠方某處靜靜等待。

我還能看見希剋銳絲女王。

她舒舒服服地在織繡華美的女王帳篷裡露營，周遭是被她燒毀、仍在冒煙的森林。有個訪客來找她，這個人身著戰士皇家士兵的服飾。希剋銳絲女王理應聽命於皇帝，所以無論現在是不是午夜，無論她想或不想，都不得不接見皇帝手下的戰士。

「你來做什麼？」希剋銳絲女王不悅地問。「搞得好像在**跟蹤**我似的……」

「我來這裡，」訪客宣布。「是為了『愛』。」

「『愛』？」希剋銳絲女王冰雪般的聲音說道，一邊眉毛揚了起來。

「我的名字是『雷腿本尊』，」戰士挺著胸膛宣布。「戰士皇帝派我趕過來，是因為這片領土只有一個無助的女人治理，他有點擔心。所以，我來這裡是為了向妳求婚，成為妳的丈夫與國王。」

希剋銳絲女王瞇起眼睛。「**真的嗎？**」她柔聲說。

「我是天才巨人殺手，」雷腿本尊自大地說。「還徒手掐死過不少精靈。我相貌堂堂，使戰斧的功力一絕，我還是**深陷愛河**的戰士喔。」

希剋銳絲女王繞著雷腿本尊走一圈，不屑地吸了吸鼻子。

雷腿本尊感到一絲絲不安，伸手想從背心口袋拿出情詩時，被希剋銳絲女王不小心用權杖敲中腰間。

「我的名字是雷腿本尊，
我將成為妳的丈夫與國王。」

他痛得直不起腰。

「想聽聽看，」希剋銳絲女王笑吟吟地說。「我對『愛情』的看法嗎？」

她優雅地伸手，作勢扶雷腿本尊起來。

但碰到她冰冷的手那一瞬間，一聲巨響爆開，大量噁心的煙霧冒出來，雷

砰——!!

「這個，」希剋銳絲女王說。「就是我對『愛情』的看法。」

腿本尊完全消失了。

他的衣服都還在，微微燒焦的布料堆在地上，一首首寫著情詩的紙張輕輕飄落房間各處，每一張都炸得焦黑。至於雷腿本尊呢，他就這麼憑空消失了。

希剋銳絲女王腳邊倒是多了一顆小小的珠子，在地上滾來滾去。

希剋銳絲女王泰然自若、輕輕巧巧地彎腰，撿起小圓珠。

她輕柔地把珠子串上脖子上的項鍊，和另外好幾顆珠子串在一起。

說來真巧，新珠子的花紋，和雷腿本尊頭盔的花紋一、模、一、樣……

什麼「無助」的女人！
好大的膽子！
哼！

「**這個，**」希剋銳絲女王說。「就是我對『愛情』的看法。」

嗯，這位女王還真是冰冷無情。

在逮到希望、把她關進戰士鐵堡、把她像困在小珠子裡一樣鎖死在城堡中之前，女王絕不善罷干休。

希剋銳絲女王確信自己能找到孩子們的確切位置，也能想出找到他們的確切方法。我身為旁白，知道一件你不知道的事。

札爾說得沒錯，希剋銳絲女王能在森林裡找到他們，並不是巧合。

「**有人**」**背叛了他們**。

他們之中有叛徒？

叛徒是誰？難道風暴提芬說得對，你「真的」不該信任獄中認識的狼人？

他們最好「小心」，因為叛徒還在他們身邊……

即使叛徒不再洩漏一行人的行蹤，也已經太遲了。

希剋銳絲女王手裡，有希望的一根大頭針。

希望用大鐵球困住了邪惡的大巫妖王，
鐵球裡面長這樣

在逃離大火的混亂當中，大頭針用力插進希剋銳絲女王的盔甲，卻來不及脫身。

女王得到了大頭針，現在只需放它自由，就能一路追蹤它找到希望。

恩卡佐也在某處，為希剋銳絲女王的事煩惱。

而比這更遠的某處，我能看穿希望用來囚禁壞巫妖王的大鐵球，只見體型龐大的巫妖王蜷縮在鐵做的窩裡，一次次撓抓、咬啄鐵球內側，像準備破卵而出的小鳥一樣，努力往外鑽。之前那兩隻巫妖已經夠可怕了，然而巫妖王比他們都還要壞，相比巫妖王，那兩隻普通巫妖簡直像破舊的稻草人。巫妖王帶有鹹水溝、臭雞蛋、屍臭與砷毒的惡臭，是真正邪惡的臭味，他手裡還有一小片屬於希望的藍色塵埃，他打算在時機到來時使用這片塵埃。

巫妖王會慢慢來，但巫妖王一定能達成目的。

波蒂塔、卡利伯、呼菈與粉碎者必須把小英雄們藏好，好好教導他們、指引他們，孩子們才有機會面對等著他們的未來。

PART Two Refuge

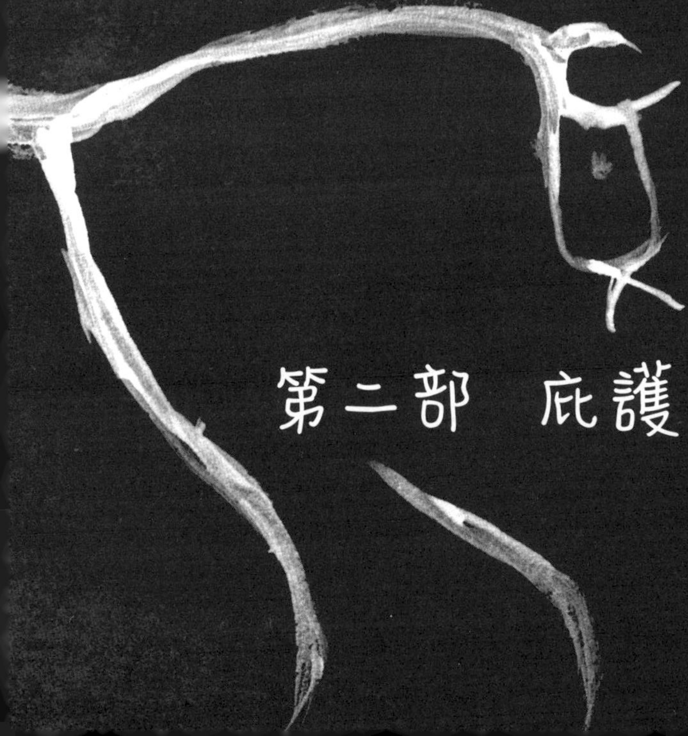

第二部 庇護

世界上
也有好人……
只是
比較難找而已。

第九章　資優巫師學院

希望截至目前的短短人生中，最快樂、最和平的時期就這麼展開了。在資優巫師學院學習，和在雷鬼頭夫人的指導下學習，感覺截然不同，希望終於可以訓練她花好多年壓抑與隱藏的能力了。她想都沒想過世界上會有這樣的學校，或是這麼棒的課程表。在資優巫師學院，有學生花好幾學期研究樹木，學習樹木的種類、學會從樹葉辨別不同品種的樹，並且學著和它們說話、照顧它們，以及不同木材的功用。

除此之外，還有占星學、隱形術、變身成動物的練習、讓物品活起來的魔法，更不用說是不用翅膀的飛行術了……

學院當然也開設文字與數字學習課程，但只占課表的一小部分，而且負責這些科目的老師——美洛夫人——比雷鬼頭夫人親切多了。她有好幾盒字母與數字模型，它們都像波蒂塔的眼鏡一樣，是活著的魔法物品。

希望發現，當文字或數字由毛茸茸、刺刺的或樹枝樣的小字母動物或數字動物表現出來，看到那些小東西在面前翻滾、跳躍，她更有辦法記得課堂上學到的新知。

其他巫師小孩和魔法生物小孩都非常友善，也非常歡迎希望他們，就如波蒂塔所說，他們完全接受了札爾和同伴來自東方所以全身是綠色這件事。希望與刺錐這輩子第一次可以和別人成為「朋友」，他們認識了來自迷失湖的德魯伊女孩，她和希望一樣有魔法物品（但當然不是鐵做的），還有個來自北方沼澤地的幻形怪男孩。

尾巴能豐富地表達情緒……

你難過時，尾巴會下垂……

一開始，刺錐覺得自己變成霍布小妖以後，覆蓋他全身的棕色長毛不僅很癢，還看起來很可笑；可是過了一段時間，他發現這一身毛髮其實滿實用的，它又暖又舒服，梳到發亮後還挺漂亮的。他開始為自己的毛髮感到驕傲，而且行走時，毛髮發出的咻咻聲聽起來很有氣勢，他也喜歡。還有尾巴！刺錐最愛那條尾巴了，他真不曉得自己之前沒有尾巴是怎麼生活的。尾巴能豐富地表現出情緒，真是太棒了。

你開心時，尾巴會翹起來，你難過時，尾巴會下垂，而在爬樹課中，尾巴非常有用。多了尾巴後，刺錐只要盪三、四次就能爬上樹冠，這時候其他人還在努力爬下層的樹枝呢。

從前，刺錐只有在教室角落打掃時，才有機會偷偷學讀書寫字，現在難得有人把他真的當成人來指導，而不是對他頤指氣使。他學得很快，在很多科目都進步神速——當然，這不包括需要施法的科目，但他擅長的一般科目也不少（魔法史、爬樹、藥草學、醫藥學與占星學，後面三科分別是對藥草與植物的研究、醫療與藥物的使用及解讀星象的藝術等技能）。

使用魔法的科目裡，他比不上其他學生，但波蒂塔給了他一根「DIY法杖」，這根法杖只能用來施「把東西黏在另一樣東西上」的簡單法術，但至少這麼一來，別人就看不出他完全不會魔法了。

所有人都很期待波蒂塔的課，這年春季，波蒂塔負責教的是法術、樹木學和變形術。

「太棒了！」看到學生正確施法，她就會誇獎他們。「做得好！」

神奇的事情發生了：被波蒂塔誇讚的

人，真的會覺得自己很棒，而且對札爾特別有效。札爾從小沒有母親——母親在他出生時去世了——所以當他說到自己如何不小心把椅子融化時，波蒂塔戴上玫瑰色眼鏡，對他說「真是太有趣、太有創意了！」，札爾會為了讓老師對他刮目相看而更努力聽話。

一開始，札爾動不動就惹麻煩。

有時不完全是他的錯，他那隻刻了巫妖印記的手似乎有自己的想法，經常誇張地和札爾的想法背道而馳。舉例來說，全班在練習縮小法術時，札爾試著模仿其他人施法，卻發現自己非但沒有縮小，還變大了。那天他變得比粉碎者還大，那堂課的老師以為他是故意唱反調，就把札爾送去給波蒂塔教訓一番。

被其他老師叫去熊窩時，札爾總是不確定波蒂塔會如何反應。

有時她親切寬容，有時卻很嚴格，脾氣甚至會像熊一樣，這種時候只要札爾該罰，波蒂塔就會處罰他。有時她專心施自己的法術，完全沒興趣聽札爾解釋自己被老師送來的理由，只叫札爾幫忙扶穩鍋釜，這樣呼菈才能攪拌。

在沒有縮小卻不小心長大那一次，波蒂塔並不在熊窩裡，書房空無一人，於是札爾把房間細細搜過一遍，尋找德魯伊眼淚。他相信眼淚一定是被波蒂塔藏起來了。然而眼淚都還沒找到，呼菈就進了書房，札爾只好在學院裡四處遊蕩，最後才在旁邊一片空地找到波蒂塔。她正和一大群巨人哲學家開會，討論「時空旅行」出人意料的後果與實作的可能性。使用魔法的族群能用魔法做到很多事，但目前為止還沒研究出如何穿越時空。

所以，波蒂塔雖然真的很同情札爾，她還是揮揮手要札爾離開，建議他自己設法縮回原本的大小。札爾只能保持巨人的體型度過兩天，才能恢復原狀。

他的魔法真的有點難以預料。

不過，隨著時間過去，札爾想到欺騙刻有巫妖印記的手配合的方法：他可以故意施展相反的法術。這個方法不是每次奏效，但至少他沒那麼常被罵了。

札爾也漸漸喜歡上資優巫師學院，就連他自己也為此感到很意外。他非常受歡迎，交了很多很多朋友。

一段時間過後，大家都忙到幾乎忘了撲克丘與粉筆圈之外的世界。三個月過去了，熊走出了冬眠山洞，大夥和蛇龍與巫妖戰鬥留下的傷痊癒了，他們卻感覺自己才剛來到資優巫師學院。

希望當然擁有非常強大的魔法，波蒂塔認為她的法力堪比撲克丘大部分巫師的法力總和，甚至比其他巫師加起來還要強。至於波蒂塔的想法對不對，我們就只能慢慢觀察、驗證了。

可是，在法術戰鬥方面，希望遇上了非常糟糕的問題。

在法術戰鬥時，你要把自己變成不同的動物，以動物的姿態打鬥。希望一開始表現得不錯，她變身成雪貓、獅子、鬱妖、食屍宴，變身速度快得驚人……可是她的預設動物就是絨絨靶，怎麼也改不了。

她不知道這是為什麼，但只要在打鬥中驚慌……

她的魔眼就會眨一下，她還來不及阻止自己……

……身體又會變成絨絨靶了。

絨絨靶顧名思義，是一種「不怎麼可怕」的生物，他們的體型比兔子小一些，在野林裡有太多太多天敵，波蒂塔還擔心絨絨靶被掠食動物吃到絕種，特別設立絨絨靶保護區。保護區就位在醫務室旁，刺錐常花好幾個鐘頭靠著欄杆欣賞他們，因為你看著小絨絨靶跑來跑去、互相尖聲叫喚，心情就會好起來。

在法術戰鬥中變成絨絨靶之後，希望就沒辦法變成其他生物了，除非遇上不小心變身成胡蘿蔔的對手，否則她只能認輸（你不太可能看到對手變成胡蘿蔔，但也不是完全不可能，因為吸血鬼對大蒜過敏、食屍宴對胡蘿蔔過敏，所以有些法術鬥士會為了取巧，變身成蔬菜）。

這時，波蒂塔、呼菈與卡利伯就會意味深長地互看一眼。刺錐知道，那個眼神的意思就是：「希望就和絨絨靶一樣，不可能靠單打獨鬥贏過巫妖王。」

不過整體而言，一切正往好的方向發展。

札爾用盡全力學習，在日常行為與思想方面有了很大的進步。希望的法術戰鬥能力還是很差，但她學到其他許多有用的技能，這輩子從沒感到如此滿足、如此愉快。就連刺錐也漸漸習慣了霍布小妖的生活。

……風平浪靜的時光，在洞察夫人抵達學校時結束了。

她是學校的新老師，從她到校那一刻，一切就開始走下坡。洞察夫人是占星學老師，她和雷鬼頭夫人一樣愛欺負人，只不過她欺負人的方式不太一樣。洞察夫人從不大聲罵人，但她常常用諷刺語氣說話，還會挑釁札爾。札爾不太擅長占星術，而這又是刺錐擅長的學科，因此洞察夫人花很多時間比較他們兩人的表現。「札爾，這不是連『霍布小妖』都做得到的事嗎？」洞察夫人說。「那你怎麼做不到？」

她的挑釁讓札爾和刺錐關係不睦，札爾因而在課堂上不守規矩，不時炫耀和惹麻煩。洞察夫人說札爾擾亂課堂秩序，叫他去找波蒂塔，波蒂塔夫人卻不完全能體諒札爾的感受。

「洞察夫人好討厭！」札爾氣沖沖地說。

「札爾，這世界上到處都是討厭的人。」波蒂塔說。「你要學著和他們好好相處，不要亂發脾氣。」

洞察夫人對札爾越壞，札爾表現得就越不乖，就連在其他老師的課堂上也不聽話。

希望越來越擔心札爾的狀況，她看到札爾動不動就被叫去找波蒂塔夫人，都快要被學校開除了。札爾漸漸疏遠希望和刺錐，現在他不願意讓人看到他和刺錐走在一起，因為刺錐是霍布小妖，他覺得和霍布小妖在一塊有點丟臉。

「有時候，我總覺得自己是被卡在鑰匙和叉子中間的湯匙。」一晚，希望對卡利伯坦承。

而原本休戰的湯匙、鑰匙與叉子也吵了起來，叉子一有機會就埋伏起來等湯匙、把他撲倒在地，湯匙也開始迴避鑰匙與叉子。風暴提芬與鬼燈籠不知道為什麼事情吵了起來，正在冷戰。

更糟的是……

比這些糟糕百倍的是……

「巫妖群」開始出現在北方、南方、西方與東方，將學校團團包圍。撲克丘受強力魔法保護，讓巫妖不敢太接近，他們高高棲息在樹梢，像一群漸漸聚集的烏鴉，形成可怕烏雲。他們目前還沒攻擊人。

但巫妖的存在，令所有人感到緊張不安。

接著，兩起更令人擔憂的事件發生了。事情發生，就表示孩子們不可能永遠留在撲克丘了。

「窩感覺有一點奇怪……」

第十章　兩起令人擔憂的事件

第一件令人擔憂的事，發生在吱吱啾身上。

他們之前一直沒查出吱吱啾發狂、獨力攻擊希剋銳絲女王大軍的原因，反正他來到撲克丘之後就恢復正常了，大家也不怎麼擔心。

可是有一天，吱吱啾飛到眾人面前，聲音有些顫抖：

「窩感覺有一點奇怪……」

「是我的錯覺嗎？」卡利伯說。「吱吱啾是不是比我們還要綠？」

「而且他的行為非常奇怪——他一直偷吃我的法術！」風暴提芬說。

「窩哪有！」吱吱啾說。「逆說謊，都說謊……喔喔，那邊那個是小綠仙

嗚嗚嗚嗚……

嗎？」

風暴提芬嚇一跳，馬上抽出磨尖的荊棘刺魔杖，在空中轉身面對不存在的小綠仙。她分心時，吱吱啾探過去，從她的腰帶咬下一球法術，又咻一聲飛遠。

「別亂吃，那個是火焰法術！」風暴提芬嘶聲說。但是太遲了，吱吱啾已經把法術吞下去了。

「窩什麼都沒吃。」吱吱啾說。他眨眨像昆蟲眼的無辜大眼睛，用力搖晃小小的頭，用力到耳朵都開始冒煙了。就在這時——哇！他突然擺出鬥雞眼，「**嗝！**」一聲，不小心打了個嗝，一大團火焰從他嘴裡噴出來，點燃風暴提芬用葉子做成的裙子。風暴提芬連忙滅火。

「嗚嗚！」吱吱啾驚訝地舉起毛茸茸的小手，摀住嘴巴。「**胡椒味！**」

「吱吱啾，你先待著別動，讓我們仔細看看你。」札爾說。

「窩沒事！窩沒事！窩沒事！」吱吱啾邊重複邊閃躲，但後來還是被札爾捧著手掌抓住。札爾稍微打開合起的雙手，大家這才清楚看到吱吱啾，發現他的毛髮顏色真的比較深，是比其他人都暗的祖母綠，甚至連他有許多斑點的眼球裡，都多了層淡淡的萊姆綠。

「窩**沒事**，放開窩！」吱吱啾凶巴巴地說，每次張嘴都噴出一條火舌。札爾沒有馬上鬆手，結果吱吱啾小小的眼球突然閃過鮮明的純綠色，他直接低下頭，咬了札爾一口。

「**很痛耶！**」札爾大叫，雙手頓時放開小小的毛妖精。

奇怪的綠色突如其來地消失，宛如一閃而逝的片狀閃電，吱吱啾嚇壞了，他竟然咬了自己最崇拜的札爾。「窩真的很對不起！」他瞪大驚恐的眼睛，嗚咽著說。「主人請原諒窩……窩不知道自己怎麼

了，那是意外。」他又鬥雞眼了。「嗝！……」吱吱啾又驚訝地說，嘴裡噴出更多火焰，再次摀住嘴巴。「**嗚嗚！……好辣！**」說完，他在空中橫衝直撞，邊飛邊說：「嗝！嗚！**好燙……**」還有：「嗝！嗚！……**熱辣辣的！**」還有：「嗝！嗚！……**好嗆！**」最後，他癱倒在希望肩膀上，呻吟著說：「吱吱啾感覺**好不舒服……**」

他突然吐了，吐得好厲害，還噴出一大堆火焰。大家趕緊把他送到波蒂塔樹下的辦公室，請她幫忙急救，過程中還得用札爾的防火手帕把他裹起來。

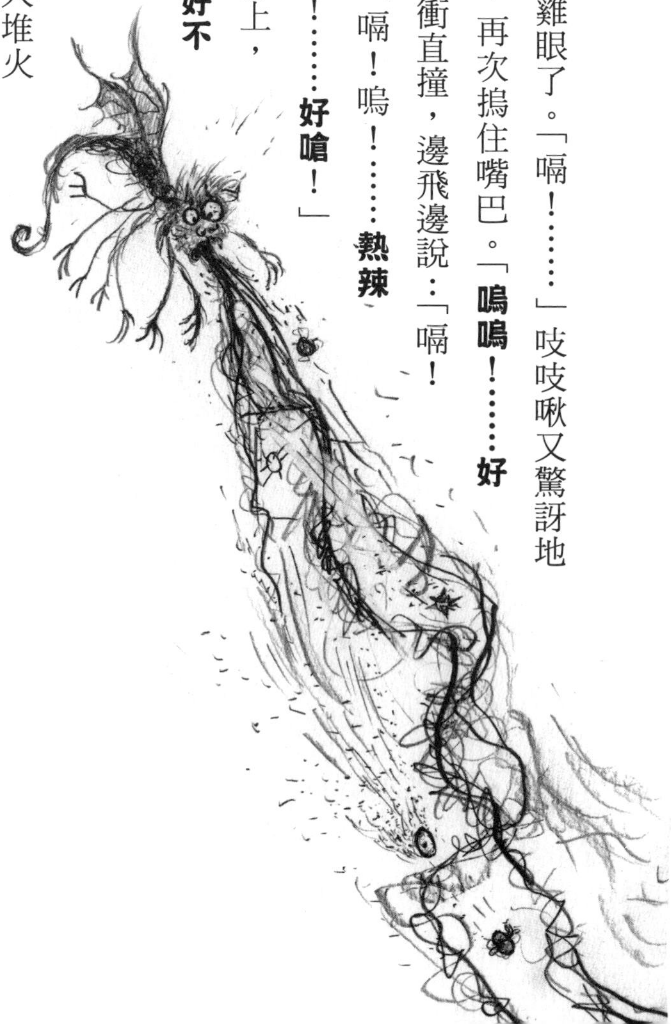

你應該想都沒想過一隻小妖精能吃下那麼多法術，沒想到吱吱啾接二連三

吐出愛情法術、隱形法術、臭氣法術、詛咒法術，你想得到的法術，他都吃下去又吐出來了。吐出隱形法術時，他消失片刻，但大家聽見「嗝！嗚！……**我脹氣了！**」的聲音，知道他還在原處。最終，他吐起噴水法術，這也不錯，至少其他法術都被澆熄了。這時候，小妖精已經累到睡著了，大聲打著呼。每隔一小段時間，他鼻孔就會冒出芥末色的鼻涕泡泡，泡泡飄到空中時破掉，所有人都被殘餘的臭氣法術噴了滿身。

希望對波蒂塔解釋，之前在森林裡，吱吱啾為了救她而染上巫妖印記，於是他們把小妖精放到移除魔法的石頭上。不過看樣子，札爾也許太早把他抱下來了。

波蒂塔仔細檢查熟睡的小妖精，檢查完畢時，她的面色非常凝重。即使隔著玫瑰色眼鏡看吱吱啾，她也樂觀不起來。

「他會死嗎？」札爾悄聲問。

「不會，不會。」波蒂塔連忙說。「他只是在睡覺。你們看，他醒了！」

吱吱啾坐起身，搖搖頭，幾顆芥末泡泡從他耳朵掉出來，一大顆臭氣法術泡泡以飽嗝的形式冒出他嘴巴。

「嗯……」波蒂塔說。「既然這隻小小毛妖精把手放上了移除魔法的石頭，那大部分的壞魔法應該都消除了，所以他不會死……但巫妖血讓他渴望力量，所以他才會吃下那些法術，而且他有**一點點**可能會——」

「不知何時飛去加入巫妖陣營。」卡利伯替姊妹說完。

「**不！**」札爾驚呼。「吱吱啾不可能離開我，自己飛走的。吱吱啾，你說對不對？」

「窩猜他不會。主人，逆好棒，逆是世界上最棒的主人。逆說的這個吱吱啾是誰啊？窩們在說的是誰？」吱吱啾飛在札爾面前，饒富興致地問。

「你說『他』是誰，這到底是什麼意思？他就是『你』啊！你就是吱吱啾！」札爾害怕地說。

「窩不是！」吱吱啾歡樂地唱道，還親了札爾鼻頭一下。「窩是啾吱吱！」

「『啾吱吱』應該是巫妖語的『吱吱啾』，巫妖都把字倒著唸。」波蒂塔憂心忡忡。「這不是好兆頭。我會立刻給他最強效的解藥，只能祈禱一切順利了。不過往好處想，他還挺喜歡各位的嘛……」

其中一個愛情法術仍殘留在吱吱啾這隻毛妖精的血液裡，在他全身竄來竄去，讓他嗡嗡嗡地飛來飛去，試圖親吻所有人，還尖聲說：「啾吱吱愛逆……還有逆……還有逆……還有逆！」

「天啊，」波蒂塔嘆氣說。「難怪學校附近最近出現那麼多巫妖……」

「**什麼？**」希望急切地問。

「我的魔法沒有破綻，他們無法進入學校。」波蒂塔安慰她。「但他們也許能感知到你們的存在，也感覺到吱吱啾漸漸靠向他們了。」

「別擔心」這句話說來容易，但無論他們有沒有辦法闖進學校，一想到巫妖群聚在外，在黑暗中隱身嘶聲低語、將爪子磨利，感覺還是很糟糕。想到可愛的小吱吱啾可能會加入黑暗勢力，大家就更難過了。

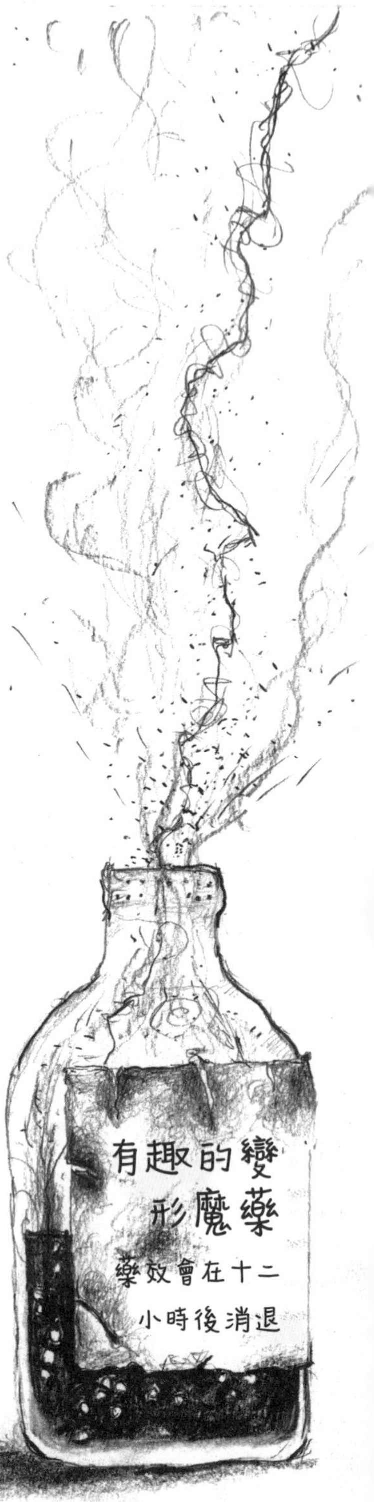

這，是讓希望與札爾感到焦慮不安、認為自己在學校不再安全的「第一起」事件。他們開始覺得該離開學校、啟程尋找馬魔，這樣才能永遠消滅巫妖，同時拯救札爾與吱吱啾。

至於第二起事件呢，它比這更令人擔憂。

某天上午，札爾、希望與刺錐因為樹木學進度落後，在書房和波蒂塔補習。

札爾覺得補習很無聊，他比較喜歡那種教人怎麼變成鳥、鹿或不同品種

的魚的課程。他漫不經心地亂晃，瞥見波蒂塔許許多多的口袋中有個標著「有趣的變形魔藥，使用時務必小心」的瓶子。波蒂塔太專心介紹樹木透過化學訊息說悄悄話的方法，講得興高采烈，沒注意到札爾。札爾對吱吱啾擠眉弄眼，吱吱啾咯咯偷笑，把瓶子從波蒂塔口袋偷出來交給札爾，札爾再把魔藥收進背心口袋。這一幕，只被刺錐一個人看在眼裡。

離開書房後，札爾把藥瓶拿給希望和刺錐看，說他想嘗嘗看味道。

「札爾，別做傻事。」希望說。

「我們應該把它還給波蒂塔夫人。」刺錐說。

「喔？你要打小報告嗎？」札爾嘲諷道。

「我們哪會打小報告，我們明明就整天在想辦法不讓你被學校開除！」希望不耐地說。「經過巫妖印記那場災難，你還沒學到教訓嗎？」

「這又不是巫妖血，只是變形魔藥而已嘛。你們就不想知道這個『有趣的變形魔藥』是什麼嗎？」札爾說。「刺錐，你敢不敢跟我一起喝……來嘛，不要整天當一板一眼的霍布小妖嘛！」

我必須說，札爾這句話說得很親切友善，他只是在跟刺錐開玩笑而已。然而，刺錐現在沒心情開玩笑。

綠色的毛髮下，刺錐的皮膚變得很紅很紅。「我才不是一板一眼的霍布小妖。」他說。

「你當然不是！」希望說。「刺錐，你不要聽他的，你不必對他證明自己的能耐。」

「能不能請哪位借一把湯匙給我啊？」札爾拔開瓶塞，開玩笑說。魔法湯匙用力埋入希望的背心深處。

「不要！」希望說。

「好喔，那我直接把瓶子拿起來喝囉——我當然會很小心、很小心地喝。」札爾說。「然後呢，刺錐，你可以等我喝完再嘗嘗看……還是說，你們戰士都是『膽小鬼』？」

「我不是膽小鬼！」刺錐氣呼呼地說。要是有人能看穿他滿身的毛髮，就會發現他的皮膚已經變紫色了。「而且我**不是**一板一眼的霍布小妖！」

希望閉上眼睛，雙手抱頭。札爾仰頭，非常不小心地直接拿藥瓶灌下藥水，再把瓶子交給刺錐，刺錐也不甘示弱地喝下一大口。這時，傳出一聲巨響——

轟隆！

希望睜開眼睛，滿心以為眼前會出現兩隻哥拉哲特勾柏金，或是什麼更糟

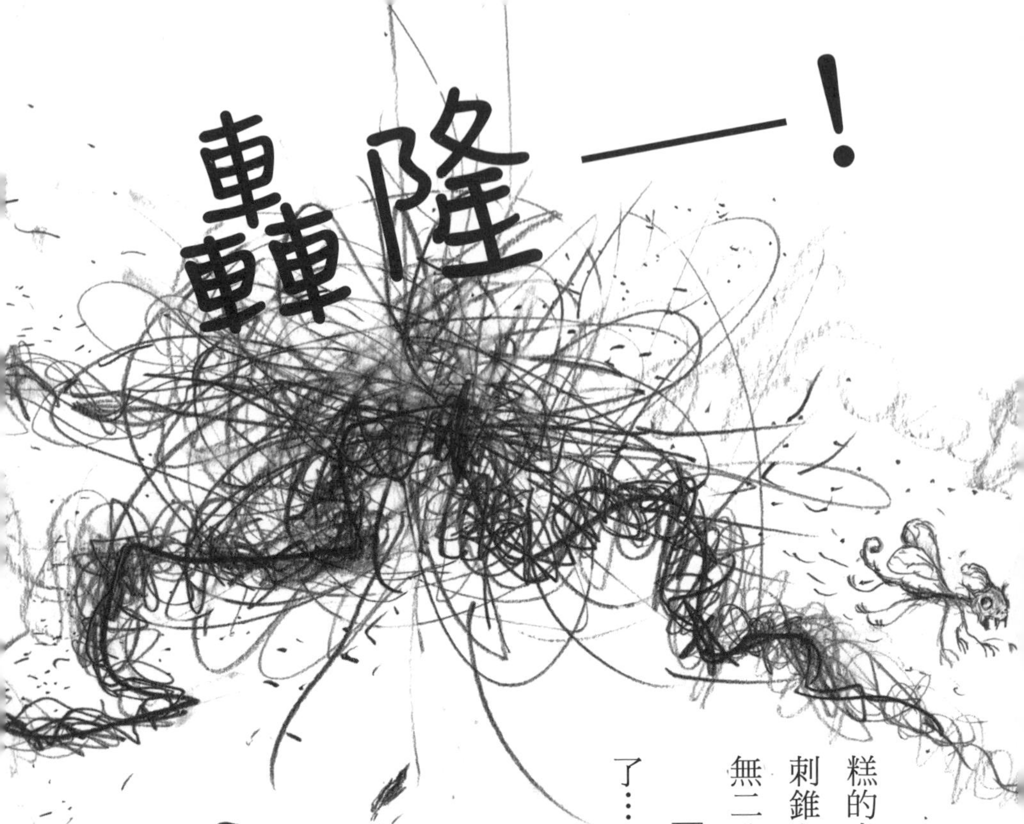

糕的畫面，沒想到她眼前還是只有一個刺錐和一個札爾，兩人看上去和之前毫無二致，只是有點受驚嚇而已。

「呼！」希望鬆一口氣。「失敗了……可能要煮過才有效果吧。雖然沒效，但是你們兩個還是不該亂喝魔藥，這樣真的很蠢，而且你們整天吵架，我已經受夠了。你們難道忘了嗎，我們一起冒險、

一起執行任務耶！刺錐，我還以為至少你靠得住，不會做傻事，結果——」

但是，刺錐打斷了她。

「不對，魔藥生效了。」刺錐說。

「而且效果的確很『有趣』。」札爾說。

「這是大災難啊！」刺錐看起來十分驚慌。「這是完完全全、青銅屁屁、噴火號叫的毛茸茸大災難啊！」

「你到底在說什麼？」希望說。「又沒發生什麼變化……你看起來和之前一模一樣啊。」

「可是刺錐變成『我』，『我』變成一板一眼的霍布小妖了！」看起來像刺錐、實際上是札爾的男孩說。「**我們交換身體了！**」

「啊。」希望說。

「那就真的很有趣了。」卡利伯說。

「我們快去找波蒂塔夫人，叫她給我們解藥！」札爾說。

但希望不同意，讀完札爾懶得看的藥瓶另一側小字後，她更堅決否定札爾的提議。「不行，」她說。「札爾，你已經惹太多麻煩了，換作在別間學校，你早就被趕出去了……而且這裡寫說只要不把整瓶藥喝完，魔藥的效果都非常安全，藥效會在大約十二個小時後消退。」

「我**整天**都會是刺錐的模樣！」札爾驚恐地說。

「我**整天**都會是札爾的樣子！」刺錐同樣驚駭地說。

然而，發現魔藥不會造成傷害之後，希望一點也不同情他們。「這樣說不定對你們都有好處。」她說。小妖精們笑得東倒西歪。

於是……

刺錐與札爾必須假冒對方的身分，度過這一天。

第十一章　假冒別人度過一天，你會發現一些驚人的事情

札爾驚訝地發現，刺錐的生活很孤單。小妖精與動物不能成天跟在他身邊，那太引人注目了，而同伴突然不在身旁的感覺很奇怪，這是徹徹底底的……孤獨。

難道刺錐每天都是孤零零度過的？

其他人並沒有欺負他，只是他說話時，別人很少理睬他，他們的視線會從他身上滑開，彷彿他不存在。

只有希望除外。

札爾終於知道刺錐那麼喜歡希望的原因了。他說話時，似乎就只有希望對

他的言論感興趣。**等我變回札爾，我要對刺錐好一點**。札爾心想。

刺錐假冒札爾度過一天，也有許多新發現。

一開始，他開玩笑時大家都會哈哈大笑，大家都會等他發號施令，其他巫師與小妖精都在注視著他，感覺非常棒。但過一段時間，他漸漸覺得壓力很大，好像自己非得搞笑、非得搗蛋、非得逗大家笑不可，而且整天挨罵的滋味也很不好受。

至於有巫妖印記的那隻手，刺錐實在不懂，札爾平常怎麼受得了這隻手？札爾好像沒提過（也許是他拉不下臉），這隻手時時刻刻都會痛，這是一種灼燙、搔癢、渴望的痛。更可怕的是，刺錐感覺到這隻手試圖控制他，試圖引導他走上錯誤的路，讓他腦中一片模糊，還讓他的想法上下、裡外顛倒，感覺太不舒服了。

天啊天啊天啊⋯⋯刺錐心想。**我擔心可憐的札爾時間不多了。原來巫妖印記是這麼沉重的負擔，我之前都不曉得。**

這天的最後一堂課，是洞察夫人的課。

被各個老師罵了一整天之後，刺錐真的受夠了，他不由自主地頂嘴，還變得幾乎和札爾一樣厚臉皮。洞察夫人今天特別刁難刺錐，她嫌刺錐「沒禮貌又不服從師長」，罰他兩次勞動服務。刺錐原本還有點愧疚，但想到反正札爾也不會乖乖做勞動服務，他的愧疚又消失了。

最後一堂課結束時，刺錐終於鬆一口氣、走向教室門口，再兩個小時就能變回自己的身體了。札爾跟了上去，他同樣恨不得趕緊結束這愚蠢的一天。

但是，洞察夫人把札爾叫住了。

「刺錐，你留下來。」洞察夫人說。札爾還不習慣當刺錐，他左顧右盼片刻，才發現洞察夫人在對「他」說話。老師要刺錐留下來做什麼？

刺錐也很好奇，他望向洞察夫人，忽然大吃一驚，想到一件事。回憶湧上心頭，他想起自己很久以前在戰士鐵堡地牢裡，看見的某個東西……

他知道洞察夫人想和刺錐談話的理由了，必須全力阻止她才行。

「洞察夫人，刺錐沒辦法留下來。」刺錐的聲音，透出真切的急迫感。「波蒂塔夫人要他、希望還有我立刻去熊窩找她。」

「我相信波蒂塔夫人不會計較這幾分鐘的。」洞察夫人不耐煩地說。「札爾，你還不快走！我今天已經受夠你了！」

說完，她把刺錐趕出教室。

洞察夫人小心翼翼地關門。

刺錐跪下來偷聽教室裡的聲音，眼睛湊到門的鑰匙孔偷窺。

洞察夫人優雅地走到角落的壁櫥前，打開櫥門，裡頭好像有什麼東西。無論是札爾或從

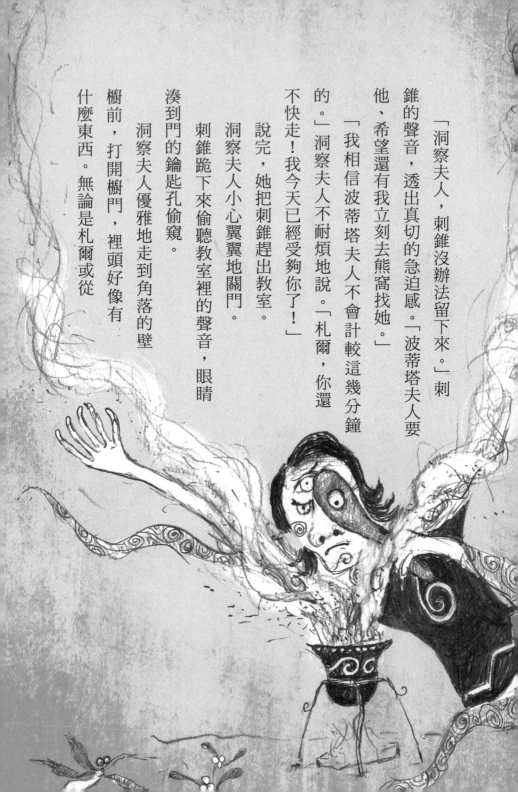

鑰匙孔偷窺的刺錐，看見她接下來的動作，都無法相信自己的眼睛。

她像是脫帽子似的，把自己的頭「脫」了下來。

無頭女人滿意地拍拍洞察夫人的頭髮，將那顆頭放在壁櫥裡的支架上。札爾瞠目結舌地往壁櫥裡看，發現裡頭還有「另一顆頭」。洞察夫人的手臂伸進去，拿起這顆頭，裝在自己的肩膀上，還輕輕按了按，確保頭部裝得夠穩。

然後，她轉過身來。

站在札爾面前的，不再是洞察夫人。

而是希剋銳絲女王。

第十二章　故事發生又一次出乎意料的轉折

啊呀、啊呀、啊呀。

想當然地，札爾只能目瞪口呆地站在原地。不管在何時何地，他見到希剋銳絲女王都高興不起來，因為在札爾心目中，希剋銳絲非常可怕、超級可怕，比一大群血糖有點低、肚子有點餓的吸血鬼還要可怕。重點是，你看到她當場換頭，發現她之前一直假冒別人，那又更恐怖了。

妳不該出現在這裡啊！札爾有些歇斯底里地想。**妳不是戰士嗎！我們都躲到資優巫師學院了，再怎麼樣也不該遇到妳吧！**

但他沒有把話說出口，他驚訝到有點說不出話來了。

於是，他一頭霧水地說：「希剋銳絲女王！妳怎麼會在這裡？波蒂塔夫人怎麼會放妳進來？」

「波蒂塔夫人以為我是洞察夫人。」希剋銳絲女王不耐地說。「她以為自己是偉大的領袖，但說實在她就是個傻子，和其他傻子一樣看不透表象……她在幾週前和我面談，請我來當新的占星學老師，到現在還沒猜到我其實是戰士。

「刺錐，你別以為這身可笑的霍布小妖裝扮瞞得過我，我知道那是你，你別浪費時間抵賴。」希剋銳絲女王說。

（希剋銳絲女王顯然沒有自己想像中精明，她以為自己是在對刺錐說話。）

「刺錐，我有一份任務要給你：我要你把湯匙、魔法劍和希望的《法術全書》拿來給我。」女王命令。「我一直想弄到這三樣東西，但希望時時把它們帶在身邊，我無從下手。但是，刺錐，希望相信你，如果你向她借這些東西，她一定會借你。我相信你能編出合理的藉口，說服她把東西暫時交給你。」

札爾沉默不語，心想：**這是什麼狀況？**

這個名為刺錐的可笑男孩，為什麼一直目瞪口呆地盯著我？希剋銳絲女王不耐地想。

她放慢語速，把「刺錐」當理解能力有問題的呆子看待。

「除非湯匙、劍與《法術全書》都落到我手中，希望是絕對不會投降的。」希剋銳絲女王解釋。「一旦得到這三樣東西，我就能帶你和希望回安全的戰士鐵堡。你應該打從心底明白，只有待在鐵堡裡，她才不會受巫妖王追殺。這間學院連『我』都進得來，巫妖王當然也進得來……你身為她的保鑣，保護她是你的責任。」

札爾還是保持沉默。

希剋銳絲女王微微一笑，這笑容金光閃耀、比蜂蜜還甜。「刺錐，你聽我

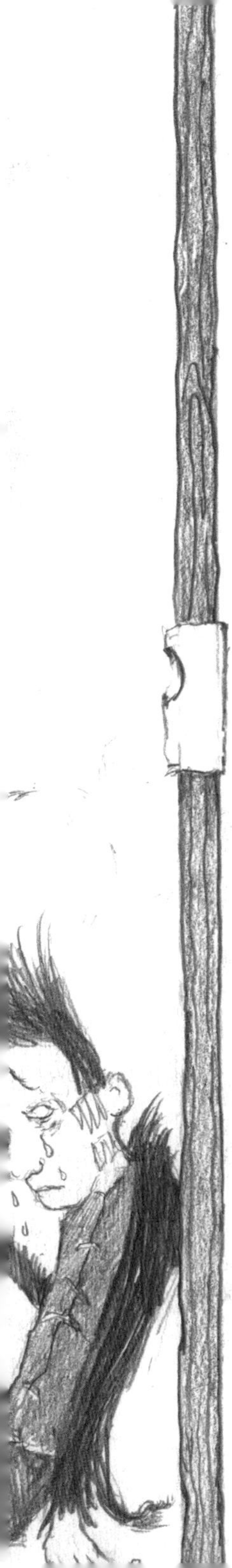

的話，我就會給你獎賞。」她柔聲說。「你難道想當一輩子的助理保鑣？只要把湯匙、《法術全書》與劍帶來給我就好，我絕不會告訴她你是自願配合的，就說是我硬從你手裡搶走的……到時，我會封你為戰士騎士，賜給你女王國英雄的稱號，你就終於配得上她了。你想想看，要是父親看到你打扮成霍布小妖的荒唐模樣，該有多傷心？假如唯一的兒子當上戰士騎士，他該有多驕傲！」

妳才不會封刺錐為戰士騎士呢。札爾心想。**刺錐，不要相信她！她是愛說謊、愛耍賴的女王，都沒在守承諾的！**

希剋銳絲女王蜂蜜般的微笑消失了，露出被甜蜜掩飾的刻薄。

「但是，如果你不配合我，就得接受懲罰。」她陰沉地說。「我會告訴希望，是你背叛了她……是你為我通風報信，把你們在森林中的位置告訴了我……」

刺錐背叛了我們！札爾心想。**我們在森林裡被希剋銳絲女王逮到，就是刺錐害的！**

「……然後呢，刺錐，如此一來，希望就再也不會信任你了。」希剋銳絲女王哀傷地說。「再也不會愛你了……當然，她本來就不可能愛你，畢竟你是個沒有家世背景，也絲毫不重要的助理保鑣，希望則是王室成員……但你總是能心懷一點**希望**嘛……你還是能替她拿劍、幫她擦盔甲，做那些助理保鑣的工作……」希剋銳絲女王說得有些含糊，因為她其實完全不曉得助理保鑣的工作是什麼──這些芝麻綠豆般的小事，哪值得她去注意？「可是，假如你繼續走你選的這條路，你這渺小的希望將會消失，希望還會落入巫妖王的魔爪。」

那之後，是一段漫長、漫長的沉默。

教室外，刺錐跪在鑰匙孔前偷聽，哭了出來。他用袖子擦乾眼淚，起身跑走。

教室內，希剋銳絲女王還在等她以為是刺錐的男孩回應。

「看樣子，你差不多想明白了。」她滿意地說。「你應該也知道，你近期的反抗是個錯誤。」

札爾終於開口回答。

「希剋銳絲女王，錯的人是『妳』。」札爾氣到幾乎說不出話來。

這下，輪到希剋銳絲女王嚇到了。

「**你說什麼？**」她說。

札爾抽出刺錐的DIY法杖對著她，讓她更加驚訝了。

這把爛法杖有什麼功能？札爾心想。**喔對了……它可以把東西黏在一起，還不算是完全沒用的功能。**

咻——砰！他用法杖一指，希剋銳絲女王雙手立刻黏在桌上。

「你瘋了嗎？」希剋銳絲女王盯著自己的手說。她試圖將手拔開，卻發現自己做不到時，變得越來越不高興。「你竟敢用魔法武器對著老師？竟敢用魔法武器**對付**老師！我會對校長報告這件事……你等著被開除學籍吧！刺錐，你這個叛逆的小子，還不把法杖放下！」

「能假扮成別人的，不只有妳一個人！」札爾憤怒地說。「笨女王，我才不是刺錐呢！」

「哼，別說笑了！」希剋銳絲女王罵道。「你當然就是刺錐！你只不過是變成綠色又長了些毛而已，以為這樣就能騙過我嗎？我大概兩秒就看穿了你荒唐的打扮。放開我，不然我就把你背叛她的事告訴希望。」

「去告訴她啊！」札爾大叫。「我才不管咧！我現在看起來像刺錐，但我其實不是刺錐！我是『札爾』……」

現在輪到希剋銳絲女王目瞪口呆，驚愕地盯著札爾。

「不……」女王輕聲說。「不可能……」

「我們喝下有趣的變身魔藥，交換身體了。」札爾說。

「天啊，」希剋銳絲女王悄聲說。「還真的有可能……」

「我是札爾，而妳，」札爾大喊。「是我這輩子見過**最邪惡**、**最奸詐**的戰士女王！連毒蛇都比妳直接！**妳比狐人還要狡猾！妳比歪背蝸牛的背還要歪！**」

能這麼沒禮貌的人，就只有札爾了。

希剋銳絲女王氣得臉色刷白。

「好。」她怨恨地抿嘴說。「你絕對是札爾，恩卡佐之子。」

札爾是希剋銳絲女王見過最沒禮貌的男孩，也是她的眼中釘、肉中刺。希剋銳絲女王習慣受人畏懼，即使是不怕她的人，也會尊敬她，但這個十三歲男孩就是處處和她作對，這也是她喬裝成洞察夫人時不停刁難札爾的原因。問題是，札爾比她狡猾，罵人的功力更高深得多。

「**我早該知道，那個討人厭的洞察夫人就是妳！**」札爾大吼。「**就算妳有全野林最美的鼻子，妳每次說謊，它還是會變尖變長！**」

希剋銳絲女王若有所思地嗤一口氣。札爾當然是在胡說八道，但希剋銳絲女王的確擁有全野林最美麗的鼻子，她為此十分驕傲。一想到鼻子變尖，或變成和現在完美形狀不同的樣子，她就覺得非常不高興。真是個可惡的男孩！竟敢罵她的鼻子！

希剋銳絲女王的應變能力極強，她開始飛速思考。

「就算你真的是札爾，恩卡佐之子，你也麻煩大了。」她說。「我已經匿名寫信給你父親，說你躲在這個地方，我的奸細都說恩卡佐準備來找兒子了，他打算把你帶回戈閔克拉監獄。你就等著吃牢飯吧。」

札爾的心情平靜下來了，他現在沒有剛才那麼氣憤，而是變得十分哀傷。

「他來這裡也找不到我，」札爾說。「我們會再逃走。我們在這邊明明就過得很快樂，」他惋惜地說。「希望很快樂，刺錐很快樂，我也很快樂，結果是妳逼我們逃跑……」

「你們的快樂不過是幻覺。」希剋銳絲女王說。「這可是現實生活，而在現實生活中，巫師與戰士不可能當朋友。你打算跟誰一起逃走？跟那個已經背叛了你的刺錐男孩？他怎麼可能跟你走？至於希望，她連刺錐都不能信任了，你怎麼會認為她肯信任你？」

「希剋銳絲女王，我要是你，就會多花點心思考慮自己的問題。」札爾建議她。「妳現在黏在桌上，沒辦法去壁櫥那裡換洞察夫人的頭。等波蒂塔夫人和其他人找到妳，全世界都會知道一個戰士女王進到了巫師學院。」

「波蒂塔夫人愛像熊一樣鬼吼鬼叫，但她其實很軟弱。」希剋銳絲女王不屑地說。「她會放我走的。」

札爾走向教室的門，走到門前時，又轉身看她。

「希剋銳絲女王，妳是不是從一開始就不打算封刺錐為戰士騎士，也不打算給他女王國英雄的稱號？」札爾說。

「那當然！」希剋銳絲女王說。「我們戰士在這方面有非常嚴格的規定，僕人就只能當一輩子的僕人，不可能翻身。我之所以說那些話，是因為有時候，為了追求遠大的理想——」

「……妳可以撒謊。」札爾替她說完她這句口頭禪。

「刺錐之所以相信我，是因為他**想要**相信我。」希剋銳絲女王又說。「札爾，恩卡佐之子，愛是一種弱點——你想在將來成為領袖，就得牢記這點。啊呀，我也不必對你說這些，這些道理你應該都懂。畢竟，你是渴望力量的男孩，野心大到甚至去奪取巫妖的魔法……」

「那時候我還小，我犯了錯，但我不一定和妳想的一樣。希剋銳絲女王，妳以為自己是偉大的領袖，」札爾說。「但妳可能和其他傻子一樣，看不透表象。」

只有札爾臉皮夠厚，敢把希剋銳絲女王說過的話奉還給她。

「我還不知道自己以後想當什麼人，」札爾說。「可是我知道，不管我以後做什麼，都不想變成『妳』這種人。」

他輕輕關上門。

比起先前的辱罵，最後這句話更令希剋銳絲女王深思。

我不想變成「妳」
這種人……

第十三章　刺錐的信

札爾本以為刺錐會在希剋銳絲女王的教室外面，沒想到他不在。

札爾花了點時間，最後才在一座庭院裡找到希望，只見她在所有小妖精與動物的簇擁下奔跑著找札爾。她手裡拿著一封對折的信和札爾的背心。

「刺錐把這封信交給我，說我一定要跟你一起看。」希望說。「他說完就帶著夜眸跑走了，還不讓我們跟著走。他看起來好激動……剛剛發生什麼事了？你**還是**札爾沒錯吧？你們還沒換回來嗎？」

「這不是重點。」札爾嚴肅地說，並將希剋銳絲女王和刺錐背叛兩人的事告訴希望，希望怎麼都不肯相信。他們一起讀信，信上潦草、倉促的文字寫著：

親愛的希望和札爾，

等你們讀這封信的時候，應該已經知道之前背叛你們的人是我了。

我不知道該怎麼對你們道歉。我只是想保護希望而已，也沒想到希剋銳絲女王會變得那麼壞，等到她放火燒森林，我才發現現在後悔已經太遲了。

我應該把真相告訴你們的，但是一想到你們聽見真相會露出什麼表情，我就不敢去面對。

我在《法術全書》裡找到教人怎麼找馬魔的一頁，我會自己展開暗影冒險、弄到馬魔鱗片，證明我有勇氣，還有證明「我」也能當英雄。

拜託不要跟過來，這項任務太危險了。你們和波蒂塔夫人待在一起，安安全全地留下來，學怎麼當英雄和巫師。

假如我沒回來，那是我罪有應得。

祝你們好運。

刺錐

原想成為保鑣的**叛徒**

P.S. 我把夜眸帶走了。我會好好保護她的。

「札爾，你要負一部分的責任！」希望凶巴巴地轉向札爾說。

「等一下，我又沒背叛妳，刺錐才是叛徒！」札爾抗議。「怎麼可以怪我！」

「你講話都不顧別人的感受！」希望說。她之所以這麼生氣激動，是因為擔心刺錐。「你一直笑他，說他是霍布小妖什麼的……」

札爾張嘴想反駁……又閉上了嘴。好吧，他可能真的沒顧慮刺錐的感受。

「可憐的刺錐……他只是嫉妒，才會做這種事。」希望說。「如果他願意把心裡的想法告訴我，那該有多好……」

「可憐的刺錐……」鑰匙垂頭喪氣地站在信紙上，用又尖又細的聲音說。「嫉妒心真的會讓人做傻事呢，你說對不對啊，叉子？幸好我從來不嫉妒別人……」

然後，忽然間，遠方森林中傳來超出想像的可怕聲響。

希望瞬間面無血色。

在此之前，等在外頭的巫妖群一直好安靜、好安靜，靜到令人毛骨悚然。但希望聽過現在外面的聲音，那是巫妖進攻的恐怖聲響，是令人心跳停止的聲音。

「**刺錐！**」希望倒抽一口氣說。「巫妖埋伏起來攻擊他！我們一定要想辦法幫忙……還好他把魔法劍也帶走了。」

「不能說是『還好』，」札爾說。他的臉比希望還慘白。「既然刺錐把劍帶走了，那鐵穿過保護撲克丘結界的時候，應該會讓魔法結界破一個洞……」

札爾說得沒錯。

刺錐帶魔法劍離開學校時，鐵劍確實把魔法結界刺破了，此時有一隻全身長滿羽毛、噩夢般的巨大生物，像老鼠似地從破洞往內鑽。

數百年來，神聖的學院首次遭「巫妖」入侵。

巫妖攻擊人的恐怖聲音從遠方傳來，而更近的某個地方，有人困惑地尖喊，還有人大叫：「**巫妖來襲！**」學校內好幾群小綠仙嘶聲說：「巫妖巫妖巫妖

巫妖巫妖巫妖……」

札爾背心裡的巫妖羽毛，發出不自然的古怪光輝。

小吱吱啾的眼睛亮了起來，散發同樣不自然的綠光，他邊往前飛邊嘶聲說：「妖巫……妖巫……妖巫……」

札爾想也不想地抓住小妖精，把他放進口袋之後將口袋扣緊，還用ＤＩＹ法杖把袋口黏牢。

「放窩**出去**！」吱吱啾尖聲說，一隻眼睛從布料的小裂縫往外望。

「吱吱啾，不可以。」札爾說。「我覺得你還是暫時待在口袋裡比較安全。」

希望與札爾衝向聲音的源頭，動物也跑在一旁，用自己龐大而深表同情的身軀給予他們勇氣。小妖精們飛在上空，吱吱喳喳地揣測情勢。

只有在感覺到自己即將失去什麼東西時，我們才會真正看見它，並打從心底認知到它的重要性。巫妖進攻彷彿當頭棒喝，札爾被突然喚醒，進入極度警覺的狀態，五感都高度敏感。他赤著兩隻霍布小妖腳，狂奔在他心愛的、友善的、亂糟糟的撲克丘裡，跳過一條條彎曲的樹幹，雙腳每踩上一塊熟悉而令人心安的地面，身體又會加速。他有種奇怪又可怕的預感，彷彿自己是初次看見撲克丘的一切，也是最後一次將這一切收入眼底。

明明一開始不想來，現在他又不想離開了。

一行人衝進東方空地，看見波蒂塔站在那裡，洪流般的魔法從手指射出，正和一隻不停俯衝攻擊的巫妖對決。

他們來不及幫她了。

往前跑時，希望已經把眼罩往上推，準備施法。

波蒂塔全身膨脹，攻擊她的魔法能量越來越強，她身上散發大量熱能，札爾與希望不得不用手臂遮住臉，保護自己……結果波蒂塔和巫妖同時爆炸，二合一的衝擊波直接把孩子們沖飛。

可怕的尖叫聲響起，宛如某種東西被撕裂的聲音，俯衝的恐怖巫妖再次隱形……巫妖撤往學校東側出入口的魔法破洞，綠血像雨一樣降下。

札爾身旁，動物們發出勝利的呼聲。

巫妖逃走了。札爾心想。

但在擊敗巫妖的過程中，他們付出了何等昂貴的代價？

「艾芙達夫人！紫杉樹先生！把那隻生物趕出學校，補好魔法破洞，小心別踩到巫妖血。」呼菈尖叫。

艾芙達夫人與紫杉樹先生追著撤退中的隱形巫妖跑去，邊跑邊小心避開地上的綠色血液。

波蒂塔以巨熊的姿態躺在地上，動也不動，讓人看得心驚肉跳。

噢不……拜託別讓她受傷。希望暗暗祈禱。

札爾與希望爬到波蒂塔身邊，她還全身發燙，燙到連碰一下都會受傷。

「她還好嗎？」希望小聲問。

「我不知道。」呼菈邊說，焦慮地飛在波蒂塔心臟上方。

在那糟糕的幾分鐘，巨熊毫無動靜。

接著，一邊眼皮動了動，熊虛弱地撐開一隻眼睛。

「噢，守護我們的偉大綠色神靈啊，」呼菈悄聲說。「她好像不必用掉一條命……她應該能活下來。妳都沒幫上忙。」呼菈氣呼呼地罵道，還把頭轉過來瞪希望。「你們年輕人一副輕鬆自在的模樣……希望，妳也許還有很多條命，但波蒂塔夫人可能只剩最後一條了。」

看到波蒂塔還活著，希望感覺自己的心臟似乎也暫停了片刻，現在才好不容易鬆一口氣，重新跳動起來。

一小群小綠仙興奮地嗡嗡嗡飛來，他們很久沒遭遇這麼轟動的事件了。「艾芙達夫人說，她把魔法結界的破洞補好了，剛才應該只有一隻巫妖溜進來。」一隻小綠仙說完，他們又成群飛回發生騷動的地方。

謝天謝地——至少解決「一個」問題了。

「波蒂塔，對不起，」希望說。「可是刺錐遇上麻煩了，我們得趕快離開。謝謝妳給我們的一切。」

聽希望這麼說，熊無力地抬起頭。「不可以！」熊模樣的波蒂塔低吼。她跌跌撞撞地站起來，抖了抖一身長毛，熊的輪廓在眾人眼前淡去。波蒂塔站在大家面前，看上去比平時矮小得多，還十分老邁、虛弱。她的臉上，還留有巫妖雷電留下的傷痕。「你們不該離開……外面太危險了……」

「夫人，妳也知道他們非走不可！」呼菈厲聲說。「是妳太過心軟，才允許他們住這麼久。我不喜歡說『我就說吧』這種話，但這所神聖的學院數百年來首次遭**巫妖**侵襲，就是被這些受詛咒的孩子放進來的。我就說那個男孩沒救了，我們遲早得把他趕出去。」

札爾臉色一沉，一臉氣憤。

「我就說那個女孩的魔法不受控，她肯定會讓厄運降到我們所有人頭上。」呼菈說。「現在地上到處是巫妖血，我們又該怎麼辦？」

呼菈氣鼓鼓地用翅膀指向一灘灘綠血。老師們正用結界罩住巫妖血，以免有人不小心踩到。

「我們得花好幾年才能把巫妖血的痕跡弄乾淨，甚至得花好幾十年！妳聽聽外頭那些吵鬧的地獄怪物……妳看看這幾個孩子帶來的災厄！森林大火……巫妖入侵……現在連撲克丘都有難了……」

「真的很對不起……可是我們得趕快去找馬魔、去救刺錐！」希望急得像熱鍋上的螞蟻。「札爾和刺錐交換身體了，然後——這件事說來話長，現在解釋不完。總之，請讓我們出去！」

「我之前也說了，」波蒂塔哀傷地說。「你們從一開始就是過客。你們不可能一輩子過逃亡生活……但是，說這句話的時候，」說著，她哭了起來。「我還沒想到我會這麼**喜歡**你們……」

卡利伯用翅膀拍拍她肩膀。

「愛是一種弱點。」呼菈仍然氣呼呼地說。

「也許是吧。」波蒂塔微笑著說。「但它絕對是很棒的弱點。」

「波蒂塔，妳可以跟我們一起走嗎？」希望傷感地說。之所以傷感，是因為她已經知道波蒂塔會怎麼回答了。

波蒂塔慈愛地看著希望的眼睛。「我沒辦法跟你們走，」她說。「這裡需要人來維護法術、煮晚餐、照料樹木，即使世界燒起來了，我也必須留下來。這是你們的冒險之旅……而且，我兄弟會照顧你們的，對不對啊，兄弟？」

卡利伯嘆一口氣。「我盡量。姊妹，謝謝妳讓我們躲這麼久，我們已經做了不少準備，狀態比剛來撲克丘時好太多了。」

「珍重再見！」波蒂塔回應道。「需要我幫忙的話，只要……**敲三下**就好……」

這句話剛說完，東側大門就傳來十分響亮的敲門聲：**叩！叩！叩！**

呼菈的頭轉了一百八十度。「那是誰？」

「喔喔！說不定是刺錐！」希望驚恐地說。「他可能被巫妖攻擊，想要逃回來！放他進來！放他進來！」

波蒂塔歪著頭傾聽。「那不是刺錐。」她說。「馬魔住在西方，不是東方。

召喚妳的門，還有，呼菈妳安靜低調地帶他們去西側門，我去看看東側大門外面的人是誰。雖然不知道那是誰，但對方可能會需要幫助。」

「可是夫人，妳的身體狀況還好嗎？」呼菈問。

波蒂塔挺起胸膛，看上去十分狂野，因為巫妖來襲時，她正在維護法術，巫妖害她分心，使得法術在她面前爆炸了。她燒焦的頭髮纏了黏黏滑滑的海草，全身上下的衣服還沾到其他看不出是什麼、但相當噁心的法術材料，她的手從指尖到手腕都沾了某種黏答答的東西，飄著硫磺與臭雞蛋的惡臭。

除此之外，她剛才和巫妖戰鬥，全身青一塊、紫一塊，幾乎站不起來了，顯然身體狀況不佳，可是……

「呼菈，我沒事，別大驚小怪！」波蒂塔厲聲說。「我才四百八十五歲而已，還是中年人呢，妳怎麼老是把我當成行將就木的老人？**去去去！**」

話一出口，蜂群般的一大群小綠仙憑空出現，好幾隻甚至興奮到吐了出來。

「小綠仙，這裡沒有熱鬧好瞧……」呼菈不自在地說，但效果和對風「呼、呼」叫差不多。

「他們**出發了**！他們**出發了**！他們要去**非常機密的冒險**！一頭熊一個巨人兩個人類三匹狼兩隻雪貓八隻沒用的小妖精一隻遊隼一個寶寶他們都不是綠色了……**出發囉**……展開非常非常機密……超級瘋狂……自殺任務……完全機密……」

「可怕恐怖愚蠢瘋癲**荒唐透頂**挑戰死亡**不可能成功**的新冒險！」小綠仙群合唱。

波蒂塔變身成希望前所未見的超級巨熊，對小綠仙們大吼，小綠仙群居然震驚得暫停嗡嗡飛行。

「好多了。」波蒂塔邊說邊變回原本的模樣。「小綠仙們，聽好了，東側大門有人來了……」

「喔喔喔喔喔喔喔喔。」小綠仙群說。

「……你們絕絕對對**不可以**把有人來了這件事說出去。小綠仙，我說真的，你們絕對不可以告訴別人喔……**絕對不可以說出去**。」

「喔喔喔喔喔喔喔喔，我們不說我們不說……」小綠仙群唱道。他們高興得嗡嗡拍翅膀，蜂擁飛走，抱持好奇又充滿創意的心態，飛去看看東側大門究竟發生了什麼事。

只剩一、兩隻很小的小綠仙留下來，尖聲宣布札爾與希望的動向。

「札爾，我對你很有信心，」波蒂塔說。「請不要忘記這點。還有，離別前，我想送你一份餞別禮……」她把某個東西放進札爾手裡，札爾將那東西塞進背心口袋，過程中一直努力不哭出來、假裝自己完全不在乎。一行人匆匆跟著呼菈往西走。

「不不不！我們不會說出去的，我們會守口如瓶……」

波蒂塔在原地站立片刻，目送眾人離開後，轉身一拐一拐地走向東側大門，走向越來越急的敲門聲。

「你們最好施隱形法術。」來到學院的西側內牆時，呼菈警告札爾與希望。「從離開學院那一刻開始，巫妖就會盯著你們。切記，**隱形狀態別維持太久**，等離開包圍學院的巫妖群就可以解除法術了，隱形狀態維持太久的話，會有糟糕的後果。」

小妖精們抽出魔杖，札爾與希望用法杖讓所有人與動物隱形。希望低頭看著自己的腿漸漸消失，肚子裡出現熟悉的不安；變隱形的感覺，有點像身體部位麻掉的感覺，你會覺得自己變成幽靈了。

呼菈帶他們來到土丘外圍的牆邊，希望讓飛行門靠上去，用隱形的拳頭敲三下。

叩！

叩！

叩！

門開了。

戶外，冷冽的夜晚空氣，充滿巫妖的尖喊與叫聲，吵鬧又詭異的聲音令希望全身發涼。離開溫暖又安全的資優巫師學院時，身體本能一直想阻止她。

但他們非去不可。

隱形的希望與札爾穿過門，留呼菈與兩隻小綠仙飛在門的另一側。

希望讓門暫時變大，巨人粉碎者才能跟著出門。

她再讓門變小。

最後，希望緩緩地、哀傷地關上門。

「**呼**……………」呼菈的嗚聲從鑰匙孔傳出來。

「一個巨人一隻熊『兩個』人類三匹狼兩隻雪貓八隻『沒用』的小妖精一隻遊隼一個寶寶他們都不是綠色了……『出發囉』……展開非常非常機密……超級瘋狂……自殺任務……完全機密……可怕恐怖愚蠢瘋癲的新『冒險』。」

門的另一側，那兩隻小綠仙唸道。「離開他們充滿魔法、不可思議、超級壯觀的新家……可能再也不會回來了……可能會死在荒郊野外，死在馬魔飢餓的嘴裡……沒有待在溫馨溫暖幸福的家……而且晚餐好像又吃超美味星捲了……」

「我保證，我們一定會回來。」希望對著鑰匙孔小聲說。

她倚著門片刻，然後堅定地跨步離開。

「跟著刺錐還有夜眸走。」札爾悄聲對雪貓隱形的耳朵說。

接著，他們爬上隱形的飛行門，希望輕聲下令讓門起飛，轉動鑰匙，貼地低空飛行——因為上方是巫妖群起攻擊學院的可怕場面。希望能看見他們羽毛的暗色輪廓，看見那無數隻巫妖口中噴吐雷電般尖聲吶喊的魔法。看到這個場面，她的手掌不由得冒出汗來。

OP!
OP!
OP!

第十四章　恩卡佐與希剋銳絲必須解釋現況

希望與札爾走得正是時候，因為……

叩！

叩！

叩！

叩、叩、叩、叩、叩——！

焦急地敲打東側大門的人，是札爾的父親，恩卡佐。

東側大門是正式的出入口，那是一扇巨大的門，還有塊石頭上寫著華麗的小妖精文字：「撲克丘，資優巫師學院」，以免有人把這裡當成別的地方。

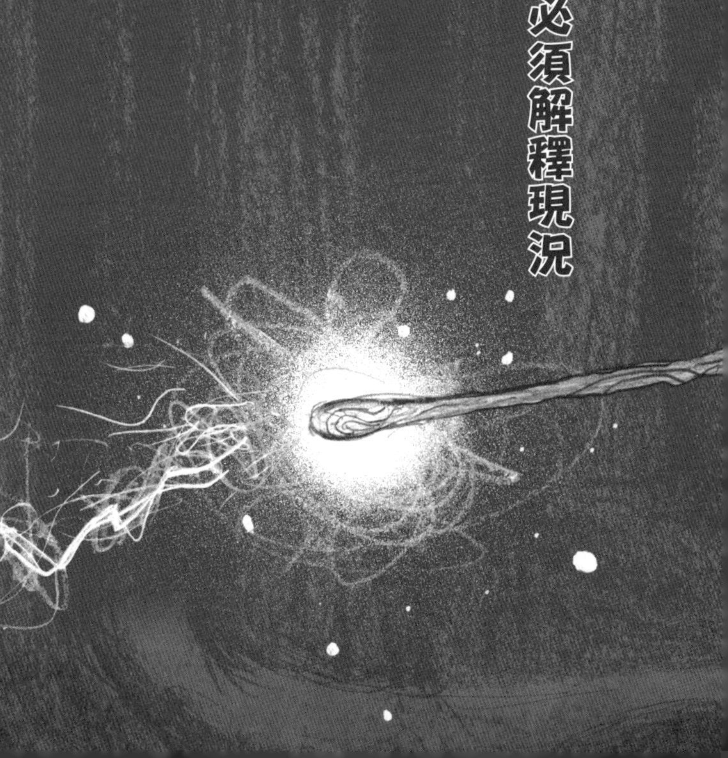

恩卡佐不只用雙手敲門，還在用腳踢門，邊踢邊大喊：「**快點！快點！我的槲寄生啊，快、讓、我、們、進、去！**」之所以這麼急，是因為他們的狀況非常差。

恩卡佐與札爾的哥哥劫客騎著雪貓穿過森林時，遭受巫妖伏擊，恩卡佐用魔法對抗他們，但巫妖實在太多了。情急之下，恩卡佐不得不在兩人身上施結界法術，父子倆及時趕到資優巫師學院，現在他們背靠大門，奮力抵抗發出可怕叫聲、不停攻擊結界的巫妖群。

劫客身材高大、相貌英俊，是個非常自大的人。他之前當了三個月的「哥拉哲特勾柏金」生物（這件事說來話長，有興趣的話，可以去讀《昔日巫師II：雙重魔法》），但現在已經恢復如常了，甚至稍微改善了他的人格缺陷——比起三個月前的自己，他變得**稍**——**微**不自大一點點。

可是此時此刻，他看上去完全嚇壞了。劫客從沒離巫妖這麼近過，他躲在結界最後面，恐怖怪獸一次次俯衝、衝撞時，他驚恐地亂扒校門。戶外天色很暗，你無法清楚看見巫妖，但還是能聽見他們俯衝攻擊時的可怕聲響、看見他們的紅眼睛。

叩！

叩！

叩！

叩！**叩**！**叩**！**叩**！

然後，劫客與恩卡佐聽見裡面的聲音，終於大大鬆一口氣……

「好啦，好啦！」遠處傳來十分困擾的聲音。「我來了啦！我只是忘記通關密語而已，它到底是什麼呢？喔，想起來了……**阿爾登**！」

吱——吱——呀——！門開了，裡頭的光線太過刺眼，恩卡佐與劫客不確定自己進到了什麼地方，但他們和雪貓還是從門口摔了進去，恩卡佐同時引爆結界，讓進攻的巫妖痛叫著退開。

砰！大門在他們身後關上，爪子抓門的聲音如雨點落下。

「感謝綠色神靈……」恩卡佐氣喘吁吁地說。劫客害怕到快瘋了，只能小口小口喘氣。就連恩卡佐年邁、莊嚴的雪貓，身上毛髮也像刺蝟的刺一樣豎起來，同樣老邁莊重的小妖精則焦慮得不能自已。

恩卡佐與劫客的眼睛適應室內光線時，驚訝地發現他們並不是身在資優巫師學院東側大門內寬敞、壯觀的入口大廳。

他們站在一間很小、很整齊的辦公室裡，房裡只有一個人，那個人竟然是雙手放在桌面、坐在桌邊的希剋銳絲女王。

劫客與恩卡佐再怎麼驚訝，也沒有希剋銳絲女王驚訝。

因為，在希剋銳絲女王看來，急切的敲門聲是從壁櫥裡面傳出來的。

請想像一下，你不久前才把洞察夫人的頭整整齊齊地放進壁櫥、關上壁櫥門，結果現在居然有人在裡頭敲門，你還聽見巫妖進攻的恐怖尖叫聲，那該有多嚇人？

那還真讓人心驚肉跳，尤其當你的手黏在桌上、你想逃也逃不掉的時候。

希剋銳絲女王最近表現得不太好，但在這種情況下，我們還是不得不同情她，如果換成沒她這麼勇敢的人，可能早就嚇昏了。

恩卡佐與劫客其實不該這麼驚奇，因為在巫師的世界，空間與時間的運作機制十分神祕，尤其在牽扯到「門」的時候，可能會發生出乎意料的事情。然而，無論在魔法世界生活多久，你還是很難習慣門帶給你的驚喜與驚愕。

我不可能用人類習慣的物理規則解釋這個現象，總之波蒂塔夫人在趕時間，她只是想盡快讓這兩個人見面，而最快的方式就是直接施展門的法術。

無論是恩卡佐或希剋銳絲，看到對方時，心中都沒有任何一絲喜悅。

「**你……**」希剋銳絲女王嘶聲說。

「妳！」巫師之王恩卡佐罵道。

這兩個人見面時，空氣總會劈啪作響，宇宙會發生外在看來比內在明顯的震顫。但如果空氣會因內在聚集的雷雨雲而變得暗沉，那房裡的空氣絕對變暗了，還有幾根蠟燭直接「呼」一聲熄滅。

恩卡佐此時心情特別差，他的上衣被巫妖利爪抓成了破布條、一邊臉頰還被巫妖雷電打傷，沒想到自己會如此狼狽地和老仇人見面。他整了整破破爛爛的背心，彷彿這樣能稍微改善自己的儀表，而後直起身體，展現自己最壯闊、最高貴的身高。

砰！

兩位君王又大吃一驚，希剋銳絲女王教室另一側，真正的房門突然開啟，恩卡佐數分鐘前聽見的困擾嗓音與聲音主人匆匆跑進來。波蒂塔看上去比恩卡佐還要衣衫襤褸，五副眼鏡在身上爬來爬去，幾件衣服前後穿反了，不僅臉上被巫妖魔法燙傷，頭髮似乎還黏著一些食物。

「好、好、好，現在不是接待客人的好時機，我們要動作快一點！」波蒂塔夫人急切地說。「我在抵禦進攻的巫妖，現在控制住情勢了，等等還得回去幫學生煮晚餐，這次的食譜相當複雜……」

「妳是誰啊？」恩卡佐問。「妳在抵禦進攻的巫妖嗎？那妳做得非常失敗！你們學校正面對黑魔法勢力的強力侵襲，我必須和校長談話，而不是和廚師說話！」

「我就說了，巫妖來襲的情勢我已經控制住了，而且我就是這所學院的校長！校長一定要是廚師，這可是最重要的一份工作。」波蒂塔解釋。

「我是巫師之王恩卡佐，」恩卡佐魄力十足地說。「然後——」

「是是。」波蒂塔夫人不耐煩地打斷他。「我知道你是誰，你覺得你兒子劫客天賦異稟，想讓他成為這裡的學生。劫客，好孩子，你從那邊那扇門出去，我准你入學……」

劫客目瞪口呆地看著她。

他習慣父親和其他人把他當作全世界最重要的人物，很少有人把他當空氣一樣趕出房間。

「妳不知道他是誰嗎？」恩卡佐厲聲說。「這是我的大兒子，未來的巫師之王，妳有機會教育他，應該感到萬分榮幸才是。」

「快點，快點。」波蒂塔夫人聽了還是沒什麼反應。「劫客，你現在有點礙事，但相信你會成為非常優秀的巫師。你從這扇門出去，請小綠仙帶你去醫務室，治療手臂上被巫妖燒傷的地方，然後去找常春藤年級（十二年級）的導師，她會招呼你的。」

劫客像是被催眠一樣，默默走向房門，打開後走了出去，又帶上了門。

教室外，興奮的小綠仙齊聲合唱，小小的聲音聽上去有些不確定。

「高大非常自大自以為聰明以前是哥拉哲特勾柏金習慣頤指氣使的男孩，**歡迎！歡迎**來到你充滿魔法、不可思議、超級壯觀的新——家——！」

「哼。」波蒂塔夫人若有所思地說。「我無法立刻看出劫客有哪些出眾的才能，但我相信我們能發掘他的才華，一定可以的……那麼，」她俐落地說。「恩卡佐，你應該是來找你的另一個兒子的吧？被下了驚人的詛咒的那位？」

「妳知道詛咒的事？」恩卡佐說。他還想讓情勢回到自己的掌控下。

「你來得晚了。」波蒂塔夫人說。

她一眨眼，放了手掌黏在桌子上的希剋銳絲女王，女王馬上一躍而起。

「請坐。」波蒂塔夫人說。

「我比較喜歡站著。」希剋銳絲女王說。

「我也是。」恩卡佐國王說。

「那請便。」波蒂塔夫人說。

她打了個響指，一張椅子跑到她身後，她逕自坐下。

恩卡佐和希剋銳絲後悔了，他們突然覺得波蒂塔雖然頭髮沾了食物碎屑，此時坐在椅子上的她卻像王室成員，**他們兩個**反倒像被送去見校長的壞小孩。

「你們會介意我邊織毛線邊說話嗎？這樣我比較能專心。」波蒂塔夫人說。一根棒針從壁櫥門的鑰匙孔擠出來，飛進她左手，另一根棒針則從房門的鑰匙孔擠進來，飛進她右手。

波蒂塔夫人勾起毛線，她把自己的圍巾拆了，用圍巾的毛線織新的一塊布。

「希剋銳絲、恩卡佐，你們必須解釋一下現況。」波蒂塔夫人用非常嚴肅的語氣說。「你們來不及把小孩抓回去，他們和保鑣已經出發去見馬魔了。」

希剋銳絲與恩卡佐都驚恐得臉色發白。

「妳竟然讓他們去了？」希剋銳絲驚呼。

「妳竟然讓他們送死！」恩卡佐說。「為什麼不逼他們留下來？」

「這裡是學校，不是監獄。」波蒂塔說著，邊愉快地勾毛線。「不過看樣子，你和希剋銳絲都很喜歡把自己的小孩關起來。」

聽到這裡，希剋銳絲與恩卡佐的臉色由白轉紅，兩個人羞愧不已。

「我是別無選擇！」恩卡佐說。「妳自己也說了，札爾中了驚人的詛咒！」

「希望也是！」希剋銳絲說。

「那就解除他們的詛咒啊。」波蒂塔說。

「沒有『解除詛咒』這種事。」恩卡佐說。

「那幾個年輕人可不這麼認為。」波蒂塔說。「所以，他們出發尋找法術材料，打算施展消滅巫妖的法術。」

「那不過是自我滿足。」希剋銳絲說。

「小孩子的遊戲罷了。」恩卡佐說。

「而且還是危險的遊戲。」希剋銳絲說。「妳聽聽外頭那些生物！那些巫妖在追殺我們的小孩，妳還讓小孩出去面對他們……」

「也許是這樣沒錯，」波蒂塔說。「但那三個年輕人已經面對了嚴重的威脅，而目前為止，你們兩位所做的事對他們沒什麼幫助。」

恩卡佐與希剋銳絲的臉色更紅了。

「過去幾個月，我漸漸認識了你們的兩個孩子，和他們處得很愉快。」波蒂塔繼續鉤著毛邊說。「在我看來，札爾一開始選擇刻上巫妖印記，就是因為他不希望自己因為沒有魔法而讓父親失望。為了得到你的丁點讚許，這麼極端的事情他也做得出來。」

「妳怎麼可以怪我！」恩卡佐低吼。

「你有沒有發現，」波蒂塔說。「你越是罵札爾，他就變得越叛逆？」

恩卡佐沉默不語。

「希望也是，我從沒遇過她這樣法力高強的人，但希剋銳絲女王啊，她似乎認為自己讓『妳』——她的親生母親——感到羞恥。」波蒂塔說。

「我女兒擁有該死的魔法，我難道該驕傲嗎？」希剋銳絲女王氣沖沖地說。「她太丟臉了。妳好大的膽子，竟敢對我們指指點點！我們是孩子的家長，我們做的才是對的！」

「那就目前為止，兩位覺得自己的教養成果如何？」波蒂塔甜甜地問。

教室內，瀰漫著不自在的沉默。

外頭，巫妖尖叫聲似乎回答了波蒂塔的提問：**聽妳這麼一說，教養成果其實一點也「不」好。**

「我們已經盡量了！」恩卡佐抗議。「當家長可沒有表面上那麼容易！」

「這句話倒是真的。」波蒂塔承認。「好吧，既然想阻止他們，你們就得追上他們。我讓你們兩人見面，就是為了這個——除此之外，還為了讓希剋銳絲看看真正的學校該是什麼樣子。」波蒂塔似乎想到什麼好笑的事情。「妳以為我沒看出洞察夫人是妳假扮的嗎？我當然看得出來……我只是認為妳來到撲克丘，能學到一些事情而已。」

「這地方簡直荒唐透頂！」希剋銳絲憤怒地說。「竟然讓鳥類教育小孩！還教人怎麼爬樹！這整所學院，就只有我一個老師在教正經的東西……」

「但孩子們學得很快樂。」波蒂塔夫人說。「希剋銳絲，妳覺得他們該學什麼才對？學怎麼燒毀森林嗎？好吧，也許妳到頭來什麼都沒學進去，也許我錯了——我當然也會有出錯的時候。」

波蒂塔夫人興味盎然地思索片刻，隨後否定這個不太可能的可能性。

「不，」她簡短地說。「不，我沒有錯。」

波蒂塔夫人說話的同時，希剋銳絲突然發現地毯和「自己的斗篷」都漸漸被拆成毛線，連著恩卡佐上衣的一部分，一起被波蒂塔織成同一塊布。「妳在做什麼啊？」希剋銳絲厲聲說。她試圖扯開斗篷，但斗篷意外地被鉤得很緊。

恩卡佐面帶笑意，但還是說：「波蒂塔夫人，請住手。」

「啊，真是抱歉，」波蒂塔夫人說。「這是我的壞毛病……」

一雙小小的青銅剪刀從她口袋跳出來，跳舞般走向一條條毛線，「喀嚓、喀嚓」兩聲將它們剪斷。

「你們不是有共同的目的嗎？我已經讓兩位見面了。既然你們想把各自的小孩抓回來，那就試著去抓吧。他們去找馬魔了，你們兩位可以自己跟去找他們……你們不希望其他人得知過去的祕密，所以不能帶其他人，是不是啊？你們不希望其他巫師與戰士得知你們曾經相愛，也不希望任何人知道希望天生擁有操控鐵的魔法，就是因為你們曾經相愛。我說得對不對？」

「我們繼續保密，是比較好沒錯。」希剋銳絲承認。

「所以說，那三個年輕人陷入險境，可能有一部分是你們害的……」波蒂塔提醒他們。

希剋銳絲雙手握成拳頭。一般情況下，不會有人對女王說這種實話，她現在一點也不喜歡波蒂塔逆耳的勸諫，卻只能默默接受。這裡是波蒂塔夫人的地盤，希剋銳絲只能靜待報復的良機。

「恩卡佐知道要去哪裡找馬魔，對不對？」波蒂塔夫人說。

「對。」恩卡佐說。「希剋銳絲，妳拋棄我之後，我踏上了暗影冒險，尋找馬魔是我冒險的一個環節。」他又說：「我差點就回不來了。」

「你在冒險中，把自己的心交給了馬魔。」波蒂塔用最親切的語氣說。

「你把心給了馬魔？」希剋銳絲問。她一時忘了自己對波蒂塔的不滿，對恩卡佐揚起眉毛。

「心都被妳徹底踐踏過了，我還能怎麼辦？」恩卡佐怨憤地說。「我怎麼能繼續帶著碎掉的心生活下去？那太不方便了——碎片的邊緣一直刺到我胸腔，好不舒服。我必須繼續走下去、繼續活下去，然後再愛一次……」

「所以，你們兩個一起旅行也沒關係，」波蒂塔站起身說。「反正兩位都不可能再染上那種討人厭的『愛情病』了。一個人沒有心，一個人喝了屏棄愛情魔藥，真的完全沒有再次墜入愛河的風險。」

「我們可以離開了？」恩卡佐說。

「你們當然可以離開啊！」波蒂塔極為無奈地說。「真是的，怎麼每個人都說這種話！這裡是學校，又不是監獄。我雖然不認同你們教養小孩的方式，他們畢竟還是你們的小孩，你們要怎麼管教他們，我也管不著。聽聲音，我們好像控制住巫妖進攻的情勢了。」

是啊，外頭的尖叫聲稍微小了些。

「話雖如此，我還是建議你們施隱形法術。」波蒂塔說。「我也建議兩位走壁櫥門出去，避開教室外的小綠仙——從天窗出去也許更好。我還得清掃巫妖血跟準備晚餐呢，你們快去吧！」

第十五章　追逐

刺錐剛才從西側門離開撲克丘，還好他和札爾的身體還沒換回來，他能用札爾的魔法讓自己隱形。他從《法術全書》撕了一張地圖，上頭說馬魔島位在西方的「鞋海灘」對面。

刺錐出發不久就遇上麻煩：他看見巫妖碩大的黑暗輪廓棲息在上方的樹上，像一群巨大的烏鴉。

即使知道巫妖看不見自己，他還是在夜眸背上昏了過去，數秒後醒來時，他害怕得全身僵硬，緊抓著夜眸毛髮的雙手甚至無法鬆開。夜眸繼續奔跑時，他回頭一望，發現巫妖群還是沒有動。

一段時間後，他確定自己沒被跟蹤，於是讓夜眸停下來，解除隱形法術。他不確定自己和札爾喝的變身魔藥什麼時候會失效，等他回到自己的身體，就不能使用任何魔法了，因為就連波蒂塔給他的法杖現在也在札爾那裡。算了，反正在面對馬魔那種噩夢般的恐怖生物時，讓東西黏在一起的法術應該沒太大用處……

可是我有魔法劍！我可以用劍。刺錐興奮地想。他繼續騎著雪貓前行，成功在不被發現的情況下離開學校，讓他情緒激昂。

我會讓希望看到，我也能當英雄……我雖然背叛了她，現在還是能證明自己的能力。

但這時，後方傳來駭人的尖叫聲，巫妖們欣喜若狂地找到刺錐帶魔法劍離開撲克丘時，魔法結界被鐵劍刺破的地方。刺錐驚恐萬分，以為巫妖群要來追殺他了，於是他催促夜眸加速狂奔，來到被希剋銳絲縱火燒得焦黑的森林，周遭焦黑的風景令他心情鬱悶。終於找到能過夜的地方時，他漸漸意識到自己的選擇有多麼可怕。

他在刺藤下瑟瑟發抖，努力在寒冷刺骨的夜晚入睡，盡可能緊抱著夜眸取暖。雪貓的毛髮溼透了，尾巴還泡在水灘裡。刺錐哭著睡著了。

刺錐離開過後大約一個小時，札爾與希望跟著從西側門出發，此時巫妖群忙著攻擊撲克丘另一側的恩卡佐與劫客，札爾等人也在沒被巫妖發現的情況下離去。

他們乘著飛行門飛走，低空飄在矮樹叢上方，追隨雪貓和狼在焦黑森林中奔跑與驚恐地喘息的細微聲響。希望與札爾每兩、三分鐘就回頭望一眼，檢查是否有巫妖追上來。

雪貓們跟著刺錐的蹤跡持續西進，希望看了大大鬆一口氣。**刺錐一定沒被巫妖群發現，成功跑走了**。她欣喜地想。

片刻後，他們相信已經跑得夠遠，可以解除隱形法術了。札爾從口袋放出吱吱啾，小妖精之前因為離巫妖太近而發狂，現在似乎又恢復正常了，可是他非常非常難過。「逆怎麼把窩關起來？」吱吱啾問。

「吱吱啾，那是為了你好。」札爾說。「你要相信我，我是為你好。」

吱吱啾沒辦法一直生札爾的氣，他看著札爾的眼睛，舔舔他的臉。

「是真的！」吱吱啾說。「逆真的是為窩好！」

後來，他們累到無法再前進了。

吱吱啾累得又爬回札爾口袋，自己把釦子扣上。孤狼的腳掌被荊棘刺到，只能一瘸一拐地奔跑。

「我們必須休息。」札爾說。「反正白天比較適合行動——白天遇到巫妖的機會比較小。我們明天就可以追上刺錐和夜眸了。」

札爾現在感覺戰鬥力旺盛，能重新踏上冒險旅程，他也十分興奮，但不知為什麼，他有點氣波蒂塔讓他們離開學校。

「沒有人要我們，連她也不要我們，但我們自己冒險也沒關係。」

說到波蒂塔，他伸手從口袋拿出她臨別前送的禮物：那是波蒂塔的手帕，手帕緊緊包著一個小瓶子。

札爾解開手帕，掉出來的瓶子裡，裝著……

「德魯伊的眼淚！」卡利伯驚呼。「消滅巫妖的法術的第五種材料！」

果不其然，瓶子中間是五滴閃亮的迷失湖德魯伊眼淚，如暗色鑽石般閃耀。

「我姊妹又願意信任我了！」卡利伯說。「我上次犯了錯，但她終於願意相信我了！」

「她也信任我！」札爾的不開心一掃而空。「雖然我有巫妖印記，她還是願意信任我。」

「這裡有一張字條。」希望說。她撿起原本和手帕一起包著小瓶子的一張紙。

紙上是波蒂塔的字跡，上頭寫著：

親愛的大家，

　　這是你們用努力換得的德魯伊淚水。生命中除了快樂之外，還有哀傷的時刻，所以眼淚才會是許多法術的重要材料。有時候，我們再怎麼努力，最後還是會失敗……

　　但是，身為巫師，我們就該化不可能為可能，用奮鬥換取幸福快樂的結局。

祝你們好運！

愛你們的，

波蒂塔

「我們說不定真的該住在撲克丘。」札爾說。他把波蒂塔的手帕綁在巫妖印記所在的那條手臂上。「假如我有母親——我先聲明，我不要有母親——」他匆匆補充。「但如果我有，我想有個波蒂塔那樣的母親。」

波蒂塔的禮物讓大家心情大好。他們正走在完成任務的路上，既然成功得到四種法術材料了，把最後一種弄到手應該不難吧？同時拯救刺錐，應該也不難吧？

今晚下雨，因此風暴提芬施展天氣法術，讓大家睡覺時不會淋到雨。「為什麼每次都是我做這些事太不公平了。」風暴提芬抱怨。她拿出一根四號魔杖、從法術袋取出天氣法術，接著用魔杖把法術球打到空中，法術球一頭冒出一朵風做的小傘，飄在眾人上方三、四英尺處，雨水像瀑布似地從風傘邊緣滴落。

這一晚，希望與札爾睡得比可憐的刺錐好得多。

他們睡在所有動物中間，雪貓、狼人與狼長長的毛髮把他們裹得暖烘烘的，巨人粉碎者則睡在最外圍，巨大的身體包住所有動物，保護著他們。長步高行巨人不需要天氣法術，因為他們防水——他們巨大的身體會散發大量熱能，雨水只會被他們的身體彈開後化為蒸氣。

睡到半夜，札爾感覺到自己從霍布小妖刺錐的身體，變回自己的身體。同樣奇怪又令人不自在的感覺出現了，讓他很想吐，他低頭看自己的手臂，看見毛髮漸漸消失，留下自己原本的皮膚。他翻了個身，繼續睡。

希望偶爾在夜裡醒轉，看見雪貓輪流守夜，一次是貓王保持警醒，隔著被雨洗刷的透明天氣法術仰望天空，下次看的時候輪到森心。在雪貓的守護下，她安心地聽著雨點敲打法術形成的玻璃，悄悄睡去，雖然離開撲克丘讓她覺得有點孤單，但在朋友的陪伴下，她感覺好一些了。

刺錐，不要怕……希望在睡夢中想。**我們來找你了。**

希望與札爾離開撲克丘大約半個鐘頭後，恩卡佐與希剋銳絲追了上去。

他們必須共乘恩卡佐的雪貓，兩人還為了誰坐前面、誰坐後面而大吵一架。

剛出發時，他們施了隱形法術，但這時波蒂塔與學校的其他巫師已經修補好撲克丘的魔法結界，巫妖入侵的行動停止了。他們隱身繞過幾具巫妖屍體，敵方死傷不少，難怪會停止入侵。現在巫妖群撤退到樹梢，像一群心懷仇恨的猴子似的，正在喃喃唸誦可怕的詛咒。

希剋銳絲與恩卡佐一言不發地騎雪貓前進，兩個人都怒火中燒，臉上烏雲密布。跑到森林被燒焦的部分時，恩卡佐解除隱形法術。倒下的樹木好安靜、好安靜。

希剋銳絲穿過她自己燒成白地的森林，雪貓每往前跳一步，她心中就浮現樹木在夏季蓊鬱的鬼影。回憶中，比現在年輕許多的恩卡佐騎在她身旁，兩個人一起獵鹿，快速經過樹叢時鳥群驚得齊飛上天。他們享受青春的奔放，一陣陣風直接吹進他們頭腦，令人喜不自勝，看似無窮無盡的森林向前延伸。

接著她眨眨眼，此時此刻，眼前沒有樹木。真是可惜，希剋銳絲仔細一想，發現自己還滿喜歡樹木的。布滿灰燼的殘根使她感到不安，於是她煩躁地向前望，不去看兩旁的樹木殘骸。

他們不停奔馳，直到累得幾乎要從雪貓背上摔下來。

然後，他們露天野營。

「希剋銳絲女王，想當年，妳和我一樣是狂野的人。」恩卡佐苦

澀地說。他們在森林地上坐下，準備小睡幾個鐘頭，恩卡佐盯著自己用法杖生的彩色營火。「但女王陛下啊，妳上一次不帶牙籤出門野營，已經是很多年前的事了吧。」

「我是戰士。」希剋銳絲甩頭說。「我們經常露營。」

她在說謊。這些年來，即使她在森林裡露營，也必然睡在繡工華麗的帳篷裡、躺在羽絨床墊上，還有個動作輕巧的侍女幫她蓋上溫暖、乾燥的被子，祝她一夜好眠。

可是希剋銳絲自尊心太強了，不願意讓恩卡佐知道自己介意這件事。

「抱歉，我無法為妳提供樹木的遮蔽。」恩卡佐指著上方空空蕩蕩的黑暗

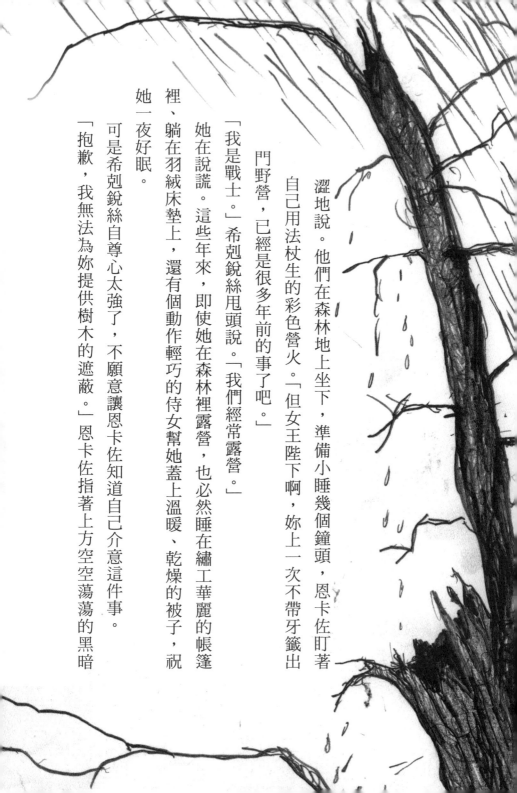

說。無情的冷雨大片大片灑落。

「若在從前，我們上方會有樹枝，還有鳥兒在樹上唱歌。」恩卡佐接著說。「森林裡的動物都有各自的家……但現在牠們的家全被燒毀了，而你們戰士燒毀森林，就為了興建堡壘、開墾田地，取得你們非得到不可的各種東西——各式各樣的小東西，還有妳手腕上的金手環……

「但希剋銳絲，我問妳，這些值得妳犧牲自由嗎？值得妳出賣月亮、星星與風兒嗎？」

希剋銳絲沒有回答。

她的確越淋越溼了。

她的屁股溼溼

的，可能是不小心坐到一塊潮溼的地了。

「我說個故事給妳聽吧。」恩卡佐說。「這是二十年前的故事——是我的心化為石頭的故事。」

恩卡佐的心
化為
石頭的故事

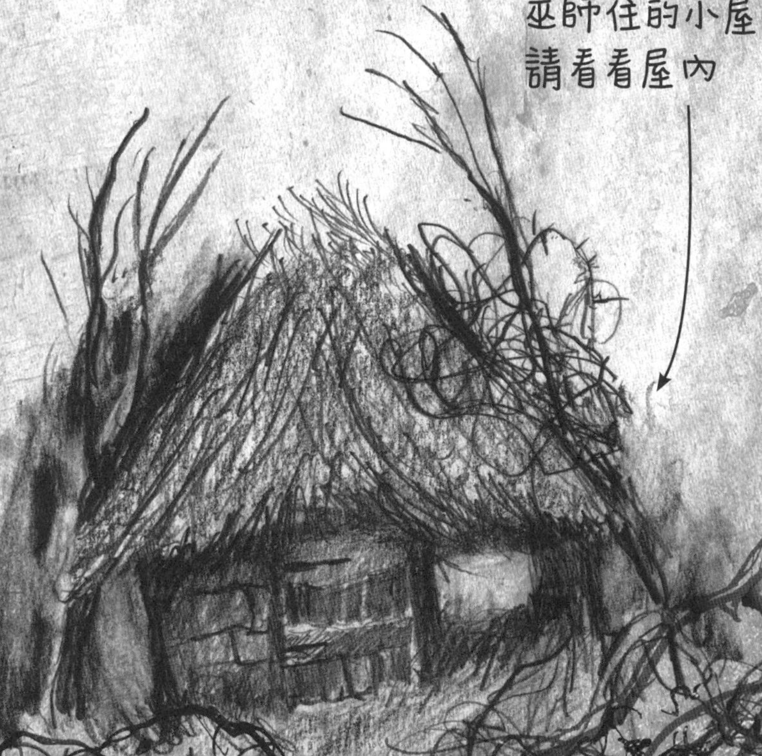

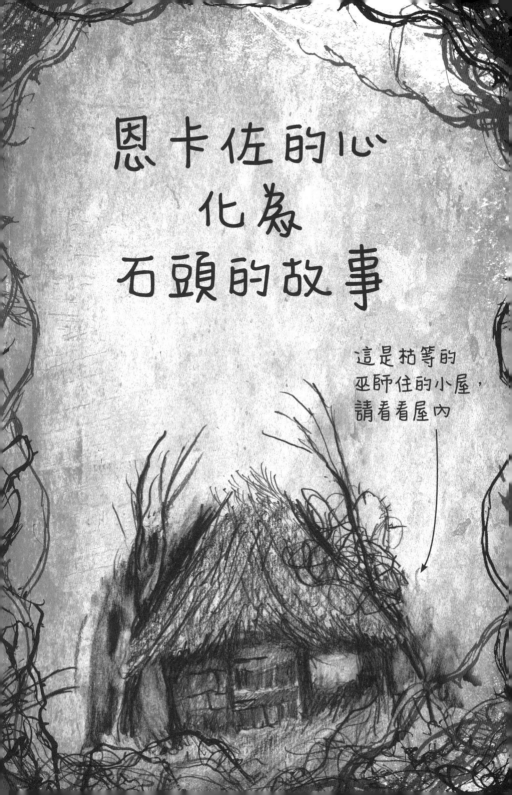

名為托爾的男孩，怎麼會成為巫師恩卡佐呢？

「很久很久以前，有個名叫托爾的年輕巫師，他愛上了年輕的戰士公主。巫師與戰士絕對不該相愛，但戰士公主宣稱自己不在乎這麼愚蠢的規定，還答應要和托爾結婚。她以自己的心發誓要和托爾遠走高飛，尋找一個不在乎他們來自何方的心世界，一個巫師與戰士能相愛並和平共處的世界。」

托爾的歌：
從不與永遠——第二段

他們提醒我小心愛情
但我沒有聽

我的心在遇見妳之時誕生，
我就此重獲新生
和妳比翼雙飛，跳支永不結束的舞
我何必聽他人的警告？

現在我卻在
苦等
等敲門聲響起
等「她」到來的時刻
永遠苦等
苦苦等候……
苦苦等著。

閉上
我的眼睛，直到「她」歸來
渴望
敲門聲響起
「她」到來的時刻……
永遠苦等
苦苦等候……
苦苦等著。

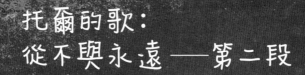

但是，公主並沒有遵守承諾。

「但是，公主並沒有遵守承諾……」

「我必須挑起責任，履行我的義務啊！」希剋銳絲打斷他。恩卡佐像是沒聽到她說話似的，繼續說下去。

「她喝下屏棄愛情魔藥，心中的愛就這麼死了……她寫一封信給巫師男孩，說自己不愛他，也從沒愛過他。至於托爾呢，他在約定好的地點等了漫長的數週，終於收到那封信，他讀了信，卻拒絕相信那封信的內容。一棟小屋圍繞著他成形，森林裡的小妖精們可憐他，為他帶來食物與水。他們稱他為『苦等的巫師』。

「我帶妳進那棟小屋，妳看看那個可憐的巫師少年，那個苦等的巫師。」恩卡佐幽怨地說。

「他等了漫長的兩年，直到有一天，他發現……戰士公主永遠不會回來了。**那時候，**」恩卡佐說。「年輕巫師將自己的心變成石頭，成了此時坐在妳面前的巫師：巫師之王恩卡佐。」

恩卡佐的心變成了石頭。

不再……等待
敲門聲響起
不再渴望，
因為歌已不存在
心已不存在
敲門聲已不存在

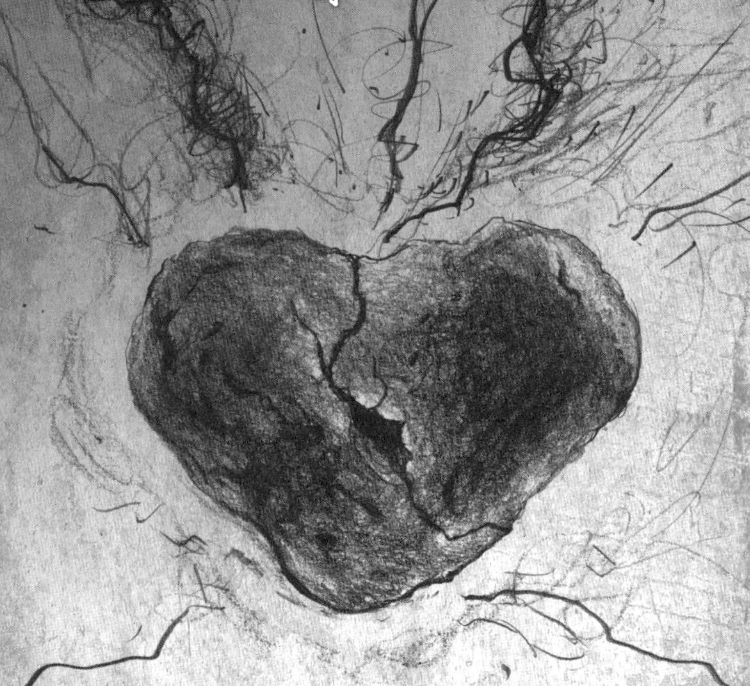

真愛一直沒有到來

聽我說：小心愛情。
我會從頭來過。
過沒有心的生活。

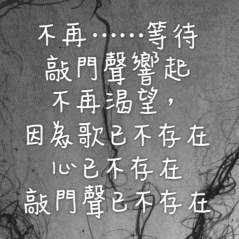

恩卡佐說到故事結尾，接著是一段短暫的沉默。希剋銳絲女王用力吞一口口水……然後，恩卡佐用力把法杖插進土裡，低聲唸誦幾個字，天氣法術立刻從法杖末端冒出來，在恩卡佐打算睡的地方形成保護傘。

「妳要的話，我可以讓法術延伸到妳那裡。」恩卡佐說。

希剋銳絲女王昂起頭，漂亮的小鼻子對著天空。

「哼。」她說。「我不需要你的法術，這麼一點雨，我們戰士才不怕呢。我們戰士比你們堅強得多。」

「妳開心就好。」恩卡佐聳肩說。他用斗篷裹住身體，在法術的保護下入睡。

希剋銳絲女王在一小團燒焦、燒壞的荊棘叢下躺下；滂沱大雨中，她花了好久才睡著。對希剋銳絲女王而言，這會是非常難受的一夜。

我身為旁白，不該擅自下評論，不該在故事中摻雜自己的想法……

可是，我想……我想……

雖然這一切都是她自找的，我還是很同情她。

那麼……親愛的讀者，我真的、真的、真的不想嚇到你。

但我必須說，即使所有人與動物都施了隱形法術，三個小孩、一扇飛行門、四隻雪貓、好幾匹狼、一隻狼人、一頭熊、兩個大人、好幾隻小妖精與一個巨大的長步高行巨人要在「完全」不被巫妖注意到的情況下離開撲克丘，還是非常困難。

雖然這一切都是她自找的，我還是很同情她。

實際上，波蒂塔、呼菈、艾芙達與其他老師雖然成功擊退巫妖，補好魔法結界被鐵製魔法劍刺破的洞，戰鬥過程中，還是有其他巫妖注意到離開土丘的三批人馬。

他們跟了上去。

巫妖們不想被任何人發現，所以他們不是飛在空中，而是在地上步行——或者說，是把折起來的翅膀當腿用，窸窸窣窣地跑在被燒毀的森林與焦黑的樹木之間。

他們趁結界被刺錐刺破的時候攻擊撲克丘，是因為學院裡有他們想得到的東西。

但現在，他們為何「不」攻擊踏上旅程、前去尋找馬魔的眾人？

我們很快就會知道為什麼了……

PART Three
The Shadow Quest
第三部　暗影冒險

第十六章　鞋海灘

刺錐全身發冷、顫抖著醒來時，讓他變成札爾的變身魔藥藥效退了，之前殘存在體內的熱血也消失無蹤。也許，他短暫和札爾交換身體時，札爾的個性並沒有完全離開他的身體，但現在，令刺錐衝動行事的瘋狂完全消失了。

他低頭看著自己瘦巴巴的手臂。

他現在連霍布小妖都不是，不過是「刺錐」……一個再尋常不過的助理保鑣，一個背叛了公主的叛徒。

刺錐習慣一個人生活，即使身邊有別人，他也習慣自己一個人待著。

可是，這是他此生首次完完全全地感受到……

孤獨。

他用顫抖的雙手拿出從《法術全書》撕下來的那張地圖，思考該怎麼尋找馬魔。地圖上，一條路徑閃閃發光，顯示出穿過黑森林的路，這表示他現在的方向沒有錯。路徑的盡頭，是個名叫「鞋海灘」的地方，而和海灘相隔一片海水的，就是名為「馬魔島」的島嶼。

地圖底部寫著大大的警語：

別忘了脫鞋。

但現在沒時間思考這句話的意思。

刺錐拿起水壺喝了口水。他餓到有點想吐，但大火焚毀的森林裡找不到食物，他也不可能現在回去找吃的。他必須騎著夜眸繼續前進，同時害怕地不停往天上望，擔心自己隨時會看見巫妖的身影，即使巫妖不喜歡在大白天飛行（燒焦的樹木無法遮掩他們的身形），刺錐還是不放心。

天色很暗的時刻，刺錐終於抵達鞋海灘，他又餓又渴，看見遠方黑暗的馬魔島如掠食動物般蹲伏在天際，他就嚇得直接在夜眸背上昏睡過去。夜眸只得馱著昏睡不醒的刺錐繼續前進，來到水邊。

到了海邊，刺錐再次醒轉，他看著海浪拍打海岸，遙望海上的島嶼。他顫抖著想：「我必須為她完成任務……我必須證明我也能當英雄，就算最後變成死英雄，我也要去……說不定我成為死英雄以後，她就會原諒我了。」

夜眸朝島嶼游去，不會游泳的刺錐則抓著她的尾巴。

我在做什麼？刺錐心想。**我連游泳都不會，算哪門子的英雄？**

刺錐與夜眸在馬魔島登陸，夜眸像貓咪一樣抖落身上的海水。刺錐的手按著魔法劍柄，另一隻手拉下面甲，感覺自己的心變得堅定。

前方是海灘的沙地，海水流入可怕的黑暗洞穴。那是馬魔洞，長得像怪獸的血盆大口，刺錐看著洞穴，感覺心臟在胸腔內萎縮。

我都獨力來到這裡了！我可以的！他想。**我比他們想的強！**

他試著拔出魔法劍，但不知為什麼，它像是被黏住一樣卡在劍鞘裡，怎麼也拔不出來。

狼人的觸鬚啊！刺錐心想。**我連拔劍的力氣也沒有！**

儘管如此，他還是逼自己一步一步往前走，即使兩隻腳像鉛塊一樣沉重，他還是堅持往前走。

他停下腳步。

他有種忘了什麼事情的感覺。

是不是忘了什麼？

他到底忘了什麼？

他低頭一看。

我忘記脫鞋了！

刺錐閉上眼睛，頭輕輕往旁邊歪。

呼！呼！

他整個人面朝下趴倒在沙地上，開始打呼。

後方與上方傳來恐怖的尖鳴聲，宛如復仇女神俯衝的聲響。沙灘上，腳步聲紛紛響起，一群東西氣喘吁吁地奔向入侵者。

夜眸全身毛髮直豎，驚恐地號叫一聲，趕緊拎起倒下的刺錐，奔往馬魔洞。昏睡不醒的刺錐像隻小貓咪，被她叼在嘴裡。

誰知道洞穴裡等著他們的，會是什麼東西呢？

嗯，看來刺錐還沒做好獨力完成任務的準備。

希望、札爾與夥伴隔天清早來到鞋海灘，時間早到太陽都還沒出來。之前他們跟丟了刺錐，雪貓們花了點時間才又找到他留下的氣味。終於抵達鞋海灘時，希望與札爾在蘆葦叢中找到一艘小獨木舟，他們可以划船過海，去到馬魔島。他們用一些樹枝與落葉掩藏飛行門（出於一些複雜的魔法因素，門很難飛越海洋，它們容易暈船和翻船）。

海灘上很多石頭都寫著小妖精文字，寫滿石塊的文字在月光下閃耀。

小妖精文字相當禮貌地寫道：

請脫鞋……

接著又帶點威脅意味地補充：

……否則後果不妙……

「你們必須脫鞋，」卡利伯解釋。「表示你們對大海與不可能的任務的尊重。脫下鞋子後，你們會成為暗影鬥士與暗影女鬥士，又稱『無鞋者』，等到歸來之時，才可以再把鞋子穿上。」

希望與粉碎者聽話地脫鞋，而札爾是以霍布小妖的姿態離開資優巫師學院，所以根本沒穿鞋。

粉碎者走在前頭，小心翼翼地把鞋子放在海灘邊緣的草地上。

孩子們這才注意到，海灘外圍不會被海潮沖刷的位置，有一排耐心等主人回來的鞋子。看樣子，有好幾雙鞋已經等了很久很久，皮革飽受風霜與暴風雨摧殘，幾乎完全壞掉的鞋子半埋在沙中。另外幾雙鞋看上去有精神些，似乎還有希望，彷彿主人不久前才剛把它們脫下，等等就會回來找它們。

「很少人回來拿鞋子……」嗡嗡咻緊張又驚恐地尖聲說。

亞列爾的眼睛閃過綠光，又閃爍紅光。「而且，這些鞋子屬於全野林最強大的巫師……」

大家找不到刺錐的鞋子，不確定他究竟來過沒有。

粉碎者撿起小船，小心將它拿到海灘另一頭，輕輕放到水裡。其他人跟著他巨大的足印前進。

成群鬼火從沼澤飛到海灘，像是燦爛的煙火，他們在空中唱歌、譏諷，還拉扯小妖精的頭髮。

鬼火是壞心眼的小精靈，比起小綠仙，小妖精們更討厭鬼火。小綠仙只是愛搗蛋而已，但鬼火不一樣，他們會故意引導不夠警覺的旅人走上歧途，害他們死於非命。

「小妖精，你們**不准**去追鬼火！」札爾搖著拳頭大喊。「所有小妖精，聽我的警告！不准理他們！」

但要無視這些無禮的小生物非常難，他們陰森的歌曲令希望全身發涼，冷到了靈魂裡，她不由得用力吞一口口水。那座島上不知道有什麼東西，但絕對是非常、非常恐怖的東西。

「馬魔！」鬼火們唱道。「前去找馬魔的傻瓜啊……」

前去找馬魔的傻瓜

沒有牽掛、沒有愛情、心神俱疲、靈魂粉碎？

「這邊請」……

沒有三思……沒有鞋子……沒有希望？

「這邊請」……

愛是弱點……

愛是仁善……

愛是幼稚……
愛是輕率……
不會再有第二次機會
不會再有愚蠢的舞會
「愛」是一種弱點……所以
這邊請……

「別理睬他們，等我們上船後才可以回頭。」卡利伯焦躁地說。

粉碎者用繩索綁住小船的船頭，大夥跟著跳上船。巨人走進海裡，海水淹到他大腿，他「好冷喔！」地大大顫抖一下，才捏住鼻子撲進海裡，用巨大的蛙式前進，激起的海浪差點把小船掀翻。

天色變黑時，月光照了下來，游泳的巨人拖著小船、沿著月光照亮的路線前行。小妖精在上空歌唱，一行人朝馬魔島行進。

狼群與雪貓從小船旁邊探出頭，往海灘望去，風吹得他們的耳朵晃來晃去。他們還看得見岸上的鞋子。

等著主人歸來的鞋子。

必要的話，它們會永遠在那裡等待。

大家有所不知，這時候，除了鬼火之外，還有「其他」雙眼睛目送他們離開鞋海灘……

那是「巫妖」的眼睛。

巫妖宛如巨大的黑蜘蛛，蹲伏在蘆葦叢中彼此喃喃交談：「了來她……了來她……」意思是：「她來了……她來了……」

但說來奇怪，他們並沒有進攻，他們也在等待。

那麼，他們究竟在等什麼呢？

粉碎者游在寧靜的黑暗海水中，現在他們離海岸很遠，看不見海灘與等待主人的一雙雙鞋子。希望開始覺得自己沒那麼勇敢了。

眾人接近馬魔島，黑影般的輪廓越來越近，海上出現一個個瓶子——起初，他們只偶爾看到幾個瓶子從獨木舟旁邊漂過，但後來瓶子越來越多、越來越多，還有更多更多。

札爾從獨木舟旁邊探出身體，撿起一個瓶子，那是個再普通不過的玻璃瓶，裡頭裝了一張白紙、幾根頭髮、一片指甲，還有看不出是什麼的其他東西。

「這裡怎麼會有這麼多瓶子？」希望問。

「它們是詛咒瓶。」札爾邊說邊把瓶子放回水裡。「那座島上，一定有什麼人把這些瓶子放在水裡，讓它們往海上漂。放詛咒瓶的人一定很討厭某個人，但我不知道對方是誰——一般情況下，你會把要詛咒的人名寫在紙上，可是紙上什麼都沒寫。」

希望全身一抖。附近的水上有好多載浮載沉的瓶子，這也太多詛咒了吧？她真不想和施咒者打照面。

海霧倏然降下，危險的濃霧不停變幻，前一秒還在、下一秒又消失，有時濃稠到大家幾乎看不見游在前頭的粉碎者，看不見他令人心安的後腦勺。

但他們知道，他們正往正確的方向前進，因為他們是跟著詛咒瓶前進。

亞列爾嘗了嘗霧氣。「這不是自然的海霧——而是德魯伊部族召喚的魔法霧。」他悄聲說。在令人迷惑、不停繚繞的霧氣中，他的眼睛發出警示的紅光。「德魯伊想把什麼東西藏起來。」

霧氣散去，他們終於近距離看見了。

馬魔島。

「我的天啊！」嗡嗡咻尖聲說，甚至驚恐得翻了好幾個筋斗。「那不是島，是**怪獸**！你們看，牠的『嘴巴』好大好大……我們回去好不好，拜託……」

但希望瞇起眼睛，把眼罩往上推一點點。她的魔眼可以看穿魔法霧。

「那不是嘴巴，」她終於開口說。「是『海洞』……」

一座迷霧繚繞的陰暗島嶼，以及像怪獸血盆大口的黑暗海洞。

第十七章　馬魔的海洞

海水與載浮載沉的瓶子直接流入洞穴，但洞裡一片漆黑，大家不敢乘著獨木舟進去，以免海洞變得太窄，整艘小船卡在裡頭。他們想在完成任務之後，盡快離開馬魔島。

當然，前提是他們能成功完成任務。

於是巨人粉碎者將小船拖上海灘，暫時放在那裡。沙地上還有另外四、五十艘獨木舟，被人拖到沙地高處，它們和之前的鞋子一樣，帶著一股哀愁，因為先前乘著它們渡過海洋的人都有去無回。

札爾等人逼自己緩——緩——地——走進海洞，努力無視全身上下每一條神經無聲的尖叫：「**不要進去！不要進去！**」嗡嗡咻焦慮地拍翅飛來飛去，發

出嗡鳴聲，急得像河豚一樣膨脹起來。

眾人在旅途中逐漸遠離波蒂塔令人心安的魔法，可憐的小吱吱啾沒離開過札爾的口袋，他又發起抖、身體漸漸僵硬，再次受有毒的巫妖血影響。他一隻綠色眼睛湊到口袋的破洞，害怕地往外偷窺。

如果沒有「勇氣」，他們不可能進入那個海洞，因為洞裡不可思議的岩石長得像「牙齒」，讓人感覺自己像嗡嗡咻說的一樣，正一步步走進怪獸的嘴巴。洞裡藏有德魯伊部族最高的機密，因此在靜悄悄的海洞裡，四周傳來陰惻惻的聲音，悄聲說：「**小心啊……**」所有人與動物聽了都像被電到一樣，後頸汗毛直豎。除此之外，洞裡還有一些奇怪的窸窣聲，也許是老鼠細微的腳步聲，還是說，那其實是希望心臟怦怦狂跳的驚恐聲響？

「小心啊……小心啊……小心啊……」未知的聲音唱道，也許是幽魂，也可能是憑空出現的鬼火群。鬼火們竊笑著、奸笑著，用更詭異的聲音補充：「**膽子夠大再進來……**」說完，他們又咻——一聲消失在黑暗中，留下餘音嫋嫋的絮語：「小心啊……」他們還用小妖精文字在眾人眼前的黑暗中，留下同樣的這句話，發光的文字跟著悄悄消失在黑暗中。接著，大家聽到更響的刮擦聲，這回發出聲音的，是更大、更不懷好意的生物——有手掌、有爪子的生物。

「那一定是水妖的聲音。」卡利伯顫抖著說。
「我最討厭水妖了……討厭的生物……大家注意點，要是被他們抓到，就會被掐死。」
「這裡面好可怕。」可憐的小吱吱啾躲在札爾口袋裡，小聲說。「窩真的很不喜歡這裡……窩們不能回在撲克丘的家嗎？拜託拜託？」
但吱吱啾的困境，只讓大家想起這場冒險有多麼急迫。
「我們非往前走不可。」希望說。「我們必須找到刺錐、弄到馬魔鱗片，盡快完成消滅巫妖的法術。」
這時候，札爾就能展現自己做為同伴的有用之處了。在面臨險境時，札爾的眼睛會閃閃發

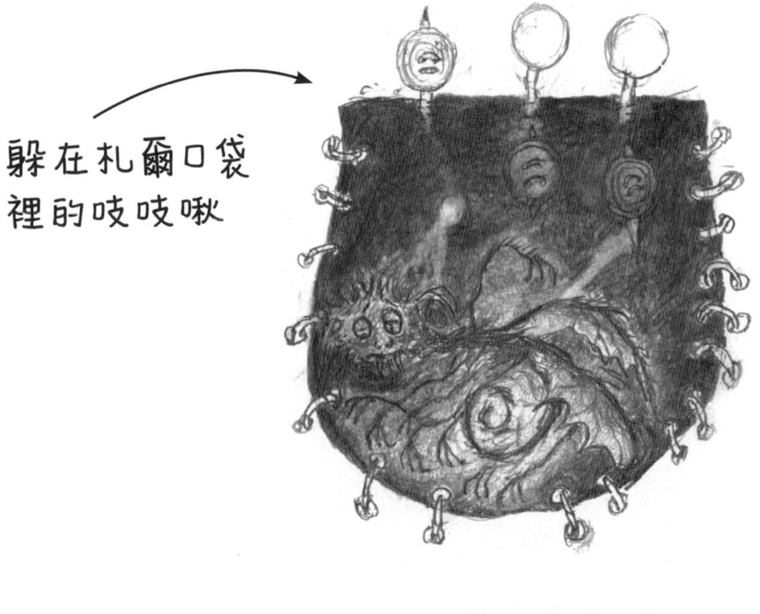

亮，然後挺起胸膛，五音不全地吹口哨，彷彿一點也不在乎眼前的危險。「洞裡有點潮溼，還臭臭的。」他聞了聞說。他心裡其實有點怕，但看到他無憂無慮的模樣，其他人可以假裝這場冒險沒有表面上看來這麼危險。

於是眾人繼續前進，繼續往洞裡走。有時海洞會變得很窄，洞內完全沒有能行走的沙灘，粉碎者就得背著大家涉過滿是海水的部分，直到下一片海岸出現。札爾目前為止短短的人生中，探索過不少海洞，但這是他見過最大的海洞，很長一段時間後，他們來到應該是島嶼中心的位置，洞穴變得很寬敞，裡頭出現巨大的地底湖。

四周的黑暗中，飄著各種機密的陰冷味道，讓眾人瑟瑟發抖，空氣的氣味噁心到令人窒息，大家都覺得呼吸困難。小妖精們散發最強的亮光，這樣大家才看得見，洞內小小的蛞蝓也散發有點噁心、有點奇怪的柔和綠光。

湖的邊緣，是一座財寶堆成的小山，這些是在德魯伊看來太過強大、不能流入世間的魔法物品。湖邊堆著會自動彈奏的豎琴、月光製成的箭矢、有翅膀

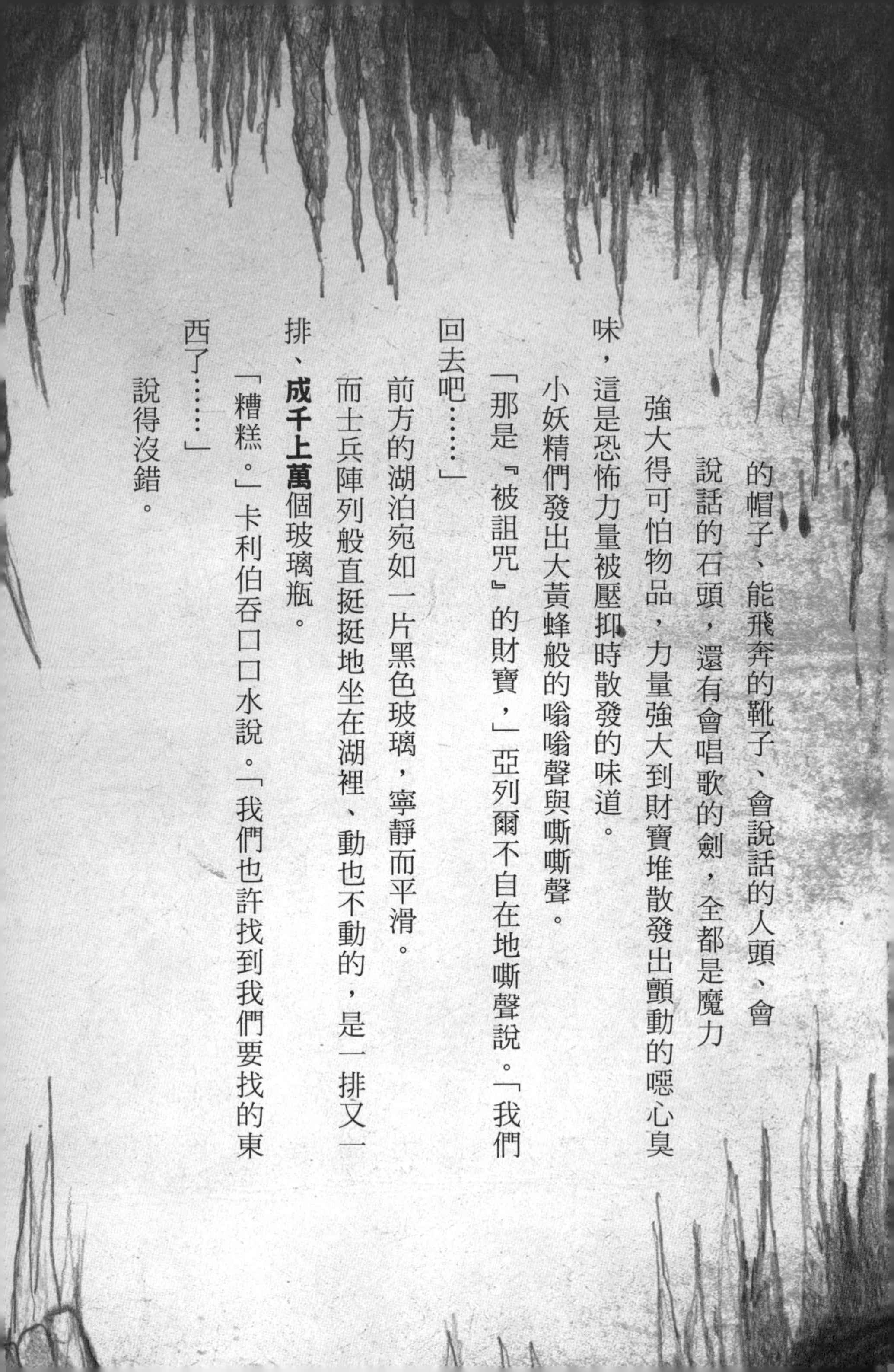

的帽子、能飛奔的靴子、會說話的人頭、會說話的石頭，還有會唱歌的劍，全都是魔力強大得可怕物品，力量強大到財寶堆散發出顫動的噁心臭味，這是恐怖力量被壓抑時散發的味道。

小妖精們發出大黃蜂般的嗡嗡聲與嘶嘶聲。

「那是『被詛咒』的財寶，」亞列爾不自在地嘶聲說。「我們回去吧……」

前方的湖泊宛如一片黑色玻璃，寧靜而平滑。

而士兵陣列般直挺挺地坐在湖裡、動也不動的，是一排又一排、**成千上萬**個玻璃瓶。

「糟糕。」卡利伯吞口口水說。「我們也許找到我們要找的東西了……」

說得沒錯。

洞穴內壁高處的岩架上，是哭到躺下睡著的刺錐。可憐的刺錐已經絕望了，他知道自己將死在這座黑暗無光的海洞裡。

雪貓夜眸站在比他更高的岩架上，可憐的雪貓也垂頭喪氣，沮喪又灰心。

但現在，夜眸激動地抬起

刺錐知道，自己將孤零零地死在這座黑暗無光的海洞裡。

頭，觸鬚抖了抖，尖端有黑毛的耳朵左右轉動。她聽見小妖精、人類與巨人接近的熟悉聲響，忍不住開心又興奮地「喵」一聲。

「夜眸，別擔心，我們不會有事的。」刺錐醒過來，對夜眸撒謊。他不相信自己有機會得救，但還是努力安慰雪貓，然後閉上疲憊的雙眼。

這時，刺錐聽見希望與札爾的聲音。

那一瞬間，他以為自己在幻聽，畢竟他已經好一陣子沒吃東西了，只能舔洞穴內壁的水珠解渴。

他疲憊不堪地抬起頭……

而後欣喜若狂地發現，**他們真的來了**！

最好、最棒的希望就在那裡，焦慮起了靜

電般的效果，讓她的頭髮亂成一團。最可靠、最驕傲的札爾也在那裡，即使是現在，他仍然表現得十分傲慢，一邊環顧嚇人的洞穴，一邊吹口哨假裝自己一點也不怕。

刺錐的朋友來了。

他還以為自己再也見不到他們了。

「希望，札爾，我在上面！」洞穴高處，他顫抖著小聲說。他們抬起頭。

「刺錐！」札爾大喊。

「你還活著！」希望狂喜地大叫著揮手。

然而，喜悅的瞬間過去後，刺錐想起大家來到此處的原因。他不能讓朋友冒生命危險拯救他，他不值得朋友為他犧牲。

「你們不該跟來的！」刺錐恐懼地小聲呼喚。「快回去！別管我了！是我把你們出賣給希剋銳絲女王……」他說。

「刺錐，我們原諒你。你以為那是最好的選擇，那只是一次過失而已。」希望說。「所有人都會犯錯，所以才需要第二次機會。」

「我太沒用了……」刺錐說。

「你才沒有沒有用，札爾不該那樣說你的！」希望吶喊。「札爾，你說！」

「嗯、嗯，我不該那樣說你的！」札爾高呼。「你沒有沒有用！你怎麼會在上面？」

「因為我沒有脫鞋。」刺錐說。

洞內，一片沉默。

「不忍說，那的確是有點沒用耶。」札爾低聲說。

「札爾，閉嘴。」希望用氣聲說。

「喔！」札爾突然想到自己該委婉地說話，想辦法提升刺錐的自信。「刺錐，我相信你這麼做，是有很合理的原因的——所以，你為什麼不脫鞋？海灘上不是有很多告示嗎……」

「我在海灘上昏倒……醒過來的時候，就忘記把鞋子脫掉了……我唯一的優點就是守規矩，結果我連這個也做不好！」刺錐說。「你們走！我不值得被你們拯救！」

「刺錐，你值得被救！」札爾的外套被希望用力拉扯幾下，提醒他要對刺錐好言好語，於是他對刺錐喊話，努力思索有什麼好話可說。「你有……你有……你有……很棒的笑容！」

唉，我的槲寄生啊。札爾心想。**我就不能想些更好聽的話嗎？**

沒想到，上方陷入短暫的沉寂。

刺錐似乎挺喜歡這句讚美的。

「真的嗎？」他的聲音微微顫抖，有點開心。

刺錐黑暗的世界，出現了一點微光。無論接下來發生什麼事，至少現在希望和札爾都原諒他了。

「刺錐，別擔心，」希望說。「我們會救你。你下來吧！」

「你們不懂，」刺錐說。「我沒有脫鞋，而且我太害怕了，一直到站在那個巨大的東西面前，我才發現這件事……我告訴你們，我真的嚇破了膽……那個東西真的很不高興……要不是我爬到這個地方，他還想殺了我……他連跟我談交易都不願意，但我也建議你們不要跟他討價還價，我真心覺得他聽不進道理。回去找波蒂塔吧！你們一定能找到比這更好的辦法——**啊！**」

刺錐沒有說完，而是指向下方的湖泊。

「**他回來了！你們快跑，快跑啊！**」

像座頭鯨一般浮上遠處水面、讓詛咒瓶在水中起伏舞動的，是什麼？

那不是鯨魚。

那是一隻眼睛的眼皮，它緩緩撐開，露出一隻巨大的黃眼睛。接著，湖面慢慢浮現第二、第三、第四、第五隻眼睛……無數隻巨大的眼睛睜了開來，他們這輩子見過最龐大的怪獸很慢、很慢地從湖裡昂起頭，宛如一座山從水下升起。無數黃眼睛正盯著眾人。

「我沒辦法把魔法劍拔出來，它好像卡在劍鞘裡，劍鞘又卡在我的腰帶上了！」刺錐高喊。

「刺錐，別擔心！我們帶了法杖，我把你的法杖也帶來了！」札爾邊喊邊把刺錐的ＤＩＹ法杖拋給他。刺錐伸出顫抖的手，接住法杖。

「**小妖精們，準備迎敵，保護我們！**」札爾呼喊。他和希望也舉起隨著手臂顫抖的法杖，指向浮出水面的怪獸。

「**怎麼會？**」嗡嗡咻尖聲說。她抬頭看著怪獸出水，從湖裡冒出來的身體越來越大、越來越大、越來越大。

怪獸張開嘴，呼出死屍般冰冷的氣息。

「你們，」怪獸說。「是**誰**？」

「你們，」怪獸說。「是誰？」

第十八章　死男孩可不能討價還價

馬魔處在黑暗中，大家看不清他的模樣，但不管他長什麼樣子，身體絕對大得不可思議。他像一堵陰森的高牆，矗立在眾人面前，眾人只看得見他的其中十三隻眼睛，每一顆眼睛都俯視著他們。他宏亮的聲音在洞穴內詭異地迴響，他還不時會用力吞嚥，彷彿喉嚨卡著什麼讓他不舒服。整體而言，他令人十分不自在。

「**你——們——是——誰——**？」馬魔重複道。「**咕嚕**。」

希望和札爾都知道，不可以誠實回答這個問題。在如此陰森的洞穴裡，對如此駭人的怪獸說出真名，那你的任務還沒開始，你就已經死翹翹了。

他們盡量穩住手裡的法杖，直指前方巨大的恐怖怪獸，但我的天啊，就連札爾手中的法杖，也在他焦急得直冒汗的手心滑來滑去。

「我們是人類。」希望說。

「非常非常強大的人類。」札爾說。他想讓眼前的巨無霸對手忌憚他們。

「我們看起來不厲害，但我們有魔法劍，還有魔眼，這邊這個女生還有好幾條命喔……我們是來執行非常重要的暗影任務的。」

「在這裡，你們的魔法不會起效果。」馬魔說。

完了。

札爾試著用法杖施法，結果正如馬魔所說，完全沒有效果。

希望把眼罩往上推一點點，發現她的魔法也沒有用。

完了完了完了**完了**。真是糟糕的情況。

「你們為什麼要對那個死巫師說話？」馬魔說。

「死巫師？哪來的死巫師？」札爾說。

馬魔的十三顆眼睛，全都看向發抖著蹲在岩架上的刺錐。

「那個死巫師。」馬魔說。「沒有脫鞋子的男孩。」

「他不是死巫師，是活著的戰士。」希望說。

希望與札爾萬萬沒想到，這對馬魔來說是好消息。馬魔身體周圍有一種氣場，能抑制並消化巫師的魔法，對沒穿鞋子的巫師特別有效。馬魔抑制魔法的能力，能透過人們的光腳傳入身體，有效壓抑他們體內的魔法。

如果巫師穿著鞋子，馬魔就得先和他們戰鬥，才能殺死他們，這樣很浪費力氣。雖然巫師的魔法對他沒什麼效，巫師還是很機智狡猾，會用魔法物品對付他。

不過，既然那個沒脫鞋的男孩根本不是巫師，那就不成問題了。

馬魔放心了。

「他活不了多久。」馬魔說。「他不可能永遠待在那上面，不然會餓死。要是他下來，我就殺了他。一般情況下，我會給來我這座島的人交易的機會，但他們必須在過來之前先脫鞋。那個男孩『穿著鞋子』踏上這座島的瞬間……就等於是死了。」馬魔說。「死男孩可不能跟我討價還價。」

整體而言，這不算是很好的開場白。

「但是『你們兩個』都赤著腳，」馬魔說。「所以，你們要的話，可以試著和我達成交易……你們帶了什麼東西來給我？」他問。

「我們沒帶東西來給你。」札爾說。「我們不知道該帶東西來送你。」

「你們都不懂這場暗影冒險的規則嗎？」馬魔問。

馬魔長滿藤壺的巨大頭顱上，一顆顆眼睛轉下來，六隻看著札爾，七隻看著希望。

它們是非常古老的眼睛，很難看出眼裡的情緒。

「太傻了。」馬魔說。「竟然不懂規矩，就擅自展開冒險。」

「但這些規矩都是祕密啊！」希望指出。「除了脫鞋子外，其他都是祕密！」

「脫鞋是禮貌。」馬魔說。「除了禮貌，還表示你們懂得遵守規定。

「那麼，讓我來說說你們這場暗影冒險的規則吧。」馬魔接著說。「你們不必接受我提出的交易，因為你們至少有脫鞋，隨時可以活著離開這座海洞。但是，假如你們接受交易，那就必須遵守規定，付出我說的代價。聽懂了嗎？」

「懂了。」希望說。

「我是罪孽收集者……」馬魔說。「守密者……力量的守護者……我是德魯伊部族的囚徒，當暗影鬥士或暗影女鬥士前來找我，我就會替他們照看危險到不該流入人世的物品。」

難怪洞穴裡財寶的數目如此驚人。

這是馬魔的祕密：他負責守護德魯伊與巫師認為太過危險、需要看守的物品。

「而做為回報……」馬魔說。

「嗯，」札爾說。「做為回報？」

「你們得回答我的謎語。」馬魔說。「如果猜對了，就可以活著離開這裡，重獲自由。」

「那猜錯了呢？」札爾問。

「猜錯的暗影鬥士與暗影女鬥士會留在這座島上服侍我，」馬魔說。「我會把他們變成水妖，讓他們永遠當我的奴隸……」

天啊。

希望與札爾突然有種冷冰冰、黏答答的噁心感覺。

「夠聰明、運氣又夠好的人，就能猜中謎底，」馬魔說。「他們能逃離這座島。只有足夠勇敢的人，才有辦法接受我的交易。」

「那麼，你們帶來給我的，是什麼財寶呢？」馬魔說。「是你們手裡的法杖嗎？這一把看起來很強……」

「我們剛剛就說了，我們沒帶東西來給你。」希望說，聲音因恐懼而顫抖。

「其實，我們想稍微改一改規則……」

馬魔瞇起眼睛，那許多隻黃眼一瞬間閃過橘光。「我最討厭想改規則的人了，」他說。「就跟那些穿著鞋子來這裡的人一樣，太沒禮貌了。」

「我們只想改一點點而已……」希望說。「我們不想帶東西給你，而是想從你這邊拿東西——其實是兩件東西。假如我們輸了，就留下來當你的奴隸，但如果我們贏了，你就必須把我保鑣的命還回來，還有……你還必須把你的四片鱗片交給我們。」希望結結巴巴地說。這麼一想，他們的要求似乎有那麼一點……**厚臉皮**。「你有這麼多鱗片，希望你不會太介意送我們四片。」

馬魔的十三隻眼睛都轉向希望。

「是嗎？」他說。「妳要我把四片鱗片給你們？」他若有所思地重複希望的要求。「妳的提議真的很有趣。我的鱗片非常珍貴……它們有非常非常強大的魔力，擁有它們的巫師會變得法力高強，但你們必須謹慎小心，才能使用如此強大的魔法。」

「我們想用它們做好事。」希望說。「鱗片是消滅巫妖用的法術材料。」

馬魔考慮了很久很久，每一顆黃色眼睛都左看右看，目光一次次掃過希望、札爾與他們的同伴。希望怕得要命，感覺胃都要融化了。

「既然你們想改規則，」馬魔終於開口說。「那為了公平起見，我也要有改規則的機會。你們要求我給你們兩樣東西，那我也要你們為我做到兩件事：你們不但要猜中謎底，還必須幫我完成一項任務。只要做到這兩件事，你們就能帶著這個沒脫鞋的男孩，自由自在地離開這座海洞，否則，就得和其他人一樣留下來當奴隸。」

「你要我們完成什麼任務？」札爾說。

「我喉嚨裡卡了某個東西，已經卡二十年了，它讓我很困擾。」馬魔說著，又用力吞嚥。從他的聲音聽來，喉嚨裡確實卡了什麼東西。「你們必須走進我的嘴巴，幫我把東西弄出來。」

「但如果我們走進你嘴裡，你可能會把我們吞下肚！」札爾說。

「我保證不會把你們吞下去，」馬魔說。「這也是交易的一部分。我希望有人能替我移除這東西，你們正好做得到，而且我覺得你們兩個都機智又幸運，應該能猜到謎語的答案。你們接受我提出的交易嗎？」

「你發誓，如果我們走進你嘴裡，你不會閉上嘴巴、把我們吞下肚？」希望懷疑地問。

「小女孩，妳還真會討價還價。我對槲寄生與萬物的魔法發誓，我不會閉上嘴巴、把你們吞下肚，」馬魔說。「假如我違反諾言，就讓我死於非命吧。這是我們的約定，你們願意的話，就接受吧。但是，若你們不接受交易……那個沒脫鞋的男孩就死定了。」

眼見刺錐命懸一線，他們怎麼能拒絕交易？

一想到要爬進馬魔的嘴、移除某樣東西，還得相信馬魔不吃他們的承諾，希望和札爾就感到很不安。然而，這就是暗影冒險，你以為暗影冒險會很輕鬆簡單嗎？它當然會恐怖、困難又嚇人囉。既然你尋找的法術材料象徵勇氣，那尋找材料的過程，自然會考驗你的勇氣與膽量。

希望與札爾簡短地小聲討論。

「我覺得馬魔希望我們能成功完成交易。他的聲音聽起來好痛苦——我光是喉嚨痛一個星期就受不了了，痛『二十年』那還得了！」希望說。「我們幫馬魔把那個東西弄出來，他會舒服一些，而且他不能違背對槲寄生與萬物魔法起的誓。」

「我們都大老遠來了，」札爾說。「我們需要那些鱗片。馬魔說我們機智又幸運，他說得沒錯……他認為我們有機會回答他的問題。我們必須勇敢……」

「希望、札爾，不可以接受交易！」刺錐在岩架上大叫。「希望妳聽我說，我身為妳的保鑣，不得不勸妳放棄這件事！」

可是札爾與希望沒聽刺錐的勸諫，他們接受了馬魔的交易。

他們立下暗影冒險的誓言。

於是，馬魔說出了謎語。

第十九章　馬魔的謎題

「在猜謎之前，我必須先說個故事給你們聽。」馬魔說。「聽好了……

「說來真巧，」他說。「你們並不是第一個想到要更改規則的人。二十年前，還有『另外一個人』請我改規則，而且更巧的是，那個人要的東西和你們一樣……」

「天啊。」卡利伯哀叫。「我最討厭巧合了，真的、真的很討厭……」

「大約在二十年前，」馬魔接著說。「一個年輕人來這座海洞找我，他帶了許多神奇的魔法物品過來。我本希望他把那些物品留下來，讓我看管它們，沒想到他提出了完全不同的交易：他要我給他四片鱗片，然後讓他猜謎，假設他猜對了，就能活著離開洞穴，不必成為奴隸。但是，如果他猜不到謎語的答案，就必須把心臟交給我。那個青年的心十分悲痛——他悲痛不已，甚至到不在乎自己會不會失去那顆心的地步。之所以如此心痛，是因為他愛著一個不愛他的年輕女孩。

「我心想：哎呀，真是個愚蠢的男孩！即使我把幾片閃亮美麗的鱗片給他，他也沒辦法將鱗片帶走，因為我得到他的心臟之後，就能得到他的『全部』，以及他所有的魔法物品。我的想法是不是很合理？」

「有點可怕，」希望皺著眉頭說。「但還算有道理吧。」

「雖然他提出的規則有點不正規，甚至可以說是違反了規則，我還是想輕鬆獲勝，所以我接受了男孩提出的交易。

「男孩認為自己運氣好，也知道自己很聰明機智，但我更聰明，我提出特別困難的謎語，故意要他答不出來……

「目前為止，計畫進行得很順利。

「男孩輸了，必須把心臟──也就是他的全部──交給我。他應該要連著體內的心臟，一起走進我嘴裡，沒想到那個男孩──」想起過去發生的種種，馬魔咬牙切齒。「──那個男孩非常狡猾，太狡猾了……

「他把自己的心變成了石頭！」馬魔氣憤地說。

「他將石頭丟進我嘴裡，它就這麼卡在我的喉嚨……然後，他帶著我仍未冷卻的鱗片，跑出這座海洞，本該歸我的『第二次機會魔法杯』被他帶著逃了出去，他逃得好快啊！那個可惡的小偷男孩！那個狡猾的小子！唉……」馬魔呻吟著說。「那顆原本是心臟的石頭卡在我喉嚨，從那之後，每天都讓我痛得要命……（這想必是他不時發出奇怪吞嚥聲的緣由）

「還好，他在逃出去的路上，手指好像被水妖咬了一口。」馬魔說。「被水妖咬到非常痛，所以他忘不了我們，但要是那個狡猾的男孩落入我手裡，我會立刻把他身體剩下的部分一口吞下肚！

「我每天派水妖送出裝著詛咒的瓶子，一直等待我得知騙了我的男孩的名字那一天，到時就能在紙上寫下他的名字，詛咒他……總有一天，詛咒會落在他身上，」馬魔說。「到時候，他要後悔也來不及了。」

「所以，我的謎題是……」馬魔瞇起眼睛說。

「那個騙了我的可惡男孩，叫什麼名字？

「這就是我提出的問題。把答案告訴我，只要答案正確無誤，名字就會在魔法的作用下，自動出現在這座湖裡每一個詛咒瓶裡。如此一來，你們就知道自己完成了交易的第一部分。」馬魔說。

「你要我們！」希望氣呼呼地說。「你明明就說這是我們可能答得出來的問題！都二十年前的事了，我們哪知道那個人是誰！」

他們怎麼可能猜到那個不知名的男孩叫什麼名字？

誰知道他叫什麼名字呢？世界上的名字，就和野林裡的樹木一樣多、和湖裡的詛咒瓶一樣多。

孩子們開始討論，隨機提出一個個名字：叮噹、鎖鏈傑克、托爾瑪雷、倫柏某某，他們想得到的名字都列了出來。

「你們想想。」馬魔說。他碩大的頭顱與閃閃發光的黃眼睛越來越近，漸漸靠向站在海灘上的孩子。「用全力去想……」

「等一下，他是我們認識的人。」札爾想起另一則故事，緩緩地說。「所以，這根本不是巧合！」

手指上的咬傷……**他父親**不是很久以前被希剋銳絲拋棄之後，展開了暗影冒險嗎？**他父親**不是有根手指上有個憂鬱的痕跡，看上去像是暗紫色的瘀痕？那莫非是水妖的咬痕？

「我知道是誰了！」札爾大喊。

「喔，我也知道了。」卡利伯呻吟著說。「札爾，不要說，不要說！」

但是，太遲了。

「男孩名叫托爾，」札爾興奮地說。「不過現在，他名叫……**恩卡佐！**」

恩卡佐！恩卡佐！恩卡佐！回音在洞穴裡此起彼落。**恩卡佐！恩卡佐！恩**

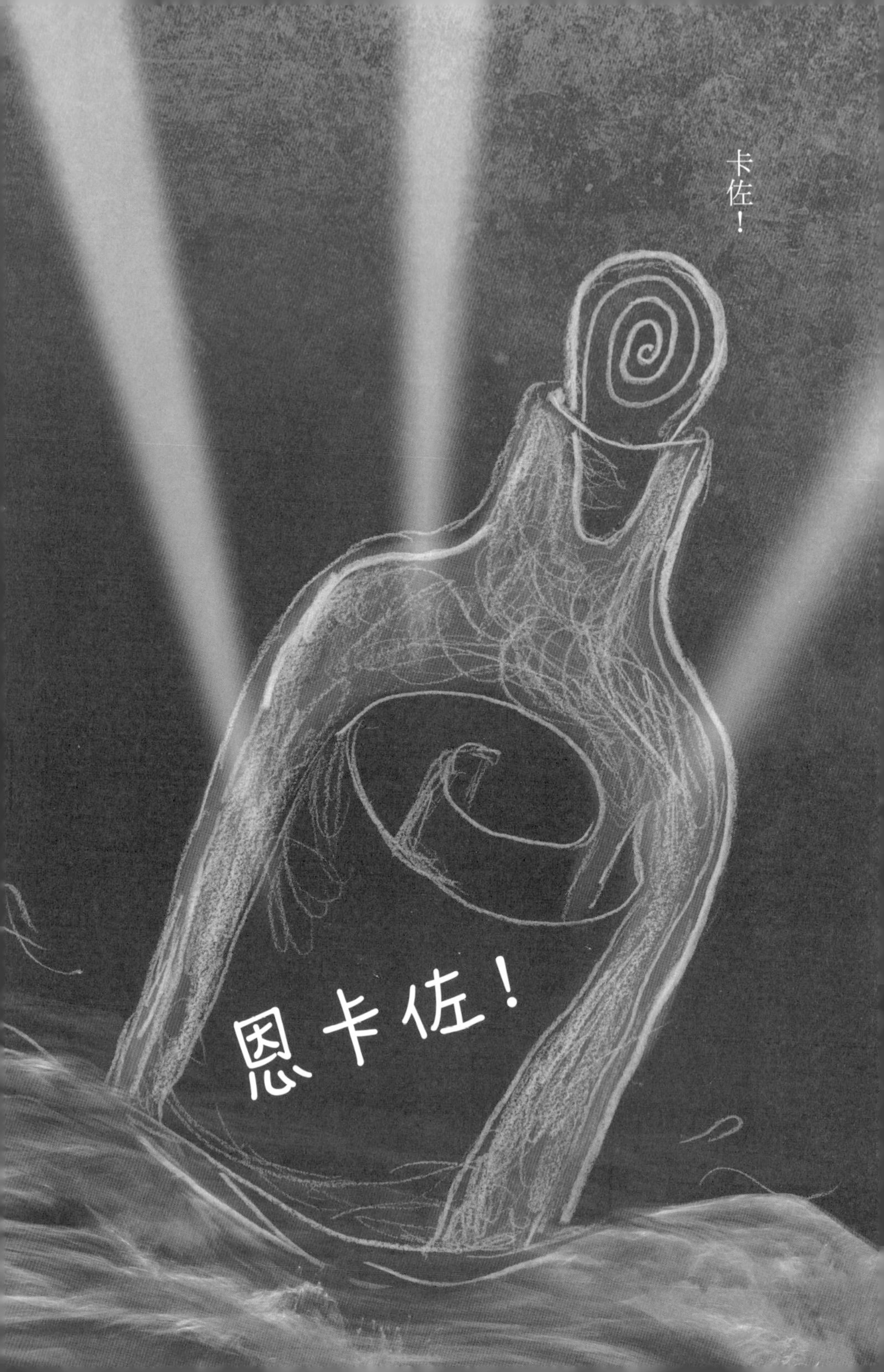
卡佐！
恩卡佐！

第二十章　你以為測試勇氣的冒險，會很輕鬆簡單嗎？

「天啊天啊天啊天啊。」卡利伯說。

札爾說出名字的瞬間，馬魔心滿意足地嘆息一聲。

閃！閃！閃！

魔法閃過亮光，每一個漂在湖面的詛咒瓶都亮了起來，每一個瓶內都亮起一個名字：

恩卡佐！

名字發出充滿仇恨的明亮橘光。

「你說對了！」馬魔悄聲說，眼睛閃爍著對名為托爾的男孩的恨意。「我從心底感覺到，你說對了。那個可惡的財寶獵人，那個偷了法杖、狡猾無比的小偷男孩，就叫托爾……他是用我的財寶、我的法杖、我的杯子、我的鱗片、我的蛇石——他是用了我的財寶，才成為全野林最強大的巫師。原來那個名叫托爾的男孩，成了高貴的恩卡佐、偉大的恩卡佐、聰明機智的恩卡佐……即使在這座陰暗、可怕的牢獄裡，我也聽過那個名字，我早該猜到是他。」

馬魔一次次用無比嫌惡的語氣吐出「恩卡佐」三個字，彷彿這個名字是燒焦、苦澀的芥末籽，外加綠色臭雞蛋裡頭膿液般的黏液。

「那之後，我一直在詛咒他。」馬魔怒罵。「每晚，我都命令水妖在我這間地牢裡生一堆篝火，反方向繞篝火進行儀式，詛咒那個偷了我財寶的男孩，還有他所有的後代。」

「天啊……」卡利伯說。「天啊天啊天啊……」

看樣子，他們絕對不能讓馬魔知道，恩卡佐的其中一個後代就站在他面前。

還是說，他早就知道了……

「我就想說，你們應該知道答案。」馬魔說，十三顆黃眼睛現在全都燃燒著憤怒橘光。「因為，還有另外一個驚人的巧合：男孩，你那把法杖，就是恩卡佐二十年前騙了我時，手裡拿的法杖。男孩，你是從哪裡弄到那把法杖的？」

「是我偷來的。」札爾說。他一一直視馬魔的每一顆眼睛。「我們正確回答了你的問題，快把鱗片交出來！」

「我被騙過一次，不會再犯同樣的錯了。」馬魔說。「你先爬進我的喉嚨，移除卡在那裡的石頭，把那顆又燙又癢、折磨了我二十年的石頭拿出來，交給我，我再把四片鱗片交給你。到時候，你和同伴可以帶著心臟、帶著保鑣，活著離開這裡，重獲自由。」

他們突然覺得，和馬魔這場交易的第二部分非常、非常愚蠢。

「可是，你可能會閉上嘴巴，把我們吞下肚。」希望的聲音非常、非常小。

「我已經發誓不會這麼做了。」馬魔說。「我已經對魔法與槲寄生起誓，如果違背誓言，就會送命。你們如果是誠實守信的君子，就完成你們的義務，幫我移除石頭。」

怪獸低下頭，大家這才清楚看見他的長相。

啊，近距離一看，馬魔長得真是可怕。

他長滿藤壺的古老下巴，長了好幾條粗大的深色觸手，每一條都沾了黏滑的祕密，抹了重重詛咒，塗了仇恨、小怨恨與討厭的小念想，以及你想丟棄的各種東西，惡意全都像膠水一樣黏在觸手的毛髮上。

怪獸將下巴擱在大家面前的地上，張開山洞般的血盆大口。

那張大嘴裡，飄著各種氣味：落空的希望、深深的絕望、壞力量與強大力量、德魯伊想處理掉的祕密、狂野到人類心臟承受不住的魔法物品、苦澀到令人嘴唇變綠的謊言。眾人眼前是一顆顆巨大匕首般的綠色牙齒，更陰森恐怖的是，他喉嚨底部還有「另一張」嘴，更深處還有「另一張」緊閉的嘴，被吞下去的東西再也別想出來了。

「我們得守承諾。」希望顫抖著說。儘管怪獸可怕的口臭令她頭昏腦脹，她還是努力集中精神，往漆黑的喉嚨深處望去。「馬魔也得守承諾。我們不是說過嗎？這是勇氣的考驗。」

他們確實這麼說過，但在這之前，他們完全沒想到自己必須勇敢到這種地步，才能完成任務。

小妖精與卡利伯自告奮勇，打算先飛進去看看石頭卡在哪裡。這是十分勇敢的提議——之所以勇敢，不只因為飛進怪獸嘴裡很危險，還因為小妖精的嗅覺很靈敏，人類聞到馬魔的口臭就覺得很臭了，小妖精聞了更是受不了。他們手裡握著魔杖，嗡嗡嗡飛進大怪獸的嘴巴，每隻小妖精都焦慮得毛髮直豎，噁心得全身顫抖。他們去了很久，久到希望和札爾感到緊張不安。

小妖精們終於出來時，他們都噁心到臉色發綠，嗡嗡咻還直接吐了出來。

「裡面好『噁心』喔！」她說。

「但我們找到石頭了。」亞列爾說。「是一顆灰色的小石頭，卡得非常緊，我們都推不動……」

「喉嚨裡面看起來很痛，很痛很痛。」嗡嗡咻說。

在資優巫師學院，波蒂塔教過他們怎麼變身成鳥類、魚類等動物，但現在變身也沒有用，因為進到怪獸喉嚨後，他們還是得用手移除石頭。

「我就說吧，教育一點也不重要。」札爾氣呼呼地說。「波蒂塔說我們學那些東西都有用，還說我們和馬魔對戰的時候，那些知識可能會派上用場，結果根本沒有用嘛。」

他們迅速回顧自己這六個月在撲克丘學到的知識與技能：

變身、心靈感應、和動物溝通、幻術、醫藥、占星、醫術。

這些技能現在好像真的派不上用場。

「可是札爾，這不代表我們學到的東西在所有情況下都沒用啊。」希望說。

「執行其他任務的時候，和動物溝通的技能可能會是關鍵。」

「但現在不是。」札爾嘀咕。

面對一些問題，就連「魔法」也幫不上忙，你只能用最土法煉鋼的方式解決問題。

「你們只能用一條繩子把我吊進去，我想辦法把石頭弄出來。」札爾說。

「我應該花三個月練習爬繩子的，那還比較有用。」

粉碎者腰間綁著一條長繩，他將繩索一端綁在鐘乳石上，另一端綁在札爾身上；他撐著馬魔其中一顆巨大的綠牙，很慢、很慢地把札爾垂吊進馬魔的喉嚨。小妖精跟著嗡嗡飛下去，用發光的身軀替札爾照明，還提供一些建議。

「停！」看見半卡在怪獸喉頭的石塊時，札爾大喊。石頭比他想像中小很多，恩卡佐想必是將自己破碎的心縮小了，變成小石子的大小。粉碎者穩住繩索，札爾噁心地全身一抖，然後伸手試圖拔出石頭。

親愛的讀者，我真心希望你永遠不會遇到相同的情況：被垂吊進馬魔的喉

嚨，想辦法移除一顆卡了二十年的石頭，同時被怪獸喉嚨內壁滴下來的噁心黏液淋一身。

雖然遇到相同狀況的機率很低，你應該還是有非得完成艱困任務的時候，例如想辦法把瓶蓋打開，或是修理某個卡住的東西，或是轉動死都不動的把手之類的。所以，你應該多少能理解札爾的心情，可以想像他在如此難受、如此恐怖（且無比噁心）的情況下，要完成任務有多麼困難。小妖精不停提出建議，例如：

「你把它往這邊搖一搖看看？」

「那你拉拉看……」

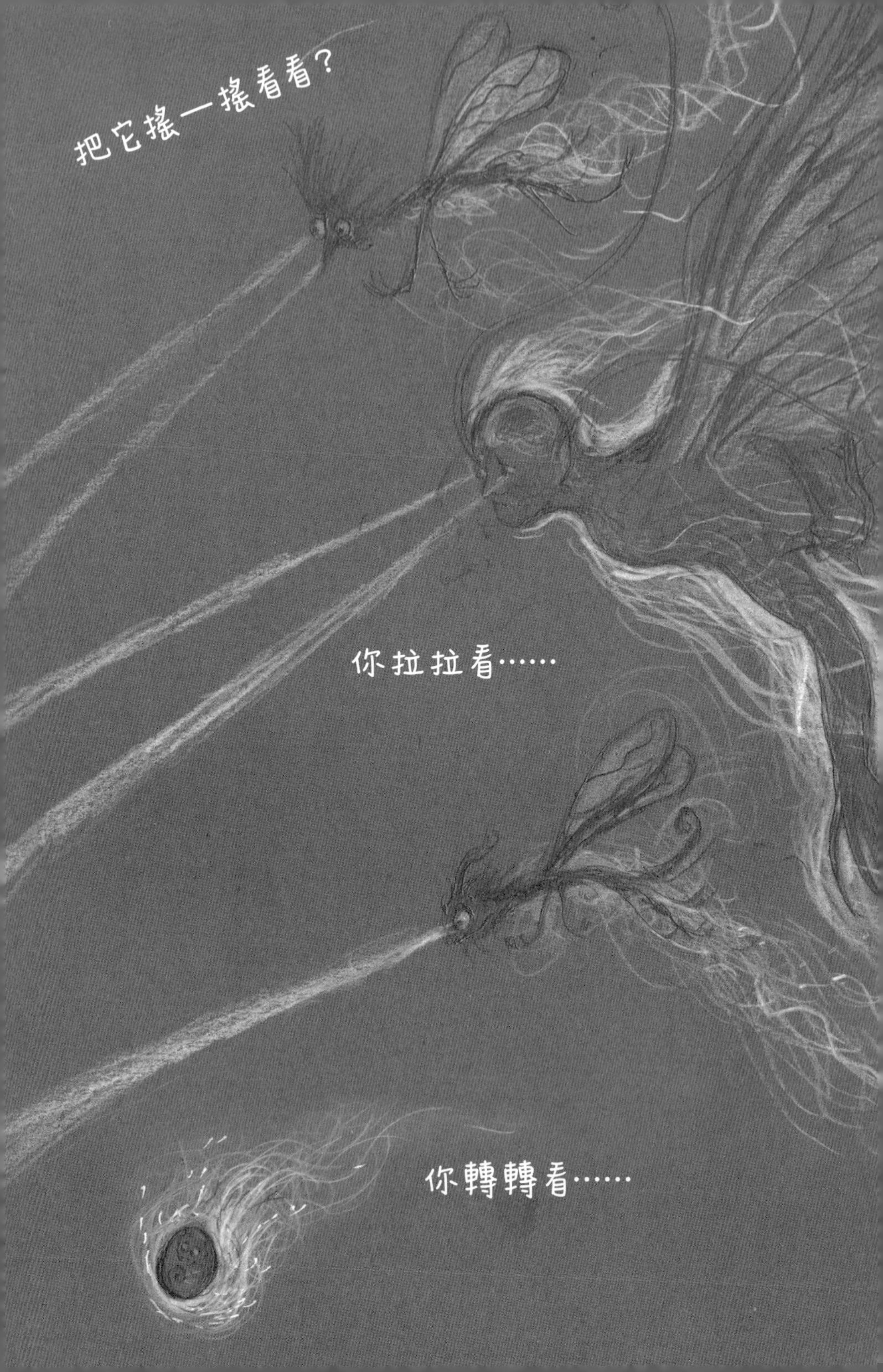
把它搖一搖看看？
你拉拉看……
你轉轉看……

「那你轉轉看……」

「你有沒有把它搖一搖看看？」

但不管札爾嘗試什麼方法，石頭就是動也不動。

「好喔，希望！」札爾朝上方大喊。「我需要妳來幫忙！就算我成功把這個討厭的東西拔出來，它也可能會掉下去，我們需要兩雙手合力把它弄出來！」

於是，希望用另一條繩索綁住自己，由粉碎者幫忙把她垂吊下去幫助札爾。

兩個人一起又搖又扭，兩雙手努

力把石頭弄出它卡了二十年的位置，離開馬魔被磨得又熱又痛的地方。

「成功了！」希望放心地高呼。「粉碎者，把我們拉上去！」

粉碎者平衡在馬魔嘴邊，聽到這句話，他使出長步高行巨人全身的力氣，把兩個人同時往上拉。

札爾、希望與粉碎者努力把石頭從馬魔喉嚨弄出來的時候，刺錐坐在洞穴高處的岩架上，觀察下方的馬魔。

刺錐看到的景象，令他心跳加速。

很慢，

很慢，

很慢地，

粉碎者、希望、札爾、小妖精與卡利伯專心把石頭從馬魔喉嚨取出來

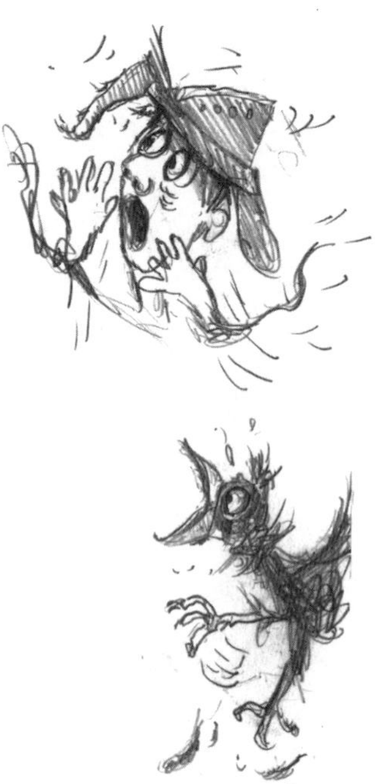

刺錐，快想辦法啊！

時……馬魔的上顎輕輕、緩緩地下降。

很慢，

很慢，

很慢地，

馬魔正在閉上嘴巴。

刺錐張開自己的嘴，想出聲警告同伴，卻嚇得什麼聲音也發不出。

他能怎麼辦？

等一下……馬魔說過，在海洞裡「巫師」的魔法沒有效。魔法劍此時卡在劍鞘裡，怎麼也拔不出來，那刺錐的DIY法杖呢？那不是巫師的魔法，而是法杖本身的魔力。

也許在這裡，他還能用法杖……

他用DIY法杖對著自己額頭。

嘎吱！法杖緊緊黏住他右邊太陽穴。

好棒棒。

這下，法杖黏在他頭上了。

真是的，故事中的英雄怎麼都不會遇到這種蠢事？

刺錐過幾秒才想到讓法杖不再黏住的咒語，木杖離開他額頭時，還發出抗議般的「嘎吱！」一聲。

好喔，現在他有一把至少能用的武器了，問題是，在目前危急的情況下，他不曉得該怎麼用黏東西的法術幫助同伴。他鼓起全身、全心的勇氣。希望和札爾掛在怪獸喉嚨裡，他們是刺錐的朋友，所以儘管刺錐被馬魔嚇得六神無主，他還是

很慢，

很慢，

很慢地，

從藏身處往下爬。

那像是邪惡版的「紅綠燈」遊戲，只不過這裡沒有紅燈，也沒有綠燈。

馬魔的一隻眼睛朝他看來，刺錐全身一僵，但還是繼續很慢、很慢地挪動，因為他有種很糟糕的預感，感覺馬魔接下來會做不妙的事。

刺錐猜對了。

希望大喊「我們成功了！」、粉碎者開始把希望和札爾往上拉的瞬間，馬魔的眼睛閃過熊熊橘光，他很快、很快地閉上嘴巴。

轟隆隆隆砰！

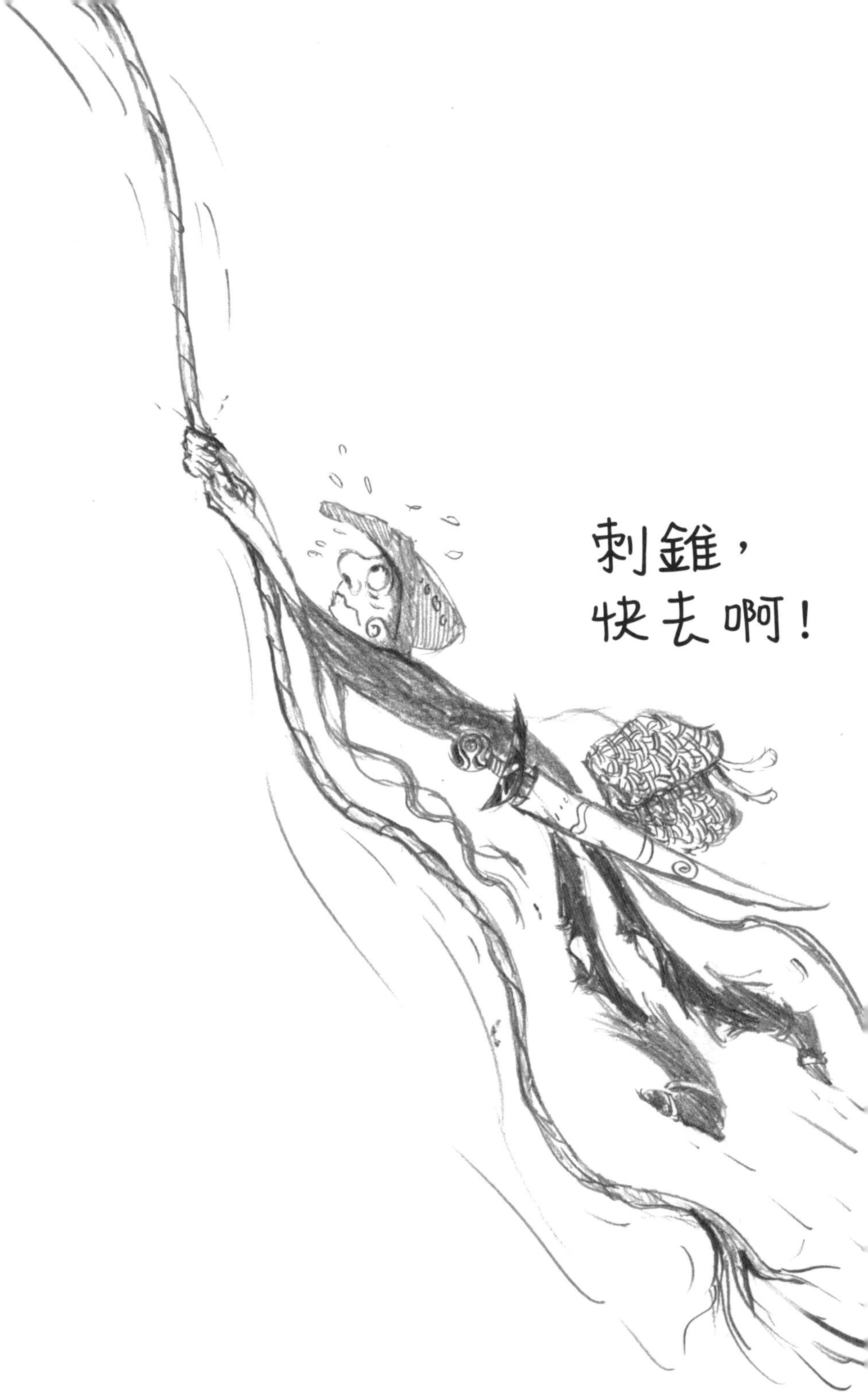
刺錐，
快去啊！

馬魔的血盆大口重重閉緊，希望、札爾、小妖精、卡利伯與粉碎者都還在裡面。

粉碎者的繩索仍綁在湖邊岩石上，馬魔開始扭頭，試圖鬆開繩索。繩索沒有鬆開，因為長步高行巨人的繩索都十分強韌。

刺錐全速奔向鐘乳石與繩索。

他沒有作戰計畫。

就只是奔向鐘乳石與繩索。

馬魔閃閃發光的橘眼睛看向他。

你髒兮兮的鞋子，踩到我的沙灘了！若不是滿嘴東西，馬魔一定會這樣說。

馬魔再次扭頭，這一次——

啪！

刺錐勉強在繩索從岩石上扯下來前抓住它，他抓住繩索末端，被拖著高掛在空中。

第二十一章　家長會不會來遲了？

與此同時，恩卡佐與希剋銳絲來到馬魔島對面的海灘，乘船追了上去，小船航行在滿是詛咒瓶的海上，現在每一個瓶子裡都有名字。恩卡佐伸手撿起一個詛咒瓶，抹掉瓶身上的海水，在明媚陽光下看見紙上用小妖精文字寫的名字：「恩卡佐」。

希剋銳絲望向海上一大片載浮載沉的玻璃瓶，以及困在瓶子中心、被陽光照到時閃亮奪目的文字：「恩卡佐」。這裡一個「恩」，那裡一個「佐」，全是他的名字。「這裡有個非常討厭你的人呢。」希剋銳絲說。

看見瓶子裡的名字，恩卡佐臉色刷白。

「你做了什麼事，怎麼會有人這樣恨你？」希剋銳絲問。

「我來這裡拋棄過心臟。」恩卡佐幽怨地說。「我留那顆心有什麼用？妳背叛了我，我當時陷入絕望，這就是我身為暗影鬥士，前來執行的任務……」

此時，希剋銳絲親眼見證自己所作所為對另一顆心、另一個靈魂造成的影響，這真是痛苦的一刻。隱約知道一件事情，和跟著別人走過的路前進，是完全不同的兩回事。希剋銳絲漂亮的雙腳，踩著她愛過的年輕巫師的腳印前進——疲倦而漫長的二十年前，她粉碎了名為托爾的男孩的心，現在她每走一步就能感受到過去那個男孩的迷惘與絕望，感覺難受極了。

「但你和我一樣，都撐過來了。」希剋銳絲這麼說，讓自己感覺稍微好些。

「很少有人能完成暗影任務並活著歸來，生還者都會變得比過去還要強大。」

「我是在沒有心的情況下撐過來的。」恩卡佐說。「而在替自己竊取第二次機會的過程中，我狠狠騙了馬魔。」

「喔……」希剋銳絲說。原來海裡到處是詛咒瓶，是因為馬魔想對恩卡佐復仇。

「既然馬魔得知了我的名字，希望和札爾麻煩大了。」恩卡佐嚴肅地說。

「希剋銳絲，我們必須加緊腳步。妳想隨我來的話，就得變身——別裝傻……當初教妳怎麼變身的人，不就是我嗎？妳還記得吧？」

希剋銳絲確實記得。

「我只為了達成目的使用魔法。」希剋銳絲女王說。

「喔……」恩卡佐譏諷道。「所以妳從不享受魔法？」

希剋銳絲臉紅了。

「妳還在等什麼好目的？」恩卡佐說。「我們必須變身成燕子，燕子飛得最快——」

「怎麼是『燕子』……」希剋銳絲說。對她來說，燕子象徵一段令她不自在的回憶。「你到底對『燕子』有什麼執念？怎麼不變成老鷹？遊隼？雀鷹？牠們都飛得很快，狩獵的時候還飛得更快呢……而且，恩卡佐，老鷹是象徵王族的鳥類——別忘了我們的家世，我們至少得變身成猛禽，才不失尊嚴。」

「喂，真是的。」恩卡佐不耐煩地說。「希剋銳絲，我就算在篝火裡找到一片完好的雪花，也不可能再愛上妳這匹母狼了！我沒有心，還談什麼戀愛？我要變身成燕子，因為燕子是飛得最快、最敏捷的鳥類，妳愛變成什麼就自己變！**變身！**」

恩卡佐高舉握著法杖的手，喊出最後兩個字，希剋銳絲嘆息著同樣握住那根法杖。希剋銳絲非常好勝，既然燕子是飛得最敏捷的鳥類，那她當然也要變成燕子。無論老鷹的羽翼有多麼尊貴，她也不想被恩卡佐遠遠甩在後頭。

巨大的化學爆炸聲過後，希剋銳絲與恩卡佐所在的地方只剩兩隻棕色小燕子，他們拍著翅膀飛在空中。

希剋銳絲都忘了鳥類生活的美好，沉甸甸的黃金、厚重的皮裘、沉重的肉體，全都變得如紙張輕薄，然後消失無蹤。她感覺到自己鉛塊般沉重的心跟著變輕，空氣迅速湧入她的骨頭，讓她忍不住在沉重雙臂化為輕盈翅膀的瞬間，直接飛衝上天。

恩卡佐飛在她面前，明亮、純粹地鳴叫。

他們應該變成老鷹的，若是擁有老鷹的翅膀，希剋銳絲也許會記得自己在狩獵，若是擁有老鷹的眼睛，她也許只會專注盯著自己的獵物。

但燕子能一次在空中飛行六到十個月，他們一輩子在空中飛行的時間之長，都能在地球與月球之間來回飛七趟了。

當你的翅膀像風的一部分，敏感地因應微風而飛行，當上方天空在呼喚你，要你永遠在空中飛翔、永不落地，你很難不因飛行的喜悅分心。

每次拍動那雙亮麗、彎曲的翅膀，希剋銳絲就彷彿回到過去，回到初次向名為托爾的巫師青年學變身的時光。那時，她還是無憂無慮的小公主，和燕子一樣狂野、迅捷、自由。

鬼火群幽遠的歌聲從後方傳來：

愛是弱點……
愛是仁善……
愛是幼稚……
愛是輕率……

沒有牽掛、沒有愛情、心神
俱疲、靈魂粉碎？
這邊請……
沒有三思……沒有謹慎……
沒有希望？
這邊請……
不會再有第二次機會
不會再有愚蠢的舞會

愛是一種弱點……這邊請……

「愛」是一種弱點……所以

這邊請……

兩位變成燕子的家長，能及時趕去拯救他們落入險境的孩子嗎？

俗話說得沒錯，燕子一飛就上塔。

但不幸的是，即使是燕子的翅膀也不夠快，他們無法及時趕到。即使是魔法，也必須遵守邏輯與物理法則，即使我是這則故事的旁白，也無法用我的魔法讓他們及時趕到。

孩子們孤立無援，只能獨力面對危機。

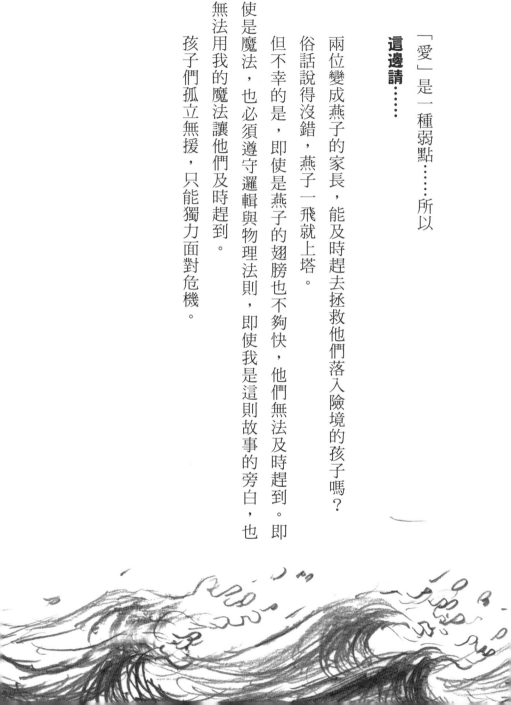

第二十二章　馬魔口中

馬魔口中一片混亂。

馬魔嘴裡黑得伸手不見五指，恐怖的呼嘯聲響起，聽起來像狂吼、翻騰、怒號的潮水。

「**馬魔想吞了我們！大家抓緊了！**」希望大喊。她和札爾全力抓住粉碎者的繩索，在喉嚨裡前後左右擺盪，還不由自主地在空中翻筋斗、後空翻，後來連上下左右都分不清楚了。小妖精們也被震得撞來撞去，混亂得不再發光。

他們下方，馬魔喉嚨深處的「第二張嘴」打開了，希望等人如果掉進去，就再也別想出來了。

長步高行巨人粉碎者使勁撐住，一條粗大的手臂抓住綁著希望與札爾的繩索，另一隻手抓著馬魔嘴巴內側。馬魔左右擺頭，喉頭巨大的肌肉一次次試著把大家吞下肚，粉碎者只能雙手奮力撐著，堅持不鬆手。

我……快……抓……不……住……了……繩索劇烈震顫、搖晃時，札爾心想。

就在希望雙手乏力，就快被完全甩掉時……

……馬魔不再甩頭了。

札爾、希望與粉碎者像裝在桶子裡的石頭一樣，被馬魔用力甩來甩去，而在馬魔嘴巴外面，刺錐也抓著粉碎者的繩索另一端，同樣被劇烈地甩來甩去。他低頭一看，恐慌短暫地襲上心頭：**喔對，我掛在距離地面一百英尺的地方，就掛在馬魔的嘴巴下面，我朋友都在馬魔嘴巴「裡面」，我的任務是拯救他們……**

繩索不再甩動，開始輕輕左右搖擺，其實還滿有催眠效果的……喔不！又

來了！

「刺錐，別睡著啊！」卡利伯焦急地拍著翅膀繞圈飛行，身為鳥類的他，實在幫不上忙。「你絕對不可以睡著！」

卡利伯說得對。

要是每次遭遇危險就睡著，刺錐永遠當不成英雄。

他必須保持清醒。

所以，即使熟悉的睡意逐漸在體內擴散，這一次他用盡「靈魂與心中所有的力量」抗拒睡意。

醒醒！刺錐感覺到眼皮下沉，嚴厲地告訴自己。**快醒醒！這是我當「英雄」的機會！**

快想辦法！

繩索之所以不再甩動，是因為馬魔一時間看不見刺錐。

怪獸剛才看見沒脫鞋的男孩從湖邊沙灘跑來，可是男孩竟然消失了，真是奇怪。難道剛才的女孩說謊，他其實不是戰士，而是巫師？他會不會是用了某種魔法物品，讓自己隱形？也許那個男孩看上去弱不禁風，實際上卻比馬魔想的更強大、更可怕。

馬魔的十三顆眼睛到處轉動，尋找男孩的蹤跡，卻一無所獲。

馬魔討厭離開湖泊，他體型太大了，出水會很辛苦。然而，現在是緊急狀態，他還是拖著巨大身軀的上半部分爬上海灘，仔細觀察洞穴高處的岩縫。沒看到那個男孩啊，他到底去哪了？

與此同時，刺錐想到對付馬魔的計畫了。

醒醒！這是我當「英雄」的機會！

他像盪鞦韆般抓著繩索前、後、前、後搖擺，直到撞上岩洞內壁。他抓著繩子掛在那裡片刻，然後用力往岩壁一蹬，讓自己和繩索一路盪到馬魔下巴的另一邊，經過怪獸另一側的耳朵，最後落在馬魔吻鼻上。

馬魔這時才想到，有一截繩索掛在自己嘴巴外面。他試著往下看，但他的十三隻眼都長在頭頂，看不見自己下巴下方的東西，因而沒看見此時站在他鼻子上的刺錐。

刺錐手裡的法杖只有一個功能，那就是讓東西黏在一起。

你也許會認為這種法術的用處有限，它也確實不怎麼引人注目、不怎麼華麗，沒有心靈控制、隱形法術、變身或變形法術那麼酷炫。

但有時候，重點不是法術本身。

而是你使用它們的方法，以及使用者的巧思。

此時，刺錐十分機智地使用法術，法杖輕碰馬魔的一邊鼻孔，然後……**嘎**

吱吱吱吱吱！

鼻孔閉了起來，鼻孔的一邊和另一邊黏在一起。

馬魔試著嗤氣撐開鼻孔，結果**嘎吱吱吱吱吱！**刺錐又用法術碰另一邊鼻孔，現在兩邊鼻孔都閉起來了。

刺錐抓著繩索，直接從馬魔鼻頭往下跳，堪比札爾輕率、大膽的行為。

他拉著繩子盪到馬魔另一側，落下時，繩索剛好完整繞馬魔的頭一圈。刺錐盪回繩圈最底端，用法杖碰一碰繩子，繩索立刻被黏緊。

馬魔想用鼻孔呼吸，鼻孔卻怎麼也張不開。

他試著張開剛才一直緊閉的嘴巴。

可是他的嘴也張不開。

馬魔這種怪獸有點像鱷魚，他抓捕獵物的肌肉力氣很大，能夠以驚人的力道緊閉嘴巴，但張開嘴巴的肌肉就弱很多，弱到甚至無法綳斷長步高行巨人的繩索。

接下來，馬魔洞裡一片混亂。

馬魔的十三隻眼睛氣得燃起亮光，一顆顆凸了出來。

他在地底湖裡掙扎，刺錐則死命拉著瘋狂甩動的繩索。

馬魔龐大的身軀在叮咚作響的詛咒瓶之間扭動，觸手射出一道道閃電……

但無論他多麼奮力掙扎，馬魔就是無法吸氣。

他知道自己輸了。

巨獸掙扎的力氣越來越弱。

既然知道被打敗了，馬魔輸得很有尊嚴，他靜靜在沙灘上趴下，十三隻眼睛全部閉上，安分地等死。

畢竟是他自己違背

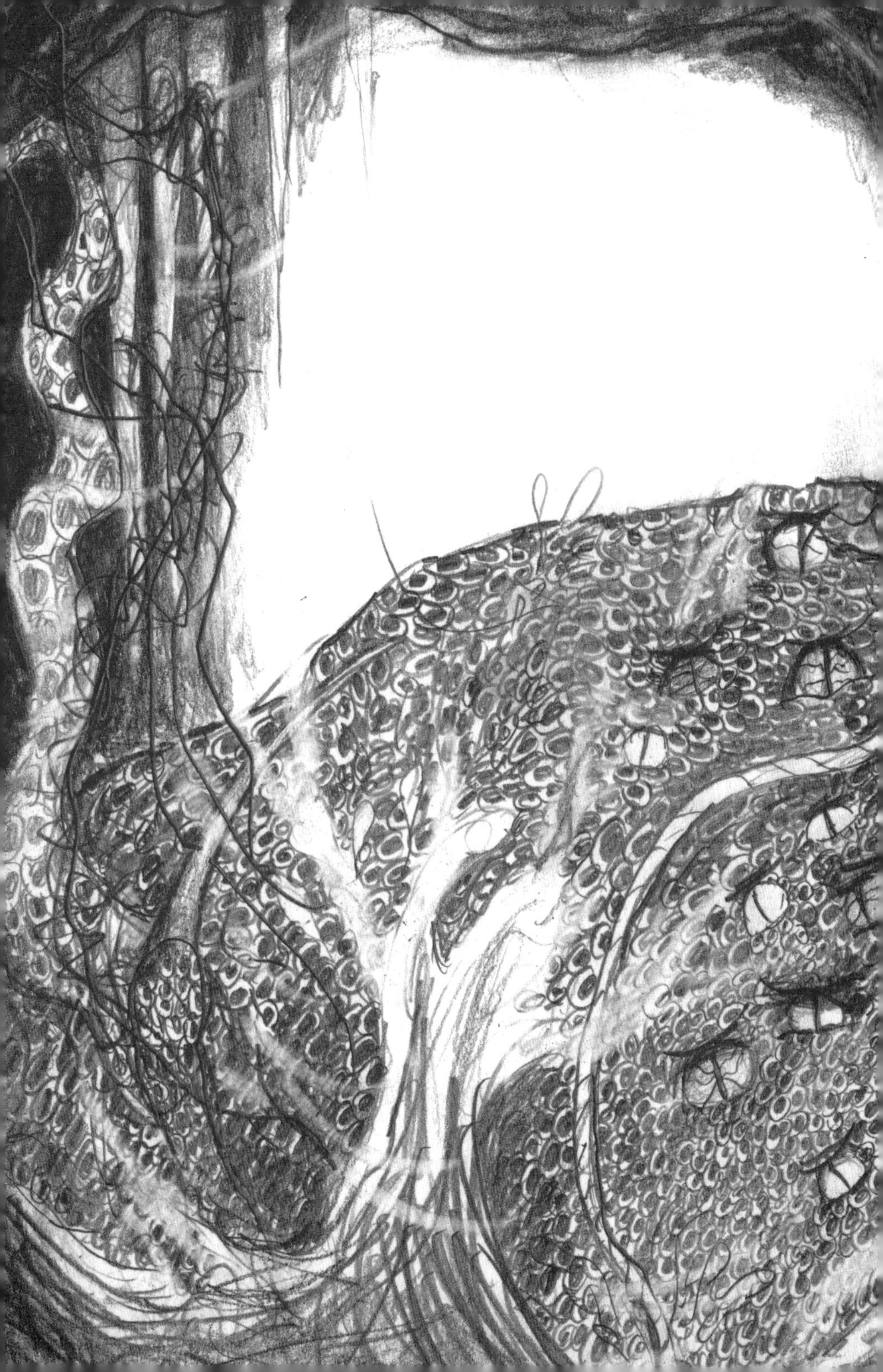

誓言，在札爾與希望取石頭時閉上嘴巴，現在他對槲寄生與魔法立下的毒誓生效了，死了也是罪有應得。對槲寄生與魔法許下的誓言再鄭重不過，違背誓言的人自己都心裡有數，馬魔在閉嘴的瞬間，想必也知道自己在挑戰命運。

馬魔趴下後，刺錐放開繩索、落在沙灘上，鬆開綁在怪獸下巴下面的繩索。馬魔上下顎放鬆，自動張了開來。

怪獸喉嚨裡，希望與札爾的世界不再晃動。粉碎者把他們往上拉，他們溜出馬魔大張的嘴巴，札爾手裡仍緊抓著石頭。

「刺錐，你太厲害了！」卡利伯欽佩地說。「你是英雄！札爾、希望，你們真該看看他剛才的英姿！」

刺錐，你是「英雄」！

「你救了我們！我就知道時機到來的時候，你一定能成為英雄！」希望說。「我就說吧！」

札爾握住刺錐的手。「嗯，希望從一開始就說了，刺錐你真的是英雄。」札爾對刺錐鞠躬，拍了拍他的背。「來，你拿這顆石頭去完成交易吧。要不是有你，我們絕對不可能成功。」

刺錐自豪到幾乎要爆炸了。

希望以他——刺錐——為傲！

札爾對他——刺錐——鞠躬！

他克服了恐懼，沒有昏倒或睡著，還表現得像個英雄；最重要的是，他不再是獨自展開冒險的笨蛋。之

前背叛眾人、嫉妒札爾的事情全都被拋到九霄雲外，也得到了諒解，這場冒險最後能成功，都是多虧了「他」。

對刺錐而言，這是令人感動的一刻。

他昂首闊步地走向倒地的對手。

他對馬魔鞠躬，即使對手戰敗，你還是該禮貌又大方地對待他。

刺錐舉起石頭。「馬魔，我來到你的島嶼時忘了脫鞋，冒犯到你了，真是對不起。我們回答了你的問題，也完成了你指定的任務，這就是過去二十年害你喉嚨不舒服的石頭。現在，你必須實現諾言，給我們四片鱗片。」

馬魔疲憊地緩緩睜開十三隻眼睛。

「你們已經得到鱗片了。」馬魔說。

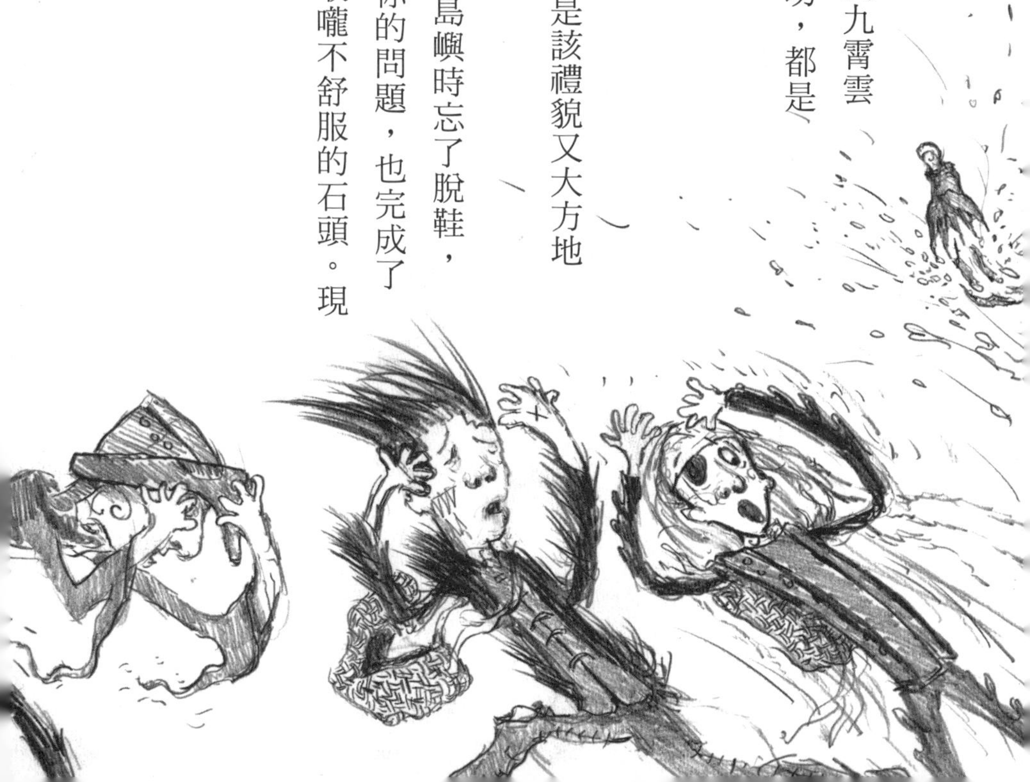

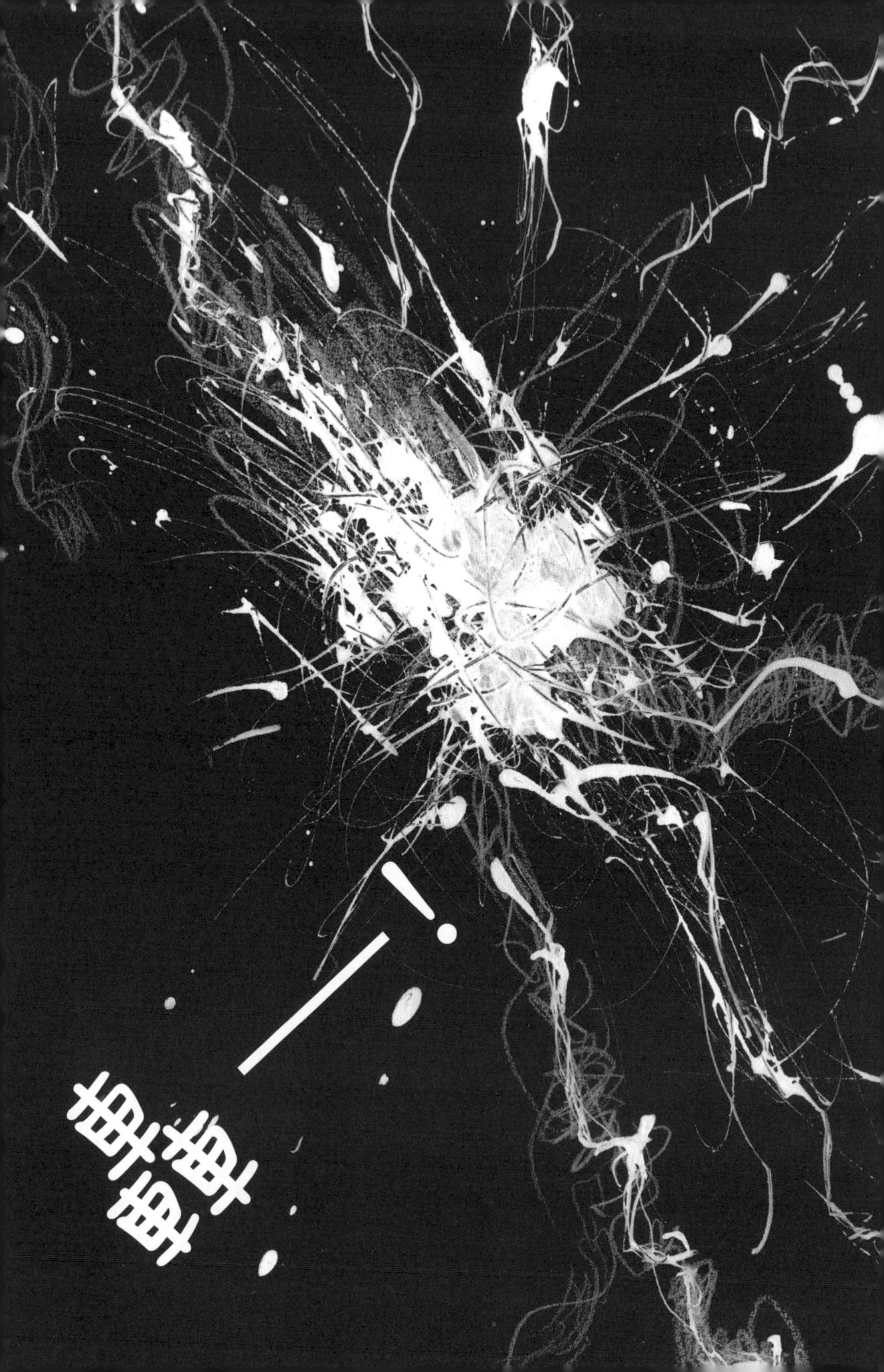
轟——!

「我們已經得到鱗片了？那是什麼意思？」札爾一頭霧水地問。「我們哪有什麼鱗片！你別想再要我們一次！」

札爾伸出手，打算從馬魔身上拔下四片閃亮的鱗片——

但這時，裝著「恩卡佐」名字的詛咒瓶全都同時爆炸，炸成碎片，大家連忙低頭閃躲，免得被玻璃碎片刺傷。

鱗片從馬魔身上炸飛，孩子們試圖接住雨滴般落下的鱗片，但鱗片從他們指間溜走，一瞬間爆發明亮銀光。光芒淡去時，鱗片都在海灘上融化了。

但不知為何，沒了鱗片以後，馬魔似乎變得……「快樂」一些了。

他感覺年輕許多，像星星一樣在海洞中閃耀，像珊瑚一樣散發白光。那簡直像是法術解除了，巨獸從類似催眠的狀態醒過來。

前一秒，他仍氣若游絲，有如風中殘燭。現在，他彷彿重獲新生。

「謝謝你們破除謎語與馬魔的詛咒。」不再有鱗片的生物說。他依然虛弱，但在眾人注視下，他已經漸漸恢復力氣。

馬魔巨大的尾巴一掃，推倒地上的財寶堆，他好像不再在意那些財寶了。魔法靴、有翅膀的帽子、會唱歌的劍，全都被撞飛到洞穴各個角落。札爾、希望與刺錐趕緊撲倒在地，閃過月光製成的箭矢、不停產生食物的豐饒角、自動彈奏出紊亂樂聲的豎琴，各種魔法物品在洞穴裡飛來飛去，瘋狂繞圈。

「天啊……」卡利伯哀聲說。「天啊天啊天啊……魔法物品都要逃走了……」

果不其然，飛奔的靴子踩著洞穴內壁，直接跑出海洞全速逃走，緊跟著是法力強大無邊的法杖、黃金製成的命運之盾與形形色色的危險物品。本該藏在海洞裡由馬魔守護的物品，本該遠離人世的物品，都逃了出去。

但更糟的是，更糟、更糟的是……

馬魔轉身，潛入黑暗的湖水。

馬魔就這麼游走了，一路游往開闊的大海。

札爾、希望與刺錐用手臂護著頭臉，瞠目結舌地目送他離去。

「呃……這是什麼狀況？」札爾說。

「他『走了』！馬魔走了！更要緊的問題是，說好的鱗片

呢？」希望焦急地說。

他們跪在沙灘上，但馬魔的鱗片殘骸卻像霧氣一樣，抓也抓不住。

馬魔像是不曾存在般，就這麼消失了。

經過種種辛苦與努力，札爾與希望千里迢迢來拯救刺錐，刺錐再拯救希望與札爾……結果到頭來，他們還是失敗了。

沒有鱗片。

消滅巫妖法術的最後一種材料，就這麼永遠消失了。

而且，這還不是最糟糕的部分。

華麗、恢弘的動作過後，魔法劍終於自動從劍鞘跳出來，跳到刺錐不停顫抖的手裡。

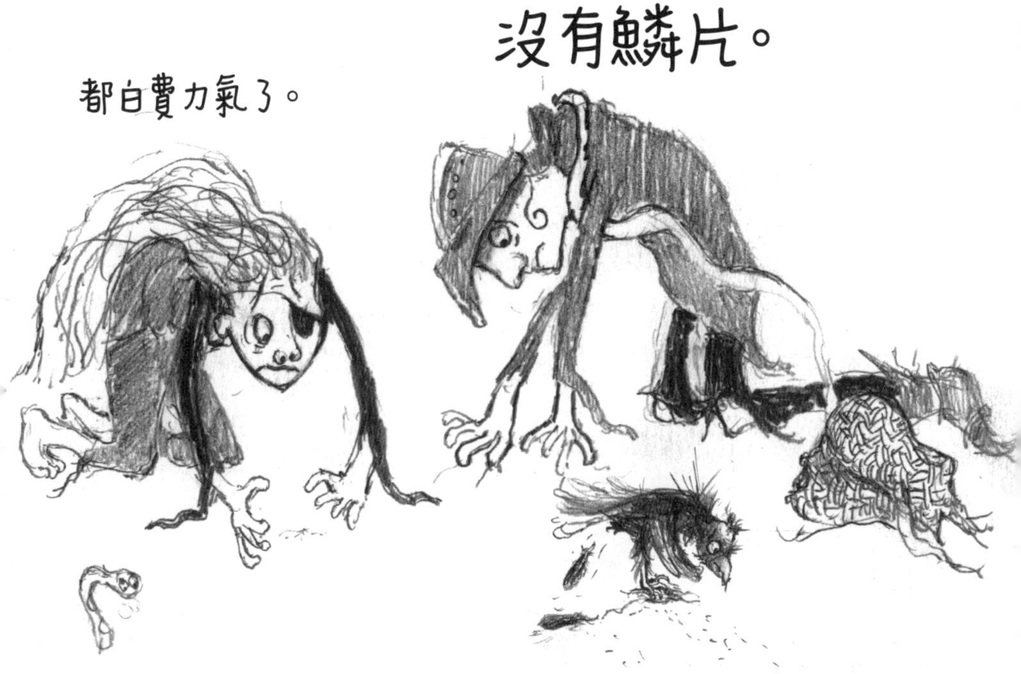

他們身後，海洞一個漆黑的角落，一個恐怖、尖細的氣音傳了出來。

「太傻了，」那個聲音沙啞地說。「竟然不懂規矩，就擅自展開冒險。」

大家驚訝地轉身。

黑暗中，原本由馬魔看守的一大堆黑暗財寶當中，困在鐵球裡的某個東西滾了過來……

是巫妖王。

第二十三章　我們都不懂規矩，就擅自展開冒險

是啊，在走到冒險最終章之前，你真的很難、很難弄懂所有規則。

這就是巫妖群讓眾人去到馬魔島的理由。

巫妖王就在這裡。

巫妖王困在大鐵球中。

只有希望能放他出來。

上一回，希望的魔法讓一大堆矛頭、箭頭與盾牌融成一團，團團將巫妖王困在形狀不規則的鐵球內。巫妖王爪子裡仍抓著一小片藍色塵埃，他一直用那片塵埃摩擦鐵牢的內壁，摩擦的力道大得讓金屬有一小部分變透明了。希望看

見，鐵球裡有一隻可怕的巫妖眼睛死死瞪著她。

德魯伊部族與他們的巨人費了九牛二虎之力才抓到巫妖王，巨人奮力把大鐵球滾到海裡，藏在這個海洞中。德魯伊與巨人將鐵球緊緊卡在岩縫中，上面堆滿財寶，沒想到重獲自由的馬魔開心地一甩尾巴，就撞得鐵球滾了出來。

因此，巫妖王所在的鐵球和洞穴中其他財寶一樣，不再受馬魔看守，可以自由行動

了。它緩慢卻又穩定地滾向希望等人，宛如陰森而不祥的命運。

「希……望……」鐵球內的巫妖王悄聲呼喚。「希……望……我也想和妳交易……靠近一點……」

「希望，不要聽！」卡利伯尖聲說。大夥退離大鐵球，他還用翅膀摀住希望的耳朵。「不要聽他的！」

「把那隻小妖精和札爾交給我，我會一次把毒害他們的巫妖魔法全部抽出來……」巫妖王說。

「而做為回報，」他接著說。「妳把我從這個鐵牢放出去……然後呢，希望，我們兩個用一場法術戰鬥終結一切……」

打從一開始，他就知道自己會走上這條路。巫妖王是巫妖的統帥，他被囚禁在鐵球內，就無法率領巫妖群在戰爭中得勝；但若能說服希望解放他，挑戰希望進行法術戰鬥，那他就有機會獲得操控鐵的魔法……

因為，所有人都在撲克丘發現，希望很不擅長法術戰鬥。

可是希望和札爾彷彿被巫妖王的聲音催眠了，鐵球滾來時……**札爾開始自動走向巫妖王**。

從離開波蒂塔令人心安的治癒魔法開始，小吱吱啾就全身僵硬地躺在札爾口袋裡，現在他抬起頭、動了起來。他咬掉口袋的釦子，飛出來，飛向巫妖王。

「窩又感覺有點奇怪了……」可憐的小吱吱啾困惑地說，邊倒著朝巫妖王飛去。「喔！是王妖巫！王妖巫你好！」

「札爾，快回來！」刺錐高喊。他抓住札爾背心的衣角，用力把他往後拖。「札爾！你在搞什麼啊？」

但札爾已經被巫妖魔法吞噬了一半，似乎沒聽見刺錐的話。

「札爾，過來……還有希——望……」巫妖王輕聲說。「**希…………望…………**把妳的魔法給我……把妳的魔法給我……**把妳的魔法給我……**」

鐵球中的巫妖王呼喚得更大聲，聲音越來越響，直到成為難以忍受的尖叫，鐵球滾動的速度也越來越快、越來越快。

「把妳的魔法給我！」

「不要聽！」刺錐大吼著跳到札爾與希望面前，高舉魔法劍。頃刻間，劍刃閃過刺眼光芒，札爾被催眠的眼睛重新聚焦，他回過神來。

「快跑啊啊啊啊！」刺錐大喊。

孩子們驚恐地衝出洞穴，大鐵球跟著滾出來。

他們往上跑，衝出馬魔洞的通道。

衝到海灘上，獨木舟仍在等待他們。

但飛奔在沙地上時，眾人上方傳來翅膀輕拍的聲響，兩隻燕子繞圈飛行。

「是我父親！」札爾高呼。

燕子又繞一圈，在孩子們面前滯留片刻，翅膀變回了長長的衣袖，希剋銳絲與恩卡佐輕巧地降落在他們面前的沙地上。

他們的模樣，讓兩位家長氣壞了。

恩卡佐頭頂滾出一朵朵大雷雲，希剋銳絲氣得面無血色。

「天啊，我母親也來了……」希望嘆氣說。

第二十四章　兩位憤怒的家長

刺錐匆匆把曾是恩卡佐心臟的石頭藏進口袋。

「**快走**！巫妖群要來了！」希剋銳絲高呼。「你們都上船，讓恩卡佐帶你們去安全的地方！還有——噢，槲寄生啊，所有黑暗事物啊，是**巫妖王**！……果然如我所料，他一定是被德魯伊部族抓來的！」

她說話的同時，關著巫妖王的鐵球從海洞口滾出來，像在等什麼似地停了下來。

吱吱啾飛在鐵球上方。

剛才大家驚恐地落荒而逃，都忘了那隻小妖精，現在他離大家太遠，札爾

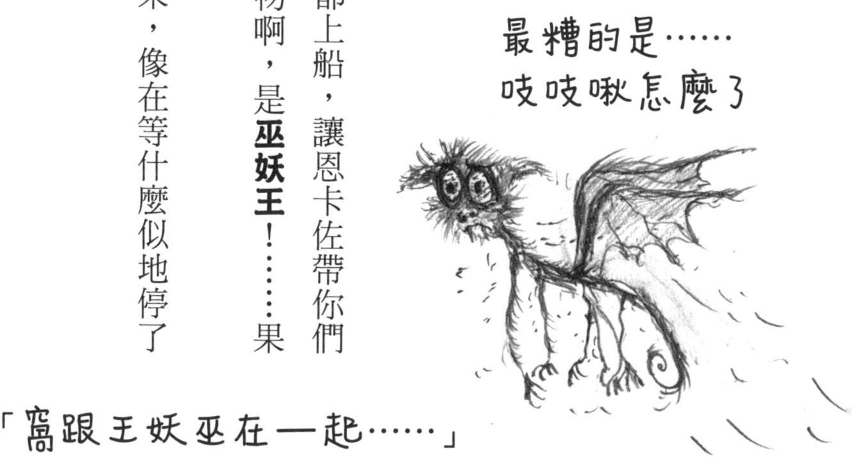

沒辦法把他抓起來塞進口袋。

「吱吱啾，快過來！」札爾大喊，但吱吱啾似乎沒聽見老朋友的呼喚聲。他全身變成非常鮮豔的綠色，眼神有點瘋狂。「窩跟『王妖巫』在一起……」吱吱啾唸道。「窩跟『王妖巫』在一起！」

「吱吱啾的意思是，他跟巫妖王在一起。」卡利伯哀傷地說。「『巫妖王』倒過來說，就是『王妖巫』……」

「吱吱啾，跟我們走！」札爾呼喊。「**拜託你**，跟我們走啊！」

但吱吱啾從札爾指間飛走。

「窩不行……」吱吱啾難過地說。他眼中飽含絕

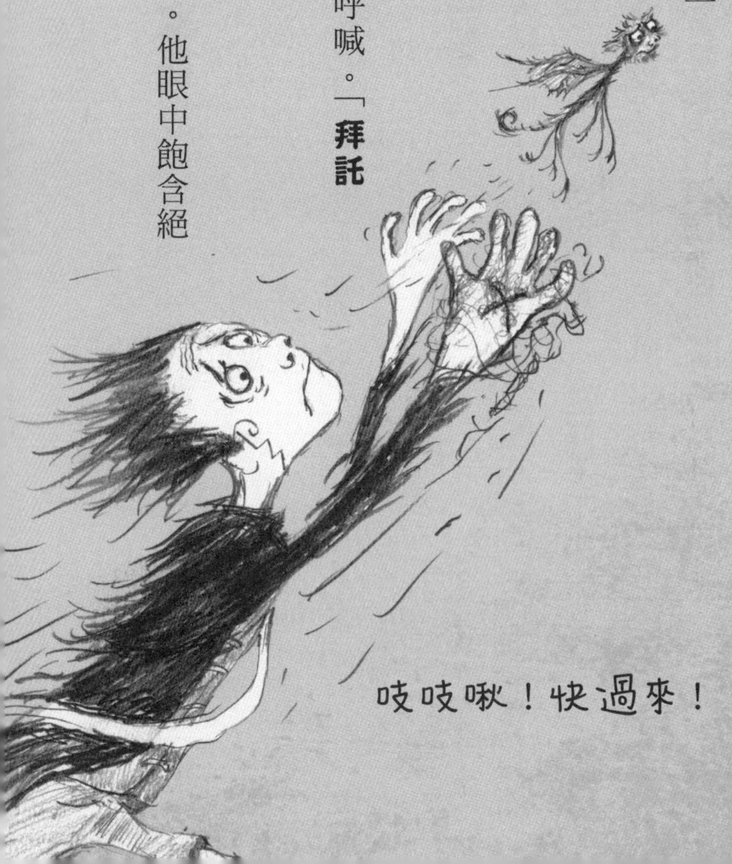

望，身體又開始發抖，他像隻頭下腳上被困住的大黃蜂，可憐兮兮地不停來回飛翔。

「我們不能丟下吱吱啾！」札爾說。

「別傻了！你不可能和巫妖王對戰。」恩卡佐喊道。「**你看上面！**」

希望、札爾與刺錐抬起頭，遠方天空黑壓壓一片，巫妖從四面八方瘋狂尖叫著飛來。

「希望！做結界！動作快啊！」札爾大叫。

希望摘下眼罩，心中想著火焰，馬上有火焰憑空出現，在孩子們周圍形成保護圈，變成嗡嗡嗚響的大結界。

我們還是能跟巫妖王戰鬥，他出不了鐵球……希望想。

別去想他的模樣……

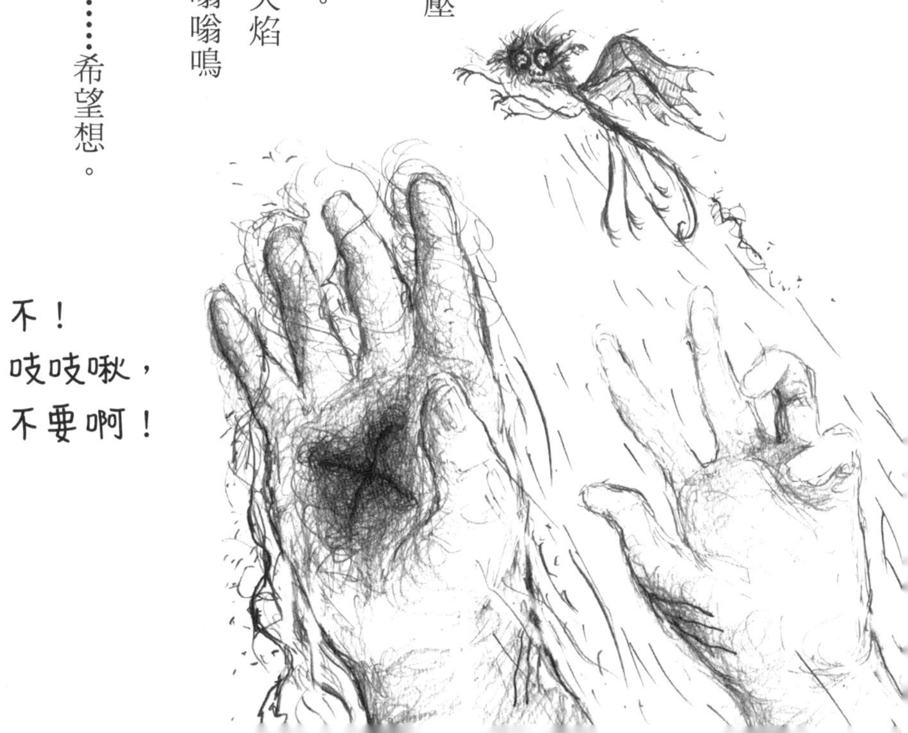

她腦中浮現恐怖的畫面，之前和巫妖王打照面的景象出現在眼前，讓她害怕得直冒汗。像黑色大蚱蜢一樣蜷縮在石頭裡的巫妖王，之前被她解放出來……巫妖王跳到空中，黑暗的翅膀完全撐開，利爪如劍，駭人的魔法從他口中噴射而出……

別害怕，不然結界會變弱……他困在鐵球裡，傷不到我們……種種想法像驚慌的兔子，在希望腦中相互追逐。

只有我能放他出來，所以在我放他出來之前，我們安全無虞……

轟！

第一隻巫妖從天上俯衝下來，猛力撞上希望的結界，力氣大到希望倒抽一口氣、摔了一跤，彷彿被人一拳擊中肚子，然後——

轟！

又一隻巫妖撞上結界。

希剋銳絲取出弓箭，朝飛遠的巫妖射出一箭，巫妖發出刺耳的尖叫聲，往高空落荒而逃。

問題是，空中仍滿是巫妖，他們越飛越近、越飛越近。

「等我們集齊所有法術材料，就回去救吱吱啾！」札爾喊道。他努力在搖搖晃晃、不停震動的結界內保持平衡。

「我們繼續留在這裡，會被巫妖殺死，也沒辦法幫助吱吱啾……」

轟！鐵球內的巫妖王用力一撞，希望的結界整邊凹了進去。

「我們得立刻離開！」希剋銳絲大喊。「快回鞋海灘，那裡才安全……**我的鐵戰士守在那裡，只要去到那裡，巫妖就不敢攻擊我們了！**」

希剋銳絲之前傳訊給戰士大軍，命令他們速速前往鞋海灘，她其實不確定軍隊到了沒……但她是狡詐多謀的軍隊總帥，她想讓巫妖以為戰士大軍已經守在海灘了。

「**上船！**」恩卡佐大吼。希望、札爾與刺錐手忙腳亂、跌跌撞撞地頂著希望被撞凹的結界，跟隨希剋銳絲與恩卡佐奔過沙灘，朝大海跑去。鐵球內的巫妖王仍跟著他們，他順著微微傾斜的沙灘往下滾，越滾越快。

「快到了……」札爾氣喘如牛地說。

他們很勉強、很及時趕到獨木舟，大家七手八腳爬上船、恩卡佐將船推離海岸的同時，又一隻大巫妖飛下來攻擊他們。

「**小心啊啊啊啊！**」刺錐尖叫。他們驚恐地看見巫妖爪子迅速逼近。

幸好恩卡佐的法杖讓小船飛速駛離沙灘，魔法賦予獨木舟驚人的高速，速度快到大家都仰倒在船上——

嘩啦啦啦啦啦啦啦！

大鐵球撞入海灘旁的淺水，衝撞的力道超級猛，激起的水花甚至噴到急速離開的小船上。

希望全身發抖，頭髮溼答答的，眼裡除了海水之外還有淚水。她回頭望去，只見困著巫妖王的鐵球暫時停下動作，半埋在溼沙中，周圍是一圈圈漩渦般的漣漪。希望還以為它會追上來，但看樣子，即使是巫妖王也必須接受現實：大鐵球沒辦法在水面滾動。

粉碎者氣喘吁吁地跑來，試著抓住吱吱啾，但小妖精閃開他，尖聲說：「窩跟王妖巫在一起！」粉碎者又試一次，可是吱吱啾動作太快，而且粉碎者也急著離開。他跳進海裡，跟著其他人游走。

吱吱啾目送眾人離去，孤獨哀傷地顛倒在原處飛翔。他有時會突

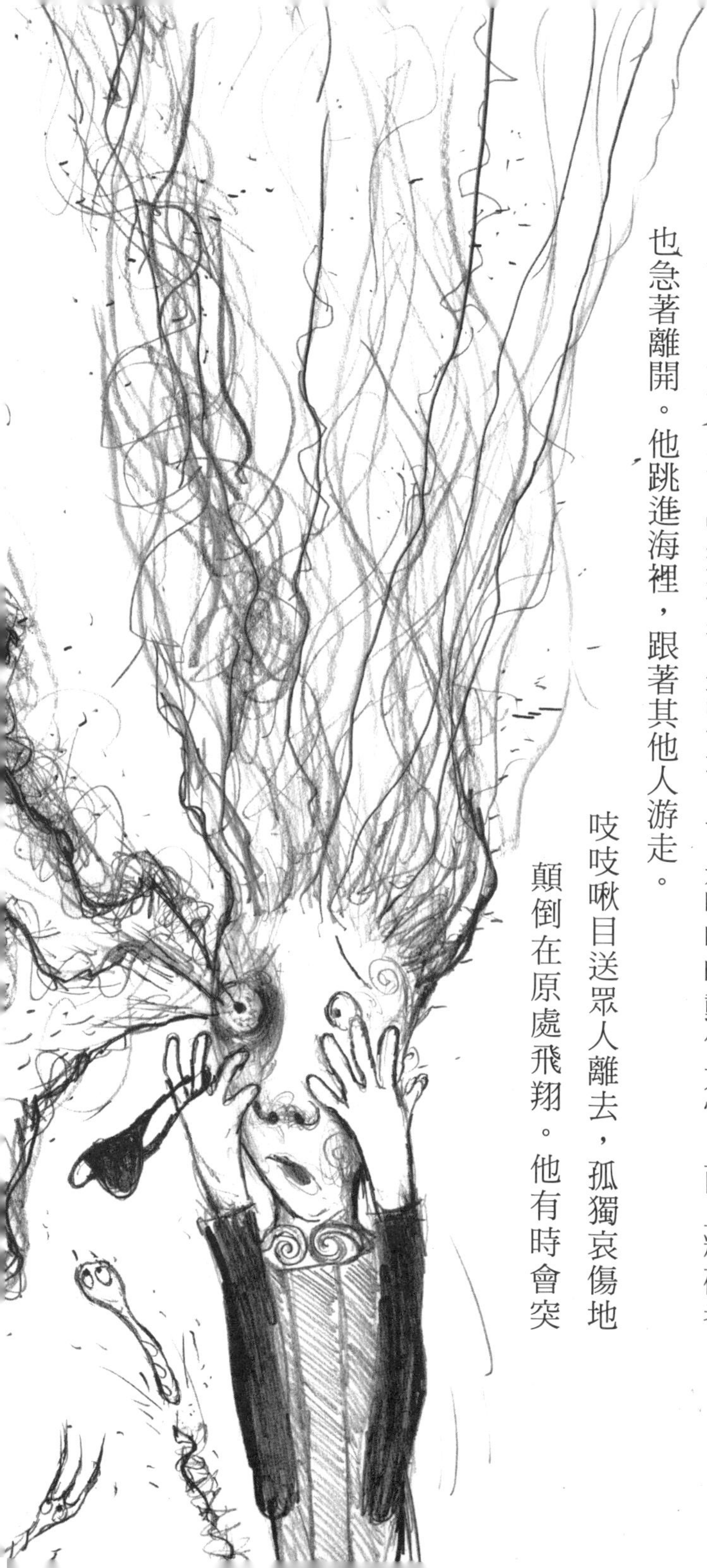

然充滿瘋狂的能量，全身冒出鮮豔的綠火花，有時又會平靜下來。希望不忍看到他孤單、淒涼的模樣，她似乎聽見小妖精喊一句話……不確定是不是：「別丟下我！」

也可能是：「拜託救救我！」

無論他說的是什麼，希望都感到十分難受。

「吱吱啾，我答應你，我們一定會來救你的！」她淚流滿面地喊，然後轉頭看卡利伯。「卡利伯，他們不會傷害他吧？」

「他們不會傷害他。」卡利伯哀傷地說。「他現在是巫妖的手下了，他們不會傷害自己的手下……」

「**吱吱啾，相信我，我們會回來救你！**」同樣痛哭流涕的札爾大吼。「**我一定會照顧好我的小妖精！**」

吱吱啾也大喊回應，可是他離得太遠，札爾聽不

太清楚。他可能是說：「主人，不要擔心！窩相信逆！窩『沒事』！窩頭下腳上，跟王妖巫在一起，可是窩『沒事』！」

然後，小船航行得太遠，大家再也看不到他了。

他們逃離馬魔島，逃得正是時候。

此時大部分巫妖都到了島上，鐵球雖然無法在海中跟蹤札爾等人，但巫妖有翅膀，他們像獵捕小老鼠的老鷹一樣，成群追殺船上眾人。

恩卡佐用法杖射出強力魔法，攻擊巫妖群。

希剋銳絲用鐵箭射下幾隻巫妖，可是敵方數量太多了。

希望又架起新的結界，這次是把整艘小船包起來。噩夢般高聲尖叫、嘶吼、高喊的巫妖們伸出爪子，一次次俯衝下來，試圖撕開結界、直接攻擊船上的人。

我的天啊，恩卡佐對小船施法時，它航行得真快，獨木舟飛快掠過開放的海洋。恩卡佐喃喃低語，小船前端昂了起來，他們幾乎是用「飛」的橫渡海

洋，在浪濤上疾行，三隻降落在結界上的恐怖巫妖都被狠狠甩開。

巫妖群持續不斷地進攻，一次又一次襲來，小船隨時可能被撞翻，希望也越來越無法維持住結界。她再次想：**我撐不了多久了……**但就在這時，巫妖的攻勢陡然停息。

眾人逐漸接近鞋海灘，空中的巫妖群望見了恩卡

佐與希剋銳絲還看不到的東西。

希剋銳絲的軍隊來了。

軍隊先前接獲希剋銳絲的命令，跟隨她前來，巫妖們看見很多很多戰士的火把在遠方樹林中移動。巫妖害怕戰士的鐵箭矢、鐵矛與鐵劍，只能失望地吼叫與尖叫，但他們知道自己還會有下一次機會。他們宛如報喪女妖般尖叫，而後集體轉向，又飛回馬魔島。

「啊，謝天謝地。」希望鬆一口氣，顫抖著說。「可是，他們接下來會怎麼做？」

「他們會收集馬魔看守多年的財寶，」恩卡佐嚴肅地說。「得到數百年前被藏在洞裡的古老邪惡法杖。數百年來，德魯伊部族一直把那地方當作藏寶處，結果你們竟然讓那些可怕的武器落入巫妖之手！」

唉，這兩位家長氣得七竅生煙。

「妳為什麼不學學妳姊姊戲劇，或是無情？為什麼我親生的女兒，就是比繼女叛逆！」希剋銳絲氣沖沖地說。

「你們小孩子什麼時候才會學到教訓，知道我們大人最明理、你們不該違反規定？」恩卡佐數落道。

「可是你還不是違反規定了！」札爾指出。「好幾年前，你自己不是也發起暗影冒險，來這裡找馬魔嗎！你還偷了他的財寶……」

「我騙了馬魔，」恩卡佐說。「偷了幾件財寶……但我沒把封印他的法術炸毀啊！」

恩卡佐憤怒的力量使小船高速航行，速度快得它終於登陸鞋海灘時還直接衝上沙地，衝了三十英尺左右，最後才在泥沙上停下。

恩卡佐扶希剋銳絲下船，三個小孩慚愧地跟著爬到陸地上。

兩位尊貴的家長站在孩子面前，兩個人都雙手扠腰。

「你們兩個做的每件事，都讓情勢『惡化』了！」恩卡佐大吼。「我們很努力幫你們，你們卻越陷越深，惹出越來越棘手的問題……要是德魯伊發現你們除了惹各種麻煩之外，一開始還是你們解放了巫妖王，那還得了？」

「要是巫妖王逃出囚禁他的鐵牢，那還得了？」希剋銳絲高呼。「你們送了強力武器給他的巫妖軍團，這下，我們不可能控制住情勢了！」

「更要命的是，因為你們任性叛逆，因為你們只顧自己，波蒂塔那個傻女人失去了撲克丘！德魯伊部族發現她窩藏你們兩個不法之徒，不讓她當學院的校長了……」恩卡佐說。

喔不！

卡利伯聽他這麼說，也哭了起來。「我可憐的姊妹！她那麼愛她的學院，結果竟然被趕走了。我不該帶你們去撲克丘的……」

面對怒不可遏的父母，希望與札爾垂下頭。

「你們兩個必須面對現實：巫師與戰士是敵人，永遠不該在一起。」希剋銳絲說。「我和恩卡佐很多年前就學到教訓了……」

「你們現在不就在合作嗎？」希望難過地指出。

「這是因為你們堅持要當朋友，這糟糕至極的友誼讓『災難』降臨野林，我們必須想辦法遏制災厄！」希剋銳絲說。

「札爾會隨我回戈閔克拉監獄，我們再想辦法治好巫妖印記。」恩卡佐說。

「希望會隨我回戰士鐵堡，我會確保妳安全無虞，永不落入巫妖的魔爪。」希剋銳絲說。「你們絕不能再見面，我們也會阻止這些損友待在你們身邊，因為他們很顯然無法控制你們，也沒有勸導你們……」

「但是您命令我和亞列爾照看札爾，等他成為睿智又成熟的大人以後，我們才能獲得自由！」卡利伯抗議。

「我在此解放你們！」恩卡佐咬牙切齒說。「從今以後，你們自由了！」

「但是，我們不想得到自由，」卡利伯說。「現在還沒到重獲自由的時候……」

任務失敗了。

波蒂塔送他們德魯伊眼淚時，包著小瓶子的字條是怎麼寫的？

生命中除了快樂之外，還有哀傷的時刻，所以眼淚才會是許多法術的重要材料。有時候，我們再怎麼努力，最後還是會失敗……

他們確實努力了……卻仍然失敗了。現在，馬魔不知游到遼闊綠海中哪個荒涼的角落，他們不可能取得馬魔鱗片了。

他們沒能得到鱗片，波蒂塔失去了資優巫師學院，原本由馬魔看守的巫妖王被他們放了出來，他們還失去了吱吱啾。

命運是不是有話想告訴他們？他們一定是走錯方向了，希望那個消滅巫妖的法術不過是一派胡言，他們所做的一切真的讓情勢惡化了。

札爾感覺自己刻了巫妖印記的手像被火灼燒，心中萌生一股欲望：他想長出黑翅膀，加入巫妖的陣營，一同侵略無人防守的馬魔島。他沒救了。

面對冒險的結果，希望與札爾心灰意冷、一頭霧水又悶悶不樂，都差點忘了反抗。

直到……

「不好意思。」所有人身後，一個安靜的聲音說。

「你是誰？」恩卡佐不高興地問。

大家都忘了刺錐。

「喔，他不過是希望的保鑣……」希剋銳絲女王不屑地揮手說。「是個無足輕重的人。他將希望出賣給了我，但是他一開始就不該讓希望誤入歧途。助理保鑣，我在此免去你的職位。」

「陛下，我是希望的保鑣，不是您的保鑣。」刺錐說。「我想和您談談恩卡佐的心臟的事。」

那之後是一段短暫的沉默，所有人都在思考他這句話的意思。

「我的心臟？」恩卡佐說。「我的心臟怎麼了？」

「我們把您的心臟從馬魔體內拿出來了。」刺錐說。

「**你們嫌問題不夠多嗎？怎麼還把我的心從馬魔體內拿出來了？**」恩卡佐驚呼。「它放在馬魔體內，不是很安全嗎……**你們把它怎麼了？**」

「我把它藏起來了。」刺錐說。

「我把它藏起來了。」刺錐說。

第二十五章　「X」記號的位置

希剋銳絲輕蔑地說：「恩卡佐，你當初將心臟藏在馬魔體內，實在太不明智了。」

「我怎麼知道會有人蠢到爬進馬魔的喉嚨、把它取出來！」恩卡佐氣沖沖地說。「我哪能猜到這幾個小孩會有這樣瘋狂的舉動？真是莫名其妙。」

「你對自己的心這麼隨便，會發生意外也不奇怪。」希剋銳絲女王說。

「那裡頭也有『妳』心臟的一部分啊，希剋銳絲。」恩卡佐不悅地說。

嗯，沒錯，兩人交換過真愛之吻，兩顆心混融在一起也是無可避免。即使那兩人事後為那一吻感到後悔，也已經來不及了。

希剋銳絲面紅耳赤，漂亮的小腳在沙灘上連踏好幾下。

「好啦，好啦。」希剋銳絲煩躁地承認。「我過去可能也對自己的心太隨便了……但我已經控制住它了。可惡的保鑣，你把心臟藏到哪裡去了？」

「很抱歉，我不能說。」刺錐說。「等恩卡佐國王把二十年前從馬魔那裡偷來的四片鱗片交給我，我就把心臟的所在處告訴您們。國王陛下，您腰帶掛著這麼多方便實用的口袋，鱗片應該就裝在其中一個口袋裡吧。」

一陣震驚的沉默。

希望和札爾抬起頭，希望感覺自己的心情跟著好了起來。

「刺錐，你好聰明！」希望說。「**原來如此！**難怪馬魔說鱗片已經在我們這裡了……**我們『果真』該找到消滅巫妖法術的最後一種材料！**」

「**什——麼！**」希剋銳絲女王高呼。「我都說幾遍了！這世界上沒有消滅巫妖的法術這種東西！」

但札爾與希望沒在聽。

在他們看來，情勢完全變了，命運安排讓他們得到材料，就表示他們有機會成功。

「父親，把鱗片交出來吧。」札爾說。

恩卡佐還能怎麼選？總不能把自己的心丟在任何人都能找到的地方吧。

他氣得七竅生煙，仍然從口袋取出四片馬魔鱗片，交給刺錐。

「好，那我們先走了。」刺錐輕快地說。

「你把我的心臟藏到哪裡去了？」恩卡佐大叫。

「等我們上路了，我再告訴您。」刺錐說。

「你們三個笨小孩，打算上哪去？」希剋銳絲問。

「這個嗎，夥伴們，我們需要的所有材料都到手了，對不對？」刺錐說。

「那現在就要找個地方把材料混在一起，開始施法囉……」

希望將眼罩往上推一點點，在腦中想像懲罰壁櫥的飛行門。之前被他們藏在海灘邊緣一些木塊下的門抖了抖，抖掉蓋在身上的草葉，飛過沙地後停在眾人面前的空中，等著載他們離開。

接著，希望想像他們的鞋子，她和粉碎者的鞋從海灘邊緣那排鞋子當中走過來，她和粉碎者穿上各自的鞋。札爾、希望與刺錐爬上懸浮在空中的飛行門。

希望把鑰匙調整到「上升」位置，飛行門升到空中的同時，刺錐低頭，對仍在聽力範圍內的兩位家長大喊：

「我把您的心埋在您們後面大概五十英尺的沙地裡，標了『X』記號的位置……」

沒錯，剛才刺錐趁恩卡佐與希剋銳絲忙著責備希望與札爾，偷偷溜到旁邊，把石頭埋在沙裡，把兩根樹枝交叉放在那塊沙地上，因為你實

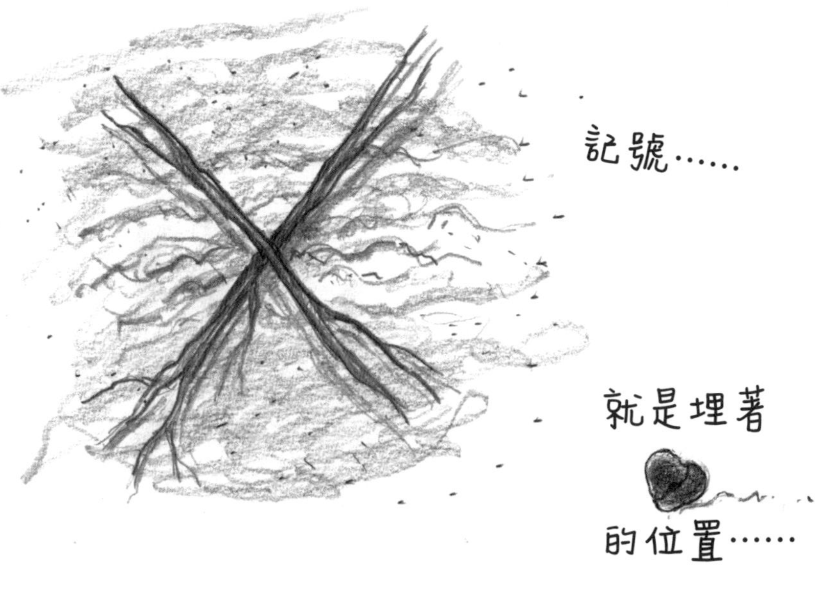

在很難記得自己把東西埋在海灘的什麼地方。

恩卡佐與希剋銳絲奔到沙灘另一頭，在放著交叉樹枝的地方往下挖，恩卡佐那顆變成石頭的心臟果真在刺錐所說的位置。兩人大大鬆一口氣。

「其實他們做得不錯嘛，你們說是不是？他們獨力完成了任務呢。」波蒂塔夫人的聲音說。「刺錐真是聰明，竟然想到要把心臟藏起來，標上『X』記號……」

希剋銳絲女王嚇一大跳，只見她身旁站著波蒂塔夫人，她頭上頂著呼菈，還不停輕笑。「妳可以不要這樣嗎？」希剋銳絲女王斥道。「不先說一聲就突然憑空冒出來，真的很無禮……」

「喔！波蒂塔夫人，妳好！哈囉，呼菈！」希望對地上的她們呼喊。她慚愧到差點從門上摔下來。「對不起，害妳丟了工作，還害妳不能在撲克丘當老師了……」

「別這麼說，那不是你們的錯！」波蒂塔夫人對希望喊道。「而且，我們也需要暫時離開學院，讓自己放假，妳說對不對啊，呼菈？你們做得很好，繼續保持下去喔……我們以你們為傲。」

「妳在說什麼啊？」希剋銳絲女王說。

她對著飄浮在上空的飛行門憤怒地搖晃拳頭。

「希望，妳給我回來！」希剋銳絲女王說。「你們沒有成功的希望！人生是很複雜的！在現實世界中，妳的保鑣已經出賣過妳了！」

「我知道。」希望說。「可是他很後悔，對不對啊，刺錐？」

「我非常後悔，」刺錐說。「後悔到不行，但是札爾和希望原諒了我，我也不會再犯了。」

「**就這樣？**」希剋銳絲女王氣呼呼地說。「他說聲對不起，妳就原諒他了？笨蛋，妳以後怎麼能信任他？」

「我不知道，」希望說。「但我就是能信任他。」

說來奇怪，這對母女怎麼只有在門上、門下大喊的時候，能好好對話？

「希剋銳絲女王，」刺錐從飛行門邊緣探出頭，大聲說。「在您的戰士世界裡，階級不能變動、也不能交流——一個人生來是僕人，就得當一輩子的僕人……而在希望的世界裡，保鑣還是能成為英雄。」

「希望的世界從一開始就不存在，也不可能存在！」希剋銳絲女王大叫。

「現在給我下來，不然我就逮捕你們的雪貓和巨人！**我會把那個巨人當戰士的全民公敵，關進監牢！**」

粉碎者正緩緩走向大海，看到希剋銳絲女王拿出弓箭瞄準他，他露出微微驚訝、有些焦慮的神情。

「**糟糕……**」粉碎者說。

希剋銳絲女王與恩卡佐眼睜睜看著小山般的巨人憑空消失，像是不曾存在似地在風中淡去、消失。

雪貓與狼也一樣，前一秒還在，下一秒就消失無蹤。

無比煩躁的希剋銳絲轉頭向上，用弓箭瞄準飛行門時，門也直接融入周遭空氣，就這麼不見了。

「波蒂塔夫人，妳實在不該教他們隱形法術的。」恩卡佐說。「他們還太年輕，沒辦法好好使用如此危險的能力。」

「我對他們說明過使用隱形法術的風險，」波蒂塔說。「我警告過他們，說過隱形法術不宜維持太久。我相信他們能妥善使用法術的。」

「妳教希望太多了。」恩卡佐看著飛行門剛才所在的位置，嚴肅地說。「波蒂塔夫人，妳要當心，妳也許無意間判了希望死刑。一旦希望變得太過強大、無法受控，就只剩消滅她一途了。」

「嘖嘖嘖。」波蒂塔說。「有必要說這麼暴力的話嗎？你和希剋銳絲該學的事情還多得很呢。

「即使你們想阻止孩子長大，他們依然會成長。」波蒂塔說。「你們可以試著追上他們啊……」

「哼，妳不是也被生活的現實面追上了嗎，波蒂塔夫人？」希剋銳絲女王罵道。「妳不是失去最寶貝的學院了嗎？這就是多管閒事的後果，早知道就不該收留孩子了。」

「我知道。」波蒂塔哀傷地說。她是個容易哭泣的人，想到傷心處，眼裡盈滿了淚水。「但是那三個年輕人值得我犧牲這些，而且他們有時候看起來沒什麼謝意，實際上卻是心懷感激。」

「**呼！**」呼菈失禮地嗚叫一聲，表示不同意波蒂塔的說法。「二十五年！妳花了二十五年精心打造撲克丘耶！」她哀怨地說。「那些討厭的德魯伊一直說女人不可能當校長，妳成功做給他們看了耶！」

「他們說女人不能當校長？」希剋銳絲忿忿不平地說。「好大的膽子！」

「波蒂塔夫人，我真心為妳感到遺憾。我知道妳會很想念教學工作和妳的種種實驗，還有妳美麗的花園。」恩卡佐誠懇地說。

「我甚至開始想念那些惱人的小綠仙了。」波蒂塔坦承。眼淚像斷了線的珍珠，一滴滴滑落她的臉頰，玫瑰色眼鏡都起霧了。她打一個響指，希剋銳絲口袋裡一條手帕擠出來，飛舞到波蒂塔鼻子前，她大聲用手帕擤鼻涕。

「雖然那完全是妳活該，但我也替妳感到遺憾。」希尅銳絲忍不住同情地說。她能體會女人當領袖的辛苦。「手帕就送妳吧。」（她補充這句，是因為波蒂塔把手帕朝她遞來。）

「喔！謝謝妳，妳人真好。」波蒂塔微笑著說，心情又平復下來。「總之，若在未來，兩位在扶養小孩這方面需要任何幫助，隨時可以……敲三下。」

「如果我們『需要任何幫助』？」希尅銳絲說。片刻的同情過去後，她想到波蒂塔可能會對野林的未來造成危險的影響。「我們怎麼可能需要妳的幫助！妳這麼不負責任，只會造成麻煩而已！」

「而現在，我覺得，人再怎麼老都還是能重新來過。」波蒂塔的眼眸再次閃閃發亮。「我一直想去看看北方地域長什麼樣子……如果跟隨巨人的足印一路走到天荒地老，不知會去到什麼地方呢？所以，我把我最喜歡的拐杖找出來，也穿了這雙舒服的舊靴子。」

她低頭看著自己雙腳，那的確是雙非常老舊的靴子，邊邊角角都快爛掉、即將解體了，聞起來還有點臭。波蒂塔跺跺腳，一隻靴子的鞋跟掉了，還散發相當明顯的臭味。「相信快走一陣子以後，臭味就會散掉了。」波蒂塔樂觀積極地說。「我們也可以把這當成命運安排的一次機會……可以再度自由自在地旅行，讓風兒拂過我們的頭髮，讓心再次高歌，過巫師該過的自在生活。呼菈，我們又有機會浪跡天涯了，是不是很棒？」

呼菈氣鼓鼓地抖了抖羽毛。「夫人，我們年紀這麼大，已經不適合浪跡天涯了。我個人比較偏好安安穩穩地待在屋簷下。」

「那很容易。」希剋銳絲冷冷地接話。「波蒂塔夫人，我會在我的戰士女王國發下通緝令，命部下逮捕妳和妳的貓頭鷹。妳們最好早點習慣施隱形法術……」

她再次取出弓箭。

不過，波蒂塔花了二十五年教導青少年，早已學到該如何和情緒忽好忽壞的人溝通應對。前一秒，她站在希剋銳絲與恩卡佐面前，看上去依然是穿著舊靴子的人類，下一秒，她突然變成一頭熊——一頭大聲吼叫的巨熊。接著，她消失了，附近沙灘上出現許多熊腳印，一排腳印往這邊走，又一排往那邊走，有的亂七八糟繞圈，幻術變出來的好幾排腳印在地上出現又消失，前一秒還在，下一秒又不見了。不停出現又消失的足印讓希剋銳絲眼花撩亂，她實在不曉得該往哪裡射箭。

呼菈在他們面前盤旋片刻，連叫：「**呼——！呼——！**」（意思是：「沒禮貌！沒禮貌！」）然後才像海霧一樣，形體消失無蹤。

海灘上，只剩恩卡佐國王與希剋銳絲女王兩個人類。空中的巫妖群消失了，只剩他們兩人、恩卡佐年邁的小妖精、他年邁的雪貓及海風。

「為人父母，真的是件非常、非常困難的事。」片刻後，恩卡佐說。

「說得一點也沒錯。」希剋銳絲同意道。

「那些小孩真讓人煩惱，讓人煩得受不了。」恩卡佐又說。「但我必須承認，他不在的時候，我還滿想念札爾的。其實我內心深處也知道，那個傻孩子沒有惡意。我真希望自己能幫助他……」

希剋銳絲沒有說話。

「妳會不會覺得，」恩卡佐緩緩地說。「我們過去的選擇，有可能做錯了？」

「當然不會！」希剋銳絲女王厲聲說。「我們各自有各自的責任！我們必須對自己的臣民負責！必須遵循『傳統』！」

「啊，是啊，」恩卡佐說。「傳統……也是呢……」

又一段漫長的沉默。

「那……我們現在怎麼辦？」恩卡佐沉吟。他看著希剋銳絲的腳煩躁地在海灘一塊石頭上踩踏，一下、兩下、三下，漂亮的鼻翼憤怒地揚了揚。

她的鼻子真的好漂亮。恩卡佐心想。

我真希望……

他立刻阻止自己，他不能為了漂亮的鼻子，犧牲全世界。

「我們暫時休戰，」希剋銳絲女王說。「不只一夜，而是等我們抓到小孩再開戰。現在是緊急狀態，非常時刻就該用非常手段。」

「所以，妳不會再放火燒野林了？」恩卡佐說。「也不會再捕捉我的巨人、我的精靈，整體而言不再危害他人？」

「**暫時**不會。」希剋銳絲女王說。「與此同時，我會想辦法處置巫妖王，找地方把他關起來，讓他永遠逃不出鐵牢。你命令你手下的德魯伊和巫師想想辦法，把原本由馬魔看管的危險物品找回來。然後，我們兩個窮盡身體每一條神經、每一條肌肉的力量……窮盡肺裡最後一絲空氣……用盡每一根手指的力氣，把那三個小孩**抓回來**。」

（這時，沙灘上除了熊腳印之外，還有一隻隱形的手在沙地上寫字，字大到只有從空中俯瞰下來才讀得懂。）

「恩卡佐，如果不將他們抓回來，我們都會失去王位。」希剋銳絲女王警告他。「戰士皇帝在監視我，德魯伊部族也在監視你……」

「希剋銳絲，我從以前就一直很欣賞妳的鬥志！」恩卡佐欽佩地微笑說。「妳從來不認輸，真是令人刮目相看的女性！這世上，比我狡猾的人就只有妳一個！」

「聽你這麼說，我還挺高興的。」希剋銳絲說，平時冷若冰霜的笑容變得溫暖一些。「大多數人都把我強勢的性格視為缺點，但身為君主，我就是得做艱困的抉擇，還有——**等一下！**」

「是啊，等一下……」恩卡佐重複道，兩位君王的笑容都消失了。「妳是不是和我想到同一件事了？我們是不是被波蒂塔給耍了？**休戰協議**……並肩合作……希剋銳絲，這樣做真的明智嗎？我們能相信自己嗎？」

「就算是合作，也是『遠距離』合作。」希剋銳絲堅定地說。「不可以再變成燕子或做這種莫名其妙的事了。我馬上要回我那座高牆的另一邊，把牆築得**更高**。既然波蒂塔要我們，那我們也能反將她一軍。」

希剋銳絲把手伸進掛在腰間的一個口袋。「這是我從不離身的東西，算是我對自己的承諾。」

她從口袋取出一個小小的玻璃瓶。

「這是最後幾滴屏棄愛情魔藥。」希剋銳絲說。

「妳沒把它喝完！」恩卡佐詫異地說。

「我當時不忍心把藥全部喝完，」希剋銳絲坦承。「我想保留一丁點愛情，留下一點回憶。我不想完全忘了那段感情。」

在那一瞬間，恩卡佐嚴峻、哀傷的臉變得年輕又熱切，彷彿陰暗山丘上空撥雲見日，彷彿這許多年以後，過去那位年輕戰士公主的幽靈終於來到了小屋，找到年輕時那可憐的巫師，苦等的巫師抬起頭，望向門口……她就站在那裡。

「妳**真的**愛過我！」恩卡佐激動地說。

「但那是我的弱點。」希剋銳絲說。「如果我當初將整瓶法術喝下去，希望

生下來就不會帶有詛咒，這一切也不會發生了。現在，我們必須一起喝下最後幾滴魔藥，才能獲得改正一切的力量。」

恩卡佐的小妖精非常老邁，老到無論是外貌或內在都變得很像樹枝，現在都很少說話了。但在這時候，他急著說出自己的想法：「兩位陛下，我必須鄭重勸您們，別喝下這個液體……」小妖精無法忍受這些人類莫名其妙的愚蠢行為，煩惱到一隻樹枝般的小手拍在自己額頭上。

不得不說，希剋銳絲女王那個玻璃瓶底的混合液，看上去十分邪門。她拉開瓶塞的剎那，瓶子就發生小爆炸，噁心、油膩的一絲絲綠煙，從瓶底搖來晃去的殘存液體往上飄。液體甚至微微劈啪作響，宛如一座迷你火山，幾滴藥液從瓶子裡噴出來，落在地面的草上，小草馬上變黑、枯萎。

這瓶魔藥很明顯會讓人消化不良，只差沒貼上「**不要喝我，我是比浸了砒霜的毒鵝膏香菇還危險的東西**」的標籤了。

「好主意。」恩卡佐說。他從斗篷裡取出杯子。

愛是弱點！

「我必須鄭重告誡兩位，『千萬不要喝這瓶法術』！」恩卡佐的小妖精棲在他肩頭，急得像熱鍋上的螞蟻。

「胡說八道！」希剋銳絲女王罵道。「這個我以前就喝過了，味道是有點嗆辣沒錯，但是它非常安全……乾杯！**愛是弱點！**」

說完，希剋銳絲女王仰頭，將法術魔藥一飲而盡。「這二十年來，它的味道確實變辣了。」希剋銳絲女王承認。她的嘴唇變成黃黑色，像檸檬一樣乾巴巴的。她把杯子交給恩卡佐，恩卡佐國王接過杯子，喝下最後幾滴，然後將空杯朝旁邊一顆石頭丟去，杯子摔成碎片。

岩石附近每一株草，都瞬間爆發邪惡的黃綠色火焰。

恩卡佐國王轉向希剋銳絲女王，優雅地對她深深鞠躬。

他剛才在思考該怎麼處理變成石頭的心，該把它放在什麼地方，它才像卡在馬魔喉嚨一樣安全、一樣遠離塵世？

現在，他找到答案了。

這顆石頭還是掛在全野林最冰冷的女人——希剋銳絲女王——脖子上，最安全。

「戰士女王希剋銳絲，」恩卡佐國王說。「不

知我是否有幸請妳幫個忙，把這顆石頭串在項鍊上，替我保管好？我知道，只要它掛在妳冰冷的脖子上，就永遠不可能變回一顆心。」

希剋銳絲女王看著恩卡佐國王，默默將那顆不起眼的灰色小石頭串上項鍊、掛在脖子上，和其他漂亮許多的珠子掛在一起。

希剋銳絲女王點點頭，又別過頭。她若不是如此莊重的女王……若不是剛喝下最後幾滴屏棄愛情法術……你也許會以為她想哭。

但是……

「**愛是弱點！**」希剋銳絲女王高呼。

「**愛是弱點！**」恩卡佐國王回應。

然後，他們一起爬上恩卡佐的雪貓。

「我陪妳去找妳的軍隊。」恩卡佐說。

「我允許你陪同我。」希剋銳絲女王說。

他們簡短地討論這次由誰騎在前面（希剋銳絲女王贏了）。

那之後，他們之間發生一段我無法理解的對話。明明剛喝下那麼恐怖的藥水，他們怎麼會說出這段話呢？

「那妳願意允許我將斗篷借給妳嗎？」恩卡佐說。「妳看上去有些冷。」

「戰士女王從不覺得冷——我們這麼剛強，怎麼會冷。」希剋銳絲顫抖著說。「你倒是看起來有些熱，為了預防你熱壞了，我就勉為其難地幫你拿外套吧……」

恩卡佐將斗篷交給希剋銳絲女王，希剋銳絲高傲地雙腳

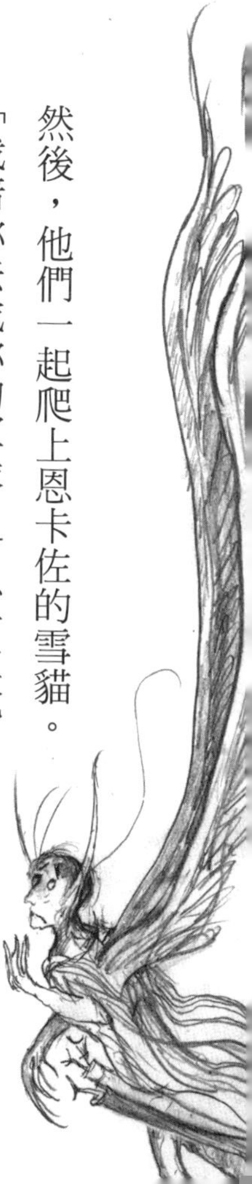
這些人類怎麼一次又一次又
一次犯下相同的錯誤……

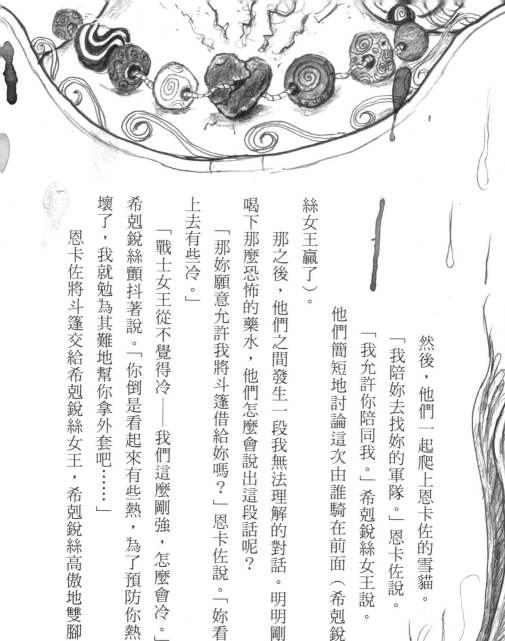

一夾，恩卡佐的雪貓邁開腳步，朝戰士軍隊的方向行進。

真是難以理解。

最後，海灘空無一人。

希望、札爾與夥伴們坐在飛行門上，居高臨下望去，終於看見波蒂塔在沙地上寫的大字。

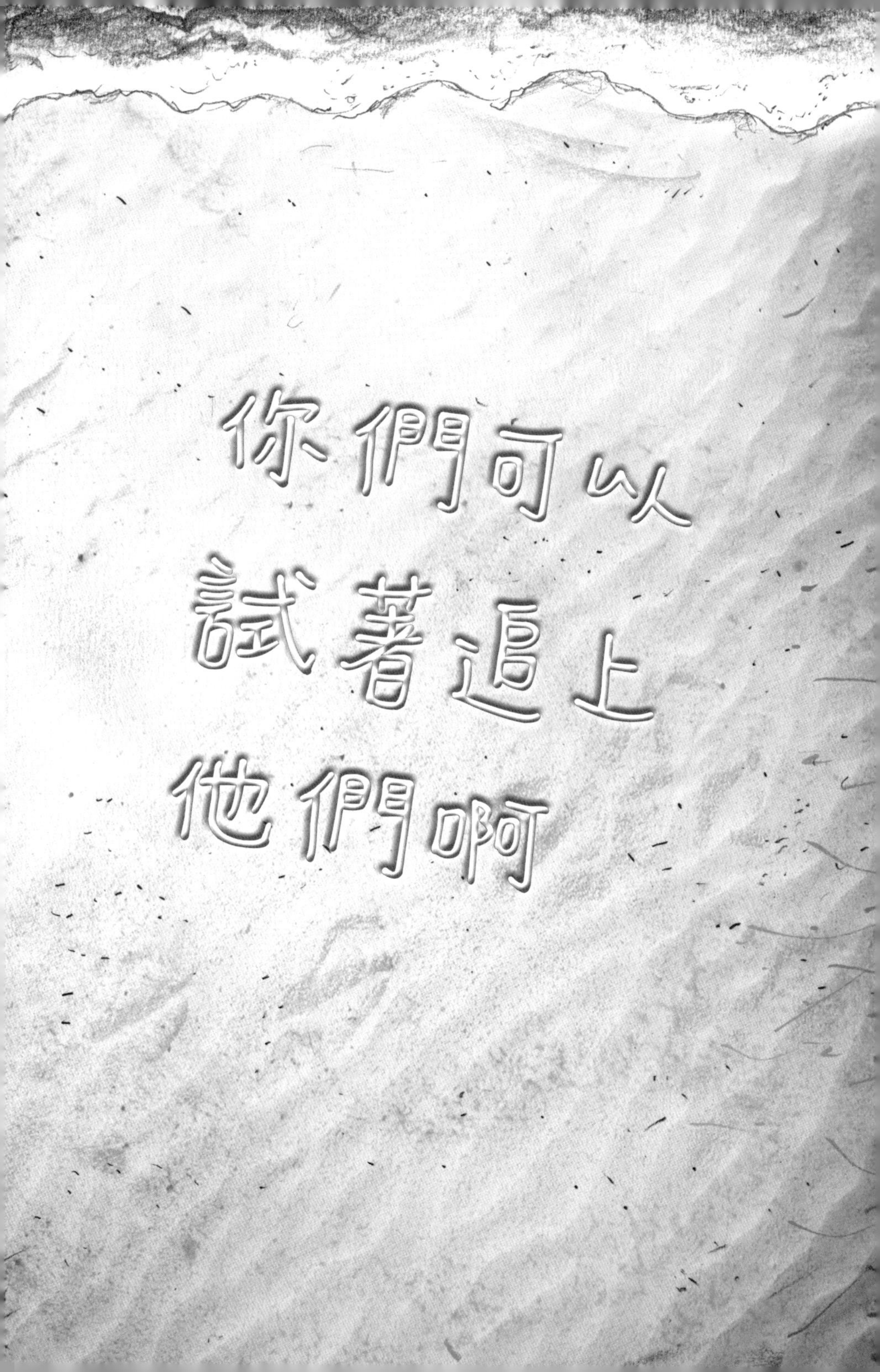
你們可以
試著追上
他們啊

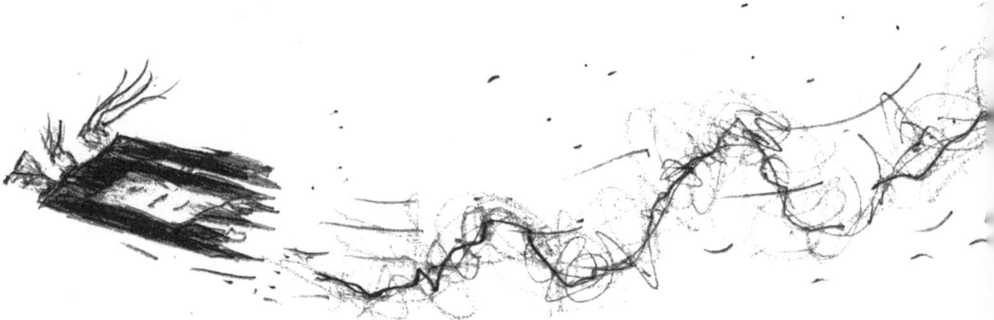

第二十六章　你們可以試著追上他們啊

天上，隱形的飛行門飛到希望與札爾從沒去過的高空，希望操縱飛行門持續上升，到大家快要因缺氧而昏倒時，才停止攀升。

他們的隱形狀態沒有維持太久，因為波蒂塔說過，隱形法術用太久很危險。

在高空駕駛飛行門非常困難，希望只能帶大家遠離希剋銳絲女王軍隊與恩卡佐手下的巫師與德魯伊，盡可能離開他們的勢力範圍。札爾知道這附近有個不錯的藏身處（他當然知道囉——札爾最擅長在野林各處藏東西了），祕密基地位在高山上，是被一座瀑布遮掩的大山洞。

他們又變回亡命之徒了。

眾人在山洞口生火，躲在瀑布後方，以免被外頭尋找他們的人發現，但他們還是能清楚看見附近的風景。「我們晚上輪流守夜。」札爾說。

這是座數千年前就有人煙的山洞，洞壁繪有動物的圖案，有熊、狼與雪貓，和他們身邊的動物一樣。洞穴深處還有人類祖先留下的鮮紅色手印，他們看到手印就立刻感到安心，彷彿看見先人揮手打招呼，彷彿過去的人和他們握手、幫助他們繼續冒險下去。

風暴提芬帶了點波蒂塔熊窩火爐裡的火，不知為何，這讓山洞感覺更像家，彷彿波蒂塔就在身邊。小妖精們讓火焰閃爍各種不同的顏色，動物毛髮沾上的海水蒸發到夜裡，大家都感覺到馬魔冒險留下的寒冷被逼了出來，身體漸漸暖和起來。

他們都好累，**好累**，同時開心、感激又難過。開心與感激，是因為他們再度展開冒險；難過，是因為他們擔心吱吱啾的狀況，也思念起波蒂塔與撲克丘了。開心與感激，是因為他們成功打敗了馬魔；難過，是因為他們暫時失去了吱吱啾，也知道前方等著他們的，是更艱困的挑戰。札爾安靜得出奇。

「我們失去了吱吱啾。」札爾說。「他現在跟巫妖王在一起，都是我害的，也是這個巫妖印記害的。」

這回，輪到希望與刺錐鼓勵札爾。

「札爾，別擔心，」希望說。「我跟你保證，我們一定會回去救吱吱啾，還會消除你的巫妖印記。」

一想到接下來的任務，刺錐就感覺到心臟迅速鼓動。**要勇敢！**他無聲地告訴自己。**我和馬魔對戰後活下來了，這表示我和其他人一樣勇敢。**

「那，」刺錐說。「我們接下來該做什麼？」

「刺錐，你恐怕不會喜歡我的計畫。」希望警告他。

刺錐吞一口口水，他就知道自己不會喜歡希望的計畫。「我不管，妳說吧。」他說。「妳的計畫是什麼？」

「好消息是，我們收集完消滅巫妖法術的材料了。」希望說。

「在這裡！」曾精說。他從札爾的背心口袋拿出法術材料，得意地展示給大家看。「死亡堡巨人的最後一口氣（代表諒解），兩根巫妖羽毛（代表渴望）、冰凍女王的三滴淚水（代表溫柔）、馬魔的四片鱗片（代表勇氣），還有迷失湖德魯伊的五滴淚水（代表耐心）。」

「好喔，」刺錐說。「法術材料都到手了……那壞消息呢？」

「我們調製法術以後，就要出發去找巫妖王。」希望說。

「**好糟糕的計畫！**」刺錐說。

「我就說你不會喜歡我的計畫，可是我們答應過吱吱啾，非得救他不可。」希望說。「而且波蒂塔也說了，我們不可能一輩子逃亡。等我們找到巫妖王，我會和他交易。」

「希望，和巫妖談交易這個主意太糟糕了。」刺錐說。「妳想想看，我們和馬魔的交易後來變成什麼樣子了！面對現實吧，那場交易很失敗。」

「我們上次沒完全消除巫妖魔法，」希望說。「但我們有第二次機會，這回和上次不一樣。我會告訴巫妖王，如果他移除吱吱啾和札爾身上殘留的巫妖血，我就用我的魔法，把他從鐵牢裡放出來。」

「太聰明了！」札爾佩服地說。「巫妖王只能靠妳放他出來，我猜他一定會全力以赴。還有，我保證這次不會再太早把手移開了。」（在《昔日巫師》裡，札爾為了移除巫妖印記，將手放上移除魔法的石頭。可是他太早把手移開了，以致身上的壞魔法沒有清除乾淨。）

「**妳打算把巫妖王從鐵牢放出來？**」刺錐尖聲說。「而且是**故意的？『然後』呢？那之後妳打算怎麼辦？**」

「我們跟他『戰鬥』。」希望說。「我們有消滅巫妖的法術，還有魔法劍，還有自己的力量……」

「可是希望，妳**超級不擅長**法術戰鬥啊！妳忘了嗎？之前在資優巫師學院，妳一直打輸，還一直變成絨絨靶！連波蒂塔也說了，妳還沒做好面對巫妖王的準備！」刺錐焦急地說。

「刺錐，我們沒時間準備了。」希望說。「札爾的狀況每天都在惡化，對不對？」

「不得不承認，我感覺不太舒服。」札爾坦承。

「而且，我們很可能永遠都不會準備好。」希望說。

「但如果巫妖王在法術戰鬥中獲勝，就能得到操控鐵的魔法啊！」刺錐說。

「可是，如果我們不這麼做，就會永遠失去吱吱啾和札爾。」希望說。「吱吱啾很怕，他自己孤孤單單的，在等我們拯救他啊，刺錐。還記得你困在馬魔洞裡的感受嗎？你能撐下去，是因為你知道我們會去救你。」

刺錐也明白，希望說得沒錯。

「**勇敢！**」札爾說。「我們現在只能**勇敢**還有跳舞了……」

所以，夜幕低垂之時，這一小群亡命之徒繞著營火起舞，跳起挑戰命運的舞蹈。

我們不可能知道明日會發生什麼事。

所以今晚……我們來跳舞吧。

他們先隨著一首即興編唱的歌，狂野、大膽地跳舞。這首歌名叫：

再一次第二次機會

「再一次」第二次機會
「再一次」愚蠢的舞會
我會長大，心將變成
和岩石一樣冰冷
和石塊一樣堅硬

我會僵硬地行走、嚴肅地發言，只在夜間入眠

但在那之前……

起舞吧，小妖精，起舞吧！
在明亮月光下起舞吧！
一直跳舞，直到太陽出來
因為明日一定會來得太快

號叫吧，狼群，號叫吧！
對樹梢的風兒號叫吧
在微風嘈雜的吼叫聲中
讓大家聽見狼的號聲

我們一世前離開家園，現在依然在外流浪
我們不知該何去何從，前途一片迷茫
但巫師天生該浪跡天涯，我永遠不想停下
所以跳舞吧！雪貓，跳舞吧！讓老骨頭一起，跳舞吧！

夜晚太過寒冷，我們不能停下舞蹈
如果一直旋轉不停，我們就不會變老
所以，小妖精們，抖抖觸角！狼群，動動發僵的骨頭！
如果停止蹦跳，我們的心會化為石頭！

接著，札爾施法讓笛子演奏他最愛的歌：「我們是從前從前的巫師，我們十分自在，我們十分自由。」卡利伯高唱：「我們最優秀！我們最優秀！我們最棒、最傑出、最優秀！」可是少了波蒂塔，他自己唱著唱著就哭了，於是他們接著唱粉碎者的歌。

讓我活出**巨大**的生命！
沒有渺小的腳步，沒有停步不前！
我以**巨大**的方式，走在**巨大**的路上！

我們就在他們跳舞時道別吧，這是很適合說再見的時刻。他們用最大、最嘹亮的「巨大」聲音唱歌、賣力舞蹈，粉碎者則在下方的山谷遊蕩，他走在被希剋銳絲燒毀的森林裡，對樹木的殘骸說話。

「親愛的樹木，不要害怕，你們將再次崛起。我在心中看見你們的模樣，看見你們長得比我還高……對俯瞰世界的月亮伸

展枝幹……在你們不停成長的蓊鬱枝枒間，乘載鳥類的夢與世界的希望……

「親愛的樹木，我『保證』，你們會再次成長。

「因為明天又會是新的一天……」

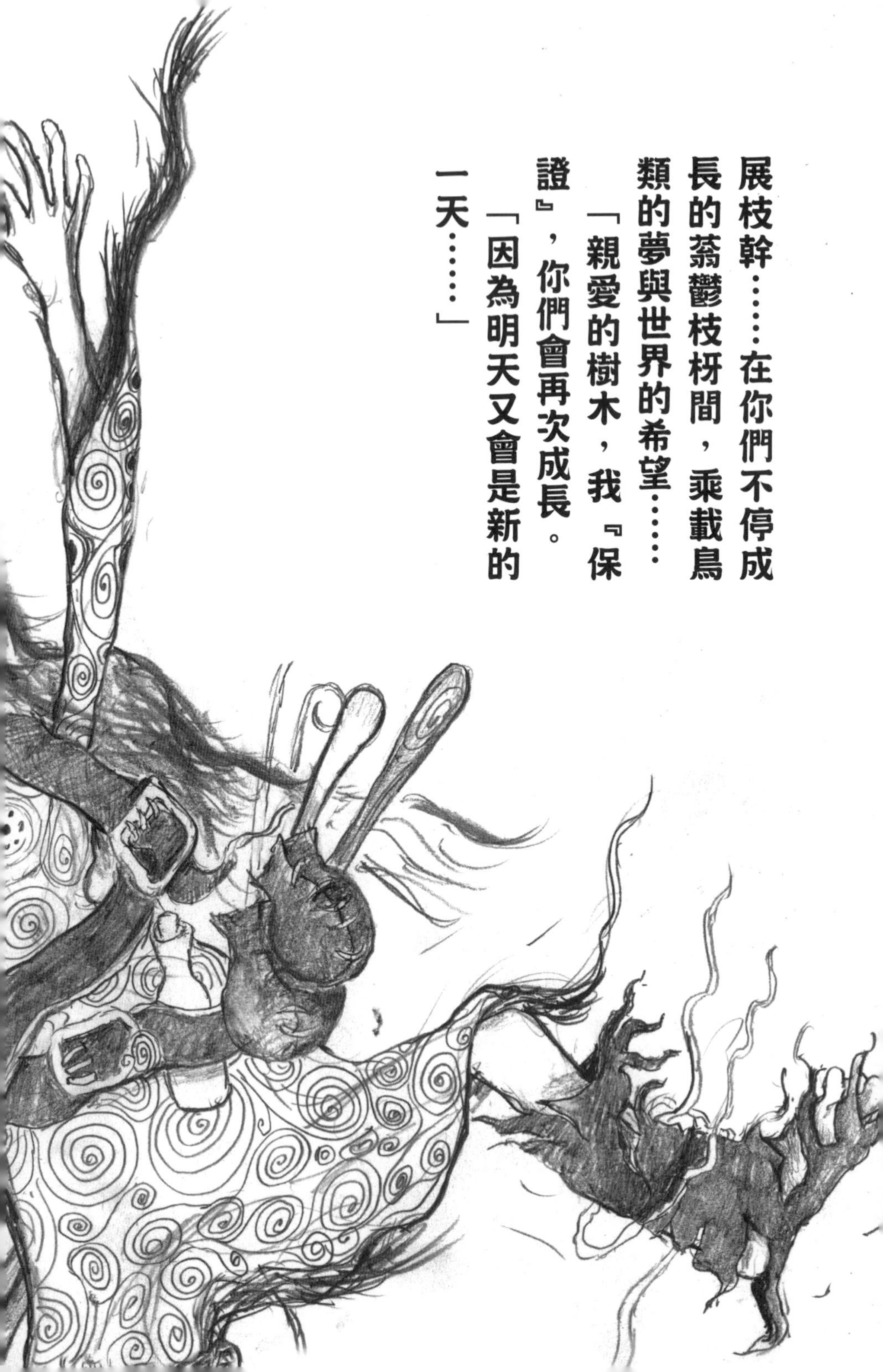

不知名旁白的後記

回顧過去，就像是往一口很深、很深的井裡望去。請想像那口很深、很深的井，井底的水象徵人類最初誕生於世的時間；人類在這世界上生活了很久，你要是往井裡丟石頭，至少過五分鐘才會聽見它落水的聲響。

即使在井底，人們也在傳頌故事，大人在夜裡悄聲將故事告訴小孩，故事像珠寶似地一代代傳下去。然而，這口井太深、太黑，他們離我們太過遙遠，故事在傳到我們耳裡之前，可能就消失了。

但在近期，人們開始寫下自己的經歷，用樹木製成的紙張捕捉自己的聲音，這些東西我們稱為「書本」，這是稍微照亮黑暗深井的好方法……

這，就是其中一則故事。

你看，故事形成的鍋爐改變了聽者，改變了故事中的角色，同時也改變了說書人。這則故事，以為它是屬於兩個小英雄的故事。打從一開始，它就信誓旦旦地這麼說了，中途也重申過幾次。

結果不然！故事和女王、和巫師一樣，是萬分「狡猾」的東西，這則故事改變了刺錐，而刺錐也改變了故事。

他不肯循規蹈矩，結果這則故事有了「三個」小英雄，無論是我或其他人都十分驚訝。和巫妖王一決勝負的時刻即將到來，離我們很近很近了，這件事我知道，巫妖王也知道。鐵牢裡的他緊抓著那片藍色塵埃，已經做好迎來最後一戰的準備：吱吱啾在巫妖王手裡，而希望與札爾不可能拋棄吱吱啾，他們必須盡快前來營救他。

「他們會來找我的，」巫妖王喃喃自語，像磨刀的鐵匠一樣磨爪子。「因為愛是弱點……」

所以，結局即將到來。到故事最後，我會把自己的身分告訴你。但是，我必須先警告你，這是一則真實故事，而和小妖精故事不同的是，「真實」故事不一定會有幸福快樂的結局。如波蒂塔所說，淚水之所以是許多法術中的重要成分，是有原因的。希望最後一切能完滿落幕，但如果結局不如意，請不要怪罪我，因為你我剛才都看見了，我再怎麼想控制故事走向，也無法控制真實故事的發展。我必須把真實發生的事情，一五一十地說給你聽。

話雖如此，我還是全心全意希望我們能迎來好結局。

和我一起許願吧……

我們一起**希望**希望、札爾與刺錐能打破野林歷史悲慘的輪迴。

他們還年輕，他們還有希望。

我們一起**希望**他們能寫下自己的故事……

希望……

那現在呢……

繼續許願……

繼續推敲……

繼續夢想……

還有，繼續敘說你自己的故事。

當你迷失在野林當中，故事也許能派上用場。

不知名的旁白

作者銘謝（謝謝）

幫助我寫這本書的人非常多。

感謝我超棒的編輯安・麥尼爾，還有超厲害的經紀人卡洛琳・華爾斯。

特別感謝山姆爾・佩雷特、波麗・萊奧・格蘭特、莉茲・斯柯利和卡蜜拉・里斯克。

也謝謝阿歐特兒童圖書出版公司的各位：希拉蕊・穆瑞・希爾、安德魯・夏普、瓦倫提娜・法茲歐、娜歐蜜・伯爾文、凱蒂・卡泰爾、喬治・魯梭、妮可拉・古德、凱瑟琳・福克斯、亞

莉森・帕德利，還有瑞貝卡・利文斯通。

謝謝利特爾布朗公司的各位：梅根・廷利、賈姬・恩格爾、麗莎・優斯寇維茲、克莉絲汀娜・皮西歐塔。

最後，感謝我人生中最重要的梅西、克萊米和札尼。

還有總是能給我好建議的賽門。

若沒有你們，這本書不可能誕生。

「一旦接受了故事，
我們就不能逃避故事的命運。」
——《歡樂滿人間》作者P‧L‧崔佛斯

愛就是……
女孩和她的魔法湯匙。

國家圖書館出版品預行編目資料

幸運三生 / 克瑞希達．科威爾（Cressida Cowell）作；朱崇旻譯. -- 1版. -- [臺北市]：尖端出版, 2020. 10
冊；　公分　--（昔日巫師系列；3）
譯自：Knock Three Times
ISBN 978-957-10-9166-2（平裝）

873.596　　　109013173

奇炫館

幸運三生（昔日巫師系列三）

（原名：Knock Three Times）

著　者／克瑞希達．科威爾（Cressida Cowell）
封面內頁插畫／克瑞希達．科威爾（Cressida Cowell）
發行人／黃鎮隆
副總經理／陳君平
副　理／洪琇菁
執行編輯／許晶翎
譯　者／朱崇旻
美術編輯／李政儀
企劃宣傳／邱小祐、劉宜蓉、洪國瑋
國際版權／黃令歡、梁名儀
文字校對／施亞蒨
內文排版／謝青秀

出　版／城邦文化事業股份有限公司 尖端出版
台北市中山區民生東路二段一四一號十樓
電話：（〇二）二五〇〇－七六〇〇
傳真：（〇二）二五〇〇－二六八三
E-mail：7novels@mail2.spp.com.tw
發　行／英屬蓋曼群島商家庭傳媒股份有限公司城邦分公司　尖端出版
台北市中山區民生東路二段一四一號十樓
電話：（〇二）二五〇〇－七六〇〇（代表號）
傳真：（〇二）二五〇〇－一九七九
中彰投以北經銷／楨彥有限公司（含宜花東）
電話：（〇二）八九一九－三三六九
傳真：（〇二）八九一四－五五二四
雲嘉經銷／威信圖書有限公司　嘉義公司
電話：（〇五）二三三－三八五二
傳真：（〇二）二三三－三八六三
客服專線：〇八〇〇－〇二八－〇二八
南部經銷／威信圖書有限公司　高雄公司
電話：（〇七）三七三－〇〇七九
傳真：（〇七）三七三－〇〇八七
香港經銷／城邦（香港）出版集團有限公司
香港灣仔駱克道一九三號東超商業中心1樓
電話：（八五二）二五〇八－六二三一
傳真：（八五二）二五七八－九三三七
E-mail：hkcite@biznetvigator.com
新馬經銷／城邦（馬新）出版集團Cite（M）Sdn. Bhd.
E-mail：cite@cite.com.my
法律顧問／王子文律師　元禾法律事務所
台北市羅斯福路三段三十七號十五樓
二〇二〇年十月初版一刷

■中文版■

郵購注意事項：
1. 填妥劃撥單資料：帳號：50003021戶名：英屬蓋曼群島商家庭傳媒(股)公司城邦分公司。2. 通信欄內註明訂購書名與冊數。3. 劃撥金額低於500元，請加附掛號郵資50元。如劃撥日起 10～14日，仍未收到書時，請洽劃撥組。劃撥專線TEL：(03) 312-4212 ・ FAX：(03) 322-4621。E-mail：marketing@spp.com.tw